Y LLWYBR
GERAINT EVANS

I Eirian

Argraffiad cyntaf: 2009

℗ Hawlfraint Geraint Evans a'r Lolfa Cyf., 2009

Dymuna'r cyhoeddwyr gydnabod cymorth ariannol
Cyngor Llyfrau Cymru

Rhif Llyfr Rhyngwladol: ISBN: 9781847711236

Cyhoeddwyd ac argraffwyd yng Nghymru
gan Y Lolfa Cyf., Talybont, Ceredigion SY24 5HE
gwefan www.ylolfa.com
e-bost ylolfa@ylolfa.com
ffôn 01970 832 304
ffacs 832 782

Y Llwybr

Pennod 1

CODODD LEFEL y sŵn yn uwch eto wrth i Radio
Luxembourg, yn eu siwtiau Sarjant Pepper, forio
canu 'Diwrnod efo'r Anifeiliaid' – y gitâr fas yn cadw'r bît,
y drymio'n galed, y sacsoffon yn atseinio oddi ar waliau'r
Undeb, a'r prif leisydd yn drydan byw. Roedd y dawnsio'n
flêr a'r cyrff yn ymgordeddu'n wyllt. Ond roedd pwrpas yn y
symud a geiriau'r gân yn cael eu taflu o'r llawr i'r llwyfan ac
o'r llwyfan i'r llawr fel gêm o dennis cerddorol. Dawns Gŵyl
Ddewi oedd hi, ac roedd cael band o statws uchel fel Radio
Lux wedi sicrhau bod y noson yn llwyddiant.

Roedd y lysh yn llifo a'r amser yn prinhau. Amser am un
bach arall. Ynghanol y dyrfa chwyslyd gwaeddodd Tim ar
Stiw a Myff,

"Un arall? Beth amdani, bois?"

Cafwyd tri fodca mawr – dim lemwn, dim tonic, dim ond
iâ. Dim oedi chwaith. I lawr â'r fodcas mewn un a'r tri ffrind
yn teimlo cynhesrwydd llym y ddiod yn treiddio drwyddynt.
Buont yn ffrindiau agos ers tair blynedd bellach yn Neuadd
Breswyl Glanymôr, ac er bod diwedd bywyd coleg yn prysur
agosáu, heno oedd heno, ac roedd hynny'n ddigon am y tro.

Rhoddodd Stiw fraich o amgylch ysgwyddau Tim.
"'Drycha. Ti'n cael y *come-on*. Sgoria, dathla Gŵyl Ddewi
mewn steil! Hawdd cynnau tân, e?" meddai'n bryfoclyd.

Edrychodd Tim ar draws y neuadd a gweld Elenid yn syllu
arno. Oedd, roedd 'na wên ar ei hwyneb a gwahoddiad yn
ei llygaid. Elenid – y pishyn a ffansïodd yn ystod yr wythnos
gyntaf yn y coleg. Bu eu caru'n glòs a chorfforol. Ond wedyn,

yn sydyn, fe chwerwodd eu perthynas ac roedd Tim yn sylweddoli'n iawn mai fe oedd yn gyfrifol am ddwyn pethau i ben. Dawns arall, noson arall feddw. Roedd Tim ac Elenid yn barod i adael am Lanymôr – Tim wrth y drws ac Elenid wedi mynd i nôl ei chot – pan ddaeth rhyw hoeden dwp a phlannu cusan ar wefusau Tim, a gwthio'i thafod hanner ffordd i lawr ei gorn gwddw. Daeth Elenid yn ei hôl, a llarpio'r olygfa. Roedd ei llygaid ar dân ac yn adrodd cyfrolau. A byth ers y noson honno, prin y siaradodd y ddau â'i gilydd. Roedd yr euogrwydd yn dal i bigo Tim.

Gwthiwyd Tim i ganol y llawr dawnsio gan Myff. "Hei, paid â sefyll fan'na fel delw. *Hot babe alert*! Cer!"

Wrth i Tim groesi at Elenid, roedd yn ymwybodol o sawl pâr o lygaid yn ei ddilyn. Mewn cymuned glòs fel Glanymôr roedd pawb yn gwybod am hanes eu carwriaeth a'r terfyn brwnt a diseremoni a ddaeth â'r cyfan i ben.

Teimlai Tim ei dafod yn cloi. Wrth gyrraedd ei gyngariad y cyfan ddwedodd e oedd, "Shw mae, Elenid?" ac yna ychwanegu'n lletchwith, "Sai 'di siarad â ti ers sbel."

"Sdim isie siarad, o's e. Dere i ddawnsio."

Gafaelodd yn ei law a'i dynnu i ganol berw'r dawnswyr. Yn yr awyrgylch swnllyd, hudolus hwnnw fflachiai llygaid tywyll Elenid o dan y golau strôb, ei gwallt yn donnau sgleiniog. Dim gormod o golur, jyst digon i harddu'r wyneb dela a welodd Tim erioed. Gwisgai'n *classy*, fel arfer, a'i ffrog ddu â'r edau arian yn gwau drwy'r defnydd yn glynu'n berffaith at bob modfedd o'i chorff siapus. A chyda symudiad sidanaidd y ffrog roedd Tim yn ymwybodol iawn, mor ymwybodol, o ymchwydd ei bronnau.

Am eiliad, dyma'r band yn tewi ac yna'n symud ymlaen at y gân fyglyd, rywiol 'Merch sydd yn fy Mhoced'. Closiodd y ddau'n reddfol at ei gilydd. Daeth yr atgofion yn ôl a gafaelodd Tim yn dynnach am Elenid gan deimlo bod ei awydd e hefyd yn awydd ynddi hi. Roedd ei gwên yn brawf o'i phleser. Sibrydodd yr awgrym yn ei glust, "Ti isie dod mas?"

Sylwodd Stiw a Myff ar y ddau'n mynd allan, law yn llaw, a winciodd Stiw yn gellweirus ar Tim. Aeth y ddau i'r awyr iach a cherdded tuag at La Scala, y cerflun anferth ar ffurf grisiau concrit lle y gallai myfyrwyr fwynhau holl ogoniant Bae Ceredigion yn ymestyn o'u blaenau. Cerddodd Tim ac Elenid yn frysiog i gornel dywyll. Roedd 'na bobol eraill o gwmpas ond aeth y ddau'n ddigon pell i sicrhau rhywfaint o breifatrwydd.

Doedd hi ddim yn noson oer ond roedd corff y naill yn cynhesu'r llall. Cusanodd y ddau'n awchus a thybiodd Tim bod awydd ei gyn-gariad yn gryf a chorfforol. Gymaint oedd ei brys fel i'r cyfan achosi mymryn o ofid i Tim. Roedd yn rhaid bod yn siŵr ei bod hi'n teimlo'r un fath ag e ac felly dyma ofyn yn betrusgar,

"Elenid, wyt ti isie hyn?"

"Ydw, Tim. Dwi dy isie di, dwi wedi dy isie di ers misoedd a dwi dy isie di *nawr.*"

Roedd y pwyslais ar y 'nawr' yn ddiamwys a'r gwahoddiad yn glir. Cusanodd y ddau, yn fwy nwydus y tro hwn, a phan agorodd Tim fotymau ei ffrog, doedd dim protest. Mwythodd gnawd ei bronnau a gallai eu teimlo'n ymchwyddo o dan ei ddwylo. O dipyn i beth, symudodd ei law'n ysgafn i lawr rhwng ei choesau. Yn yr agosatrwydd cynnes, roedd Tim yn rhyw hanner ymwybodol o gysgod yn edrych i'w cyfeiriad. Oedodd am eiliad, ac yn yr eiliad honno, clywodd waedd,

"Cadwa dy ddwylo i ti dy hunan, y mochyn brwnt!"

Elenid?

Gwahanodd y ddau fel petai mellten wedi disgyn rhyngddynt. Edrychodd Tim yn hurt ar Elenid yn rhedeg yn ôl i'r Undeb. Roedd rhai wedi clywed a dechreuodd ambell un chwerthin yn wawdlyd. Teimlai'n ffŵl, ei dymer yn codi. O dan ei anadl, brathodd, "Y bitsh ddiawl! 'Nei di ddim 'y nhwyllo i eto!"

Allai Tim ddim wynebu mynd yn ôl i'r ddawns, felly, yn ddrwg ei hwyl ac mewn tipyn o dymer, penderfynodd fynd i Neuadd Glanymôr. Wrth iddo fynd heibio criw o'r flwyddyn gyntaf, dyma un yn gwawdio, "Dim *turn-on* i ti heno!" ac un arall yn herio, "Mwy o *turn-off* weden i!"

Neidiodd Tim am y ddau gan ddechrau dyrnu a gweiddi, "Cymer honna'r bastad! Gwed 'na 'to, ac fe ladda i di!" Ond cyn iddi droi'n ffeit go iawn, ymyrrodd criw diogelwch yr Undeb a rhoi stop ar y cyfan gyda'r rhybudd, "'Na ddigon."

Ysgydwodd Tim ei hun yn rhydd o afael y bownsars, a rhedeg heibio'r grisiau concrit ac i gyfeiriad y llwybr oedd yn arwain at Neuadd Breswyl Glanymôr.

★ ★ ★

Er iddi ruthro i ffwrdd, gwyddai Elenid nad oedd dim y gallai hi ei wneud ond mynd yn ôl i'r ddawns. Roedd yn ymwybodol bod ei llygaid yn goch. Sychodd hwy'n ofalus rhag i'r masgara du redeg a denu sylw. Doedd hi ddim am ddangos bod unrhyw beth yn bod arni. Aeth draw at ei ffrindiau gan geisio ymddangos yn ddi-hid, ond sylwodd Catrin, ei ffrind gorau, fod rhywbeth o'i le yn syth.

"Wyt ti'n iawn?" gofynnodd Catrin Huws yn siarp. "Mae golwg wyllt arnat ti."

"Dwi'n iawn, Catrin. Paid â ffysian. Dwi 'di neud camgymeriad twp, 'na i gyd. Dylwn i fod wedi dysgu fy ngwers, ond ddylwn i byth drystio dynion. Dim ond un peth ma'n nhw isie."

"Elenid, pam yn y byd est ti allan efo Tim? Oes rhywbeth wedi digwydd? Ti'n gwybod y medri di ddeud wrtha *i*, o bawb."

"Na, sdim byd wedi digwydd. Mae'n bryd i fi ddysgu pwy yw'n ffrindie go iawn i. Ddylwn i ddim fod wedi mynd mas 'da'r ci brwnt 'na. Ma pen tost 'da fi nawr, Catrin. Well i fi fynd."

"Wel, ddo' i efo ti. Ddylet ti ddim cerdded lawr y llwybr 'na ar dy ben dy hun. A' i i nôl fy mhetha."

"Na, dwi ddim isie i ti neud hynna. Drycha, ma 'na ddigon o bobl o gwmpas. Bydda i'n iawn."

Felly, aeth Elenid allan o'r Undeb am yr ail dro o fewn hanner awr; at y drws a heibio La Scala, heb edrych ar hwnnw; ar draws y cwrt eang lle roedd digon o olau a digon o gwmni. Ond wedi iddi groesi'r hewl, sylwodd ar ambell un yn mynd i fyny rhiw Penglais, nid i'r un cyfeiriad â hi. Roedd wedi dechrau bwrw hen law mân a diawliodd Elenid nad oedd ganddi got. Lapiodd ei sgarff ysgafn o gwmpas ei hysgwyddau. Y cyfan oedd ar ei meddwl oedd cyrraedd cysur y Neuadd mor gyflym ag y gallai.

Wrth gyrraedd llecyn gyferbyn ag adeilad yr Adran Ffiseg, sylwodd ar ddwy ferch yn cerdded o'i blaen. Roedd hynny'n rhoi sicrwydd o gwmni, a chwmni'n rhoi diogelwch. Pan gyrhaeddodd yr hewl islaw'r Adran, gwelodd gar wedi'i barcio a'r merched yn anelu at y car. Gyrrodd y car i ffwrdd ac roedd Elenid ar ei phen ei hun. Roedd ganddi ddewis o ddau lwybr; gallai gerdded ar draws y campws tuag at riw Penglais ac yna dilyn y ffordd fawr i lawr i'r Neuadd neu, fel arall, gymryd yr ail lwybr a oedd yn llawer byrrach ond yn dywyllach ac yn ddigwmni. Roedd Catrin yn iawn. Dylai hi fod wedi derbyn ei chynnig yn hytrach na bod yn ddewr a mentro ar ei phen ei hun.

Ond roedd hi'n rhy hwyr nawr. Penderfynodd fynd ar hyd y llwybr byrraf, ac wrth iddi fynd i lawr set o risiau i goridor tywyll cafodd y teimlad fod rhywun yn ei dilyn. Allan â hi wedyn i faes parcio, lle roedd mwy o olau ac wedi iddi groesi hwnnw roedd hi ar lwybr arall ac yn wir, trwy frigau'r coed a'r llwyni, gallai weld yr adeilad o'i blaen. Ychydig gamau eto. Roedd y glaw'n trymhau. Ceisiodd redeg ond, yn ei sgidiau sodlau uchel, doedd hynny ddim yn hawdd ar y llwybr gwlyb. Arafodd ei chamau a dwrdio'i hun am fod mor wirion. Roedd y llwybr nawr yn dywyllach a'r llwyni tew'n cuddio goleuadau'r Neuadd. Am yr eildro synhwyrodd fod rhywun yno, gyda hi. Gan geisio magu plwc camodd Elenid rownd y tro. Ychydig lathenni eto. Cam neu ddau ac fe fyddai'n saff.

Synhwyrodd rhyw symudiad o'r llwyni tu ôl iddi a gwelodd ffigwr du'n neidio amdani. Doedd dim cyfle i weiddi a sgrechian. Teimlodd ergyd bwerus ar ei gwegil. Syrthiodd yn llipa a disgyn i bwll dudew a oedd yn dywyllach ac yn ddyfnach na'r nos o'i chwmpas.

Pennod 2

Y N EI FFLAT yng Nghilgant y Cei, ger harbwr Aberystwyth, roedd Inspector Gareth Prior yn paratoi i fynd i'w wely. Ar derfyn dydd, edrychodd yn ôl ar un o'i Sadyrnau rhydd cyntaf ers tro – diwrnod difyr a dioglyd. Codi'n hwyr, brecwast sydyn a mynd i'r Orendy yn y dre am wydraid o win. Cip ar y papurau newydd yno, cyfarfod un neu ddau roedd yn eu lled-adnabod ac yna galw yn y siop lyfrau i gasglu'r gyfrol am Disraeli roedd e wedi'i harchebu. Gan nad oedd yn gweithio drannoeth, gwyddai Gareth y gallai gychwyn y gyfrol yn y bore ac roedd y syniad o dreulio diwrnod ar ei hyd yn darllen yn deimlad braf. Mor wahanol i'r teimlad yn ystod cyfnod astudio am ei radd yn Kings, Llundain. Bryd hynny roedd yn *rhaid* darllen a bod yn barod i draethu'n ddoeth ar y cynnwys mewn seminar. Wrth adael y siop lyfrau daeth geiriau un o'i diwtoriaid yn ôl i Gareth, "Yes Prior, you've obviously read the books, but have you grasped the essence of what the author is getting at?"

Wel, roedd hynny y tu cefn iddo nawr. Ar ôl ennill gradd dosbarth cyntaf mewn Hanes ac ymchwilio i'r testun 'Poetry and Politics in the Victorian age: a socio-linguistic discussion' gan ennill gradd uwch am ei ymdrechion, penderfynodd ei fod wedi cael digon ar astudio. Cofiodd eto am yr un tiwtor yn gofyn, "Prior, you're clearly bright, thought about academia at all?" Gareth yn ysgwyd ei ben a'r tiwtor yn rhoi clo ar ei fywyd coleg gyda'r sylw, "No, thought not – good brain, but not enough patience. Not really the type."

Na, doedd e mo'r teip. Ni allai Gareth ddychmygu

treulio gweddill ei fywyd mewn twˆr ifori yn darlithio ac yn ysgrifennu papurau academaidd. Doedd ganddo ddim cynlluniau pendant, a rhyw hap a damwain oedd iddo sylwi ar y poster ar hysbysfwrdd Adran Gyrfaoedd Kings yn datgan bod Heddlu Dyfed-Powys yn chwilio am *Graduate Trainees*. Wrth iddo edrych ar y poster fe drawyd Gareth gan ddau beth: bu ei dad-cu'n Sarjant yn heddlu'r hen Sir Gaerfyrddin, ac roedd ef ei hun wedi'i eni a'i fagu yng Nghwm Gwendraeth a oedd yn rhan o dalgylch Heddlu Dyfed-Powys. Heb ryw lawer o obaith, cwblhaodd y ffurflen gais a chael ei wahodd am gyfweliad. Er mawr syndod iddo (ac yn fwy o syndod fyth i'w rieni a oedd wedi rhag-weld gyrfa barchus iddo fel athro, ac yna fel prifathro) fe gafodd ei apwyntio i gynllun dyrchafiad cyflym yn y CID. Dwy flynedd o hyfforddiant dwys ac anodd, a bellach roedd yn ei swydd go iawn gyntaf – yn Arolygydd yn Aberystwyth ers rhyw ddeufis ac yn araf ymgodymu â her y gwaith.

Cerddodd Gareth ar hyd y Stryd Fawr at siop y bwtshwr, lle cyfarchwyd ef yn gyfeillgar gan y perchennog.

"Darn bach o stêc, plîs," meddai, gan bwyntio at y cig ar y silff wydr.

"A' i i nôl pishyn o'r cefen nawr, y Welsh Black gore," oedd yr ateb. Daeth y bwtshwr yn ei ôl a dangos y cig. "Diwrnod off heddi, Insbector? Criminals yn cael llonydd!"

Gwenodd Gareth. Roedd sylw'r bwtshwr yn nodweddiadol. Tref fechan oedd Aberystwyth a buan y darganfu Gareth nad oedd yn hawdd cuddio'r ffaith mai ditectif oedd e.

Roedd y stecen yn hynod o flasus. Ei choginio'n sydyn, ychydig o datws newydd a ffa gwyrdd a gwydraid o Rioja yn bartneriaid perffaith iddi. Doedd Gareth ddim yn hoff o fwyta ar ei ben ei hun, ond nid oedd wedi dod i adnabod neb yn ddigon da eto i wahodd rhywun i swper. Beth bynnag, gallai blesio'i hun a mwynhau'r bwyd, y CD Diana Krall a naws ei fflat newydd.

Roedd safle'r fflat yn fendigedig, ac er bod y nos bellach wedi cau am yr olygfa, gallai Gareth ddal i glywed tonnau'r môr yn torri ar y traeth y tu draw i'r harbwr. Cyn troi am ei wely camodd tuag at y drysau patio a'u hagor yn llyfn. Wrth iddo sefyll ar y balconi bychan cryfhaodd sŵn y tonnau ond, gyda'r gwynt yn codi, disgynnodd y dafnau cyntaf o law mân. Caeodd Gareth y drysau gan droi'n ôl i mewn i'r lolfa ac am y canfed tro ers iddo symud i Gilgant y Cei edrychodd gyda boddhad ar y stafell a'r dodrefn. Darnau syml wedi'u cynllunio'n chwaethus, y soffa a'r gadair o ledr du; y peiriant CD a theledu sgrin denau ar silffoedd o dderw golau; ei gasgliad o lyfrau a disgiau. Muriau'r ystafell, fel gweddill y fflat, wedi'u peintio'n wyn ac ar y wal gyferbyn roedd ei drysorau pennaf – dau lun bychan gan yr arlunydd o Abertawe, Nick Holly. Erbyn hyn roedd lluniau Holly yn gwerthu am filoedd, ond bu Gareth yn ddigon ffodus i brynu'r ddau cyn i'r prisiau godi i'r entrychion.

Gan gymryd un cip arall ar y lolfa, diffoddodd Gareth y golau a mynd i'r stafell ymolchi. Glanhau ei ddannedd, taflu dŵr oer dros ei wyneb ac ymlaen wedyn i'r stafell wely. A dyna pryd y canodd ei ffôn poced a osodwyd yn ofalus ar y bwrdd bach gerllaw'r gwely.

"Insbector Prior?" gofynnodd y llais.

"Ie, Tom chi sy 'na," atebodd Gareth; roedd yn hawdd adnabod acen Tom Daniel, y Sarjant ar ddyletswydd nos ar y ddesg yn Swyddfa Heddlu Aberystwyth. "Beth alla i neud i chi, Tom?"

"Ma'n flin 'da fi'ch poeni chi, syr, ond ma corff merch ifanc wedi ca'l 'i ffindo ar gampws y Coleg, ar lwybr jyst uwchben Glanymôr. Ma'n nhw'n meddwl ei bod hi wedi ca'l ei lladd, ac ma angen eich tîm chi 'na ar unwaith."

"Iawn, Tom, rwy ar y ffordd nawr. 'Na i ffonio Ditectif Sarjant Davies." A chyda hynny o eiriau rhoddwyd terfyn ar yr alwad.

Gwyddai Gareth fod cyrraedd man y llofruddiaeth mor fuan â phosib yn hollbwysig gan y byddai hynny'n lleihau'r siawns o halogi'r safle. Gan afael yn ei got law drwchus, camodd allan o'r fflat i'r cwrt islaw lle roedd y Merc wedi'i barcio. Taniodd beiriant y car, ond cyn gyrru i ffwrdd gwasgodd y botymau ar y ffôn boced i alw rhif brys Meriel Davies.

★ ★ ★

"Mel, ma'r lle ma fel twlc," dwedodd Meriel Davies wrthi'i hun. Edrychodd o gwmpas y stafell fechan gan weld pentyrrau o bapurau dydd Sadwrn, mynydd o ddillad angen eu smwddio ac olion ei swper tecawê ar y bwrdd, a'r cyfan yn llenwi pob cornel bron. Pan brynodd hi'r tŷ ar stad Glanrheidol roedd disgrifiad yr asiant tai yn ganmoliaethus, yn ôl yr arfer – *Deceptively spacious town house with easy access to all facilities in the University town of Aberystwyth*. Mae'n debyg y byddai digon o le yn y tŷ petai hi'n clirio'r llanast yn rheolaidd, ond erbyn hyn roedd Mel y tu hwnt i glirio a thacluso.

Ar un adeg roedd ei bywyd yn batrwm o daclusrwydd. Gwaith ysgol taclus, cwrs coleg taclus a charwriaeth daclus yn goron ar y cyfan. Roedd hi a Dewi wedi eu magu ar yr un stryd yn Nhreforys, aethant i'r un ysgol gynradd ac uwchradd ac yna ymlaen i Gaerdydd i gael eu hyfforddi'n athrawon. Dechreuodd y ddau fynd allan gyda'i gilydd yn y chweched dosbarth a chryfhaodd eu perthynas yn y coleg. Priodi'n fuan ar ôl gorffen y cwrs a Dewi a hithau'n cael swyddi mewn ysgolion cyfagos yng Nghwm Tawe, a'r cyfan yn edrych fel petai'r ddau yn cychwyn ar fywyd perffaith. Dangosodd Mel ei bod yn athrawes effeithiol a phoblogaidd, a buan y cododd lefel canlyniadau'r plant yn ei dosbarthiadau. Gofynnwyd iddi arwain côr yr ysgol ac unwaith eto, gyda gwaith caled a chyson, enillwyd llu o wobrau yn eisteddfodau'r Urdd a'r Genedlaethol. Yn ei ysgol ef, roedd Dewi yr un mor llwyddiannus; casglodd grŵp bychan o ddisgyblion at ei gilydd i ffurfio cwmni drama, ac ymhen dim roedd Dewi a'i actorion ifanc wedi ennill canmoliaeth uchel gan godi enw da a phroffil yr ysgol.

Hwn oedd y cyfnod melys, ond yna dechreuodd Mel glywed sibrydion bod Dewi'n treulio llawer o amser yng nghwmni athrawes ifanc – blonden o'r enw Dawn. Ar y dechrau cymerodd Mel y cyfan fel clonc faleisus; ni allai gredu y byddai ei Dewi hi yn anffyddlon. Aeth bywyd yn ei flaen ac yng nghanol prysurdeb y ddau fe sylweddolodd Mel fod ochr gorfforol eu priodas wedi dirywio. Pan soniodd am y peth gyda Dewi rhyw noson ar ôl sesiwn garu arbennig o ddi-fflach, fe ffrwydrodd ei dymer yn gwbl annodweddiadol ohono.

"Beth sy'n bod arnat ti, dwed – ti'n *sex maniac* neu beth? Alla i byth â chyrra'dd dy safone uchel di bob tro, ti'n gwbod. Ac fe ddylet ti wybod hefyd mor galed rwy'n gwitho nawr gyda'r blwmin sioe gerdd 'ma."

Heb ddweud gair, symudodd Mel i ochr arall y gwely gan ollwng dagrau chwerw ar y gobennydd. Dyna'r tro cyntaf erioed iddi glywed Dewi yn cwyno am ei waith a'r tro cyntaf hefyd iddo siarad â hi mewn ffordd mor oeraidd a chas. Wrth iddi feddwl yn ôl, sylweddolodd Mel mai'r noson honno oedd dechrau'r diwedd. Cynyddodd y sibrydion, a daeth y cyfan i benllanw rhyw nos Sul wrth i Dewi ddychwelyd o gwrs drama yng Nghaerfyrddin. Roedd Mel eisoes wedi clywed si bod Dewi yng nghwmni Dawn drwy gydol y penwythnos.

"Gest ti amser da?" oedd y cwestiwn syml ond awgrymog, pan gerddodd Dewi i mewn i'r tŷ.

"O, ti'n gwybod fel ma'r cyrsie 'ma – lot o siop siarad a rhai pobol yn lico dangos eu hunen."

Ni allai Mel atal y geiriau, "a rhai pobol yn barod i wneud ffyliaid o'u hunen, a neud ffŵl ohono i ar yr un pryd. Ma enw addas 'da'r slwten 'na on'd oes e – Dawn. Yn ôl beth glywes i, rodd y wawr *yn* torri pan est ti mas o'i stafell hi."

Aeth y ddau i gysgu mewn stafelloedd ar wahân, a phan gododd Mel drannoeth, roedd Dewi eisoes wedi gadael y tŷ. Rhywfodd llwyddodd hi i fynd drwy'r diwrnod a dychwelodd adre yn y gobaith y gallent drafod yn gall a symud ymlaen i ddatrys eu problemau. Wrth iddi gamu dros y trothwy gwyddai nad oedd hynny'n mynd i ddigwydd. Roedd y lle'n wag, ac yn yr ystafell wely gwelodd Mel fod Dewi wedi bod yno o'i blaen ac wedi clirio'i ddillad a'i eiddo personol. Ar y gwely, roedd nodyn, wyth gair a ddinistriodd ei bywyd:

"Dwi wedi symud allan a dwi isie ysgariad."

Ar ôl hynny aeth popeth ar chwâl. Collodd Mel afael ar ei dosbarthiadau, aeth ei disgyblaeth yn rhemp, ac roedd pob gwers a phob diwrnod yn hunllef. O fewn chwe mis roedd y tŷ wedi'i werthu, ei phriodas ar ben ac roedd wedi ymddiswyddo o'i gwaith. Dyna pryd y daeth bywyd taclus Meriel Davies i ben, ac oni bai am gefnogaeth ei theulu a'i ffrindiau byddai wedi colli rheolaeth yn llwyr. Un o'i ffrindiau, a oedd yn blismones, a awgrymodd y dylai Mel feddwl am yrfa hollol wahanol ac ystyried gwneud cais am swydd gyda'r heddlu. Doedd y cais cyntaf, i Heddlu Gwent, ddim yn llwyddiannus, ond gyda'r ail fe gafodd wahoddiad i ymuno â ffors Dyfed-Powys. Cyfnod byr ar y bît ac yna'r cyfle i symud i'r CID. Dyna pryd y daeth yn eglur i Mel, ac i'r rhai yn y rhengoedd uwch, ei bod hi'n dditectif wrth reddf. Gallai weld trwy bobol yn syth, ac ailddysgodd nifer o wersi'r stafell ddosbarth wrth ddelio ag achosion plant. Dyrchafwyd hi yn Ditectif Sarjant ac, yn fuan ar ôl hynny, cafodd wahoddiad i ymuno â thîm Aberystwyth. Bachodd Mel ar y cyfle ar unwaith – gwaith newydd, her newydd ac, yn fwy na dim, lle newydd ymhell o friwiau'r gorffennol.

Edrychodd ar annibendod yr ystafell unwaith yn rhagor. Byddai'r hen Mel wedi mynd ati'n syth i glirio a thacluso ond nawr meddyliodd, "Twt, neith fory'r tro."

Canodd ei ffôn symudol ac ar ôl ymbalfalu daeth Mel o hyd iddo dan bentwr o bapur. Gwasgodd y botwm ateb ac ar unwaith clywodd lais ei bòs, Gareth Prior.

"Mel, ma 'na ferch wedi ca'l ei lladd ar gampws y Coleg – stiwdent, ma'n debyg. Gwrdda i â chi 'na – dreif Glanymôr. O ie, ffoniwch Akers, plîs."

Chafodd Mel ddim cyfle i ddweud y byddai yno mor fuan â phosib. Roedd Gareth Prior eisoes wedi diffodd y cysylltiad. Dim ond un dasg oedd ganddi cyn mynd allan, sef galw'r trydydd aelod o'r tîm, Ditectif Gwnstabl Clive Akers.

★ ★ ★

Golygus, dyna'r disgrifiad perffaith o Clive Akers – yn wir, doedd un gair fel 'na prin yn gwneud cyfiawnder ag e. Gwallt brown tywyll, llygaid o'r un lliw, wyneb da a chorff perffaith. Dechreuodd chwarae rygbi yn ystod ei gyfnod yn Ysgol Rhydfelen a nawr, o ganlyniad i chwarae bron bob Sadwrn ac ymweliadau cyson â'r *gym*, roedd e'n hynod o ffit a phob cyhyr yn galed fel haearn. O ystyried ei daldra a'i ffitrwydd roedd e'n ymgeisydd naturiol am yr heddlu ac ymunodd â Heddlu De Cymru yn syth o'r ysgol. Clive fyddai'r cyntaf i gydnabod bod cael ewythr yn Arolygydd yn yr un ffors yn help, ond fe wnaeth e'n siŵr ei fod e'n manteisio'n llawn ar y cyfle cyntaf hwnnw. Cafodd ganmoliaeth uchel am y ffordd y deliodd â chriw meddw y tu allan i un o dafarnau Caerdydd ar noson gêm ryngwladol, ac roedd ei benaethiaid wedi sylwi bod y Gymraeg a ddysgodd yn Rhydfelen yn ffactor allweddol wrth dawelu'r storom. Yn fuan ar ôl hynny symudodd i'r CID a dod, yn nhyb Clive ei hun, yn blismon go iawn – yn datrys troseddau yn hytrach na delio â labystiaid meddw. Roedd Clive yn uchelgeisiol a phan welodd e'r hysbyseb ar wefan Dyfed-Powys yn gwahodd ceisiadau am aelodau i ymuno â thîm CID yn Aberystwyth doedd ganddo ddim amheuaeth. Er bod y swydd newydd ar yr un raddfa cyflog, roedd y cyfle am ddyrchafiad yn well nag yn Heddlu'r De, ac roedd Clive Akers yn bwriadu dringo'n uchel ac yn fwy na hynny, roedd e'n bwriadu dringo'n gyflym.

Gorweddai'n awr yn ei wely yn y fflat fechan ar un o brif strydoedd Aber. Doedd e ddim wedi cysgu rhyw lawer, ac roedd dau reswm am hynny. Yn gyntaf, ac yn llai na phleserus, y myfyrwyr swnllyd oedd yn loetran tu allan ac yn cerdded heibio bob rhyw chwarter awr. Roedd yr ail reswm yn bleserus dros ben – ei gariad ers rhyw fis, Bethan, a oedd yn rhannu'i wely. Ac yntau mor olygus, ni fu bachu menywod erioed yn broblem i Clive. Wrth iddo edrych ar gorff lluniaidd Bethan cyfaddefodd Clive yn dawel wrtho'i hun y gallai'n hawdd syrthio mewn cariad â'r ferch ddeniadol a gysgai'n dawel wrth ei ochr.

Roedd y fflat yn oer, ond y gwely'n gynnes, a llithrodd Clive o dan y *duvet* gan symud yr un pryd at gynhesrwydd corff Bethan. Rhoddodd ei fraich amdani ac wrth iddi ryw hanner dihuno clywodd Bethan yn sibrwd, "Mm, ma hwnna'n neis."

"A ti'n gwbod beth, ti'n neis hefyd," oedd ateb Clive a

gyda hynny trodd Bethan tuag ato i roi cusan awgrymog.

Clywodd Clive ei ffôn yn canu, a difetha'r awyrgylch gynnes, glòs. Neidiodd o'r gwely gan wybod bod galwad yr amser hyn o'r nos ond yn golygu un peth – roedd yn fater o frys ac roedd ei angen ar fyrder. Wrth estyn at y ffôn ac edrych ar y sgrin fechan gwelodd Clive mai Ditectif Sarjant Meriel Davies oedd yno; gwasgodd y botwm ateb i ofyn, "Ie, Mel, beth sy'n bod?"

"Clive, ma corff merch wedi'i ffeindio ar gampws y Coleg – mwrdwr, ma'n debyg. Ma Insbector Prior ar ei ffordd a dwi'n gadael y tŷ nawr. Wela i ti 'na. O ie, ar y llwybr nes lan na Glanymôr."

"Iawn, Mel, rwy'n gadael nawr."

Ar unwaith roedd Clive Akers yn canolbwyntio ar ei waith. Dyma ei lofruddiaeth gyntaf, ac er bod hynny'n drasiedi, gallai fod yn gam pwysig yn ei yrfa. Wrth iddo straffaglu i mewn i'w ddillad, teimlai'n gynhyrfus a'r adrenalin yn llifo drwy'i gorff.

O'r gwely edrychodd Bethan yn syn arno, "Ti'n gorfod mynd, wyt ti?"

"Odw, Beth, ma'n flin gyda fi – ti'n gwbod fel ma hi. Aros di fan hyn, a wela i di fory."

Erbyn hyn roedd Clive wrth y drws, ond cyn gadael meddyliodd am y llofrudd a allai fod yn crwydro'n rhydd o gwmpas tre Aberystwyth. Trodd yn ôl i roi cusan ysgafn iddi. "Beth, arhosa fan hyn heno wnei di, plîs – alla i ddim egluro nawr, ond bydde hynny'n saffach."

Caeodd Clive Akers ddrws y fflat ar ei ôl, a chamu allan i'r noson wlyb gan ruthro i fyny rhiw Penglais am Neuadd Glanymôr.

Pennod 3

CYRHAEDDODD GARETH PRIOR a Mel Neuadd Glanymôr ar yr un pryd. Roedd ceir yr heddlu yno eisoes a phlismyn yn gwarchod pen y llwybr. Chwiliodd y ddau'n aflwyddiannus am le i barcio, felly doedd dim amdani ond gadael y ceir o flaen garej fawr o dan y arwydd yn rhybuddio 'Dim Parcio'. Camodd Gareth o'r Merc i weld Mel yn cau drws y Corsa bach gwyrdd.

"Noson gas, Mel. Ma'r glaw yn gwaethygu, on'd yw e? Draw â ni, does dim amser i'w golli."

"Reit, syr."

Cerddodd y ddau i gyfeiriad y plismyn a heibio i griw o fyfyrwyr. Yr un hen stori, meddyliodd Gareth, dim ond i chi gael damwain neu lofruddiaeth, roedd y dorf yno ar unwaith, yn aros a sbecian fel rhyw gynulleidfa gudd, ddisgwylgar. Wrth iddynt agosáu at y llwybr gwelsant Akers yn dod tuag atynt. Trodd Gareth at y plismyn oedd yn sefyll gerllaw'r tâp diogelwch.

"Peidiwch â gadael i neb groesi'r llinell. Rwy'n cymryd bod y llwybr hefyd wedi'i gau o'r pen arall?" gofynnodd.

"Odi, syr, ac ma 'na ddau swyddog arall yno hefyd yn atal neb rhag dod trwyddo."

"Da iawn, ac os galle un ohonoch chi geisio cadw'r crowd draw fe fydde hynny'n help."

Plygodd Gareth, Mel ac Akers o dan y tâp i gerdded yr ychydig gamau i union safle'r llofruddiaeth. Roedd y llecyn wedi'i oleuo'n llachar gan oleuadau caled y SOCOs – y Scene of Crime Officers – a oedd eisoes wrth eu gwaith yn eu siwtiau papur gwyn. Daeth y tri ditectif yn nes, gan osgoi mynd yn rhy agos gan nad oedd yr un ohonynt yn gwisgo dillad gwarchod. Roedd corff y ferch ifanc wedi hanner ei guddio o dan lwyni isel. Codwyd ei ffrog ddu yn uchel o gwmpas ei chluniau a gallech weld rhimyn o gnawd gwyn lle roedd ei sanau'n gorffen yn disgleirio dan y golau caled. Roedd ei dwylo mewn ystum amddiffynnol ar ei gwddf a gorweddai mewn hanner plyg, fel petai hi, yn ei marwolaeth, wedi dychwelyd i'r groth. Ar ei phen roedd clwyf amlwg a llydan, a'r croen wedi rhwygo.

"Dyma'n union sut oedd hi pan ddaeth rhywun ar ei thraws?" holodd Gareth un o'r SOCOs.

"Ie, syr, ond rwy'n credu bod y corff wedi cael ei symud ar ôl iddi gael ei lladd. Drychwch fan hyn."

Gellid gweld bod y pridd yn anwastad, yn union fel petai rywun wedi llusgo rhywbeth trwm ar draws y ddaear.

"Cais i guddio'r corff, syr?"

"Ie, synnwn i ddim. Pwy gafodd hyd iddi?"

"Dau fyfyriwr o'r dre ar eu ffordd 'nôl o'r ddawns. Ma'n nhw wedi ca'l tipyn o sioc gallwch fentro. Ma'n nhw yn Neuadd Glanymôr nawr ac ma plismon gyda nhw."

Edrychodd Akers lan a lawr y llwybr. "Sdim lot o ole fan hyn, oes e? Ma'r lamp agosa dipyn i ffwrdd. Chi'n meddwl bod hynny'n ffactor, syr? Bod rhywun wedi dewis y fan a'r lle yn bwrpasol?"

"Digon posib, Akers; fel dwedoch chi, dyw gole'r lamp 'na ddim yn estyn i fan hyn, odi e?"

Camodd Gareth ychydig yn nes at y corff, ond cymerodd ofal unwaith eto i gadw'n ddigon pell rhag dinistrio cliwiau pwysig. Gan droi at yr ail SOCO gofynnodd, "Unrhyw obaith am olion traed neu esgid?"

"Wel, oes a nacoes. Ma degau wedi cerdded ffor' hyn wrth ddod lawr o'r ddawns ac o'r campws. Pwy all ddweud pwy gadwodd yn union at y llwybr a phwy gamodd ar y borfa? Ma hi wedi bwrw'n weddol drwm ac ma'r glaw wedi golchi unrhyw beth a allai fod o werth. Ond yn agosach at y corff ma 'na rywbeth. Ma'r ferch wedi ca'l ei llusgo ac, wrth gwrs, wrth geisio symud unrhyw beth trwm ma'ch trad yn suddo'n ddyfnach i'r pridd. Ac ma cysgod y llwyni wedi bod o help."

Pwyntiodd y SOCO at ôl esgid yn y pridd; roedd y marc yn eglur, gyda rhychau a llinellau clir ar draws y gwadn.

"Trainer, syr, ond ar ôl gwneud cast fe allwn ni roi rhagor o fanylion."

Edrychodd Mel ac Akers yn syfrdan ar yr olygfa; roeddent wedi gweld cyrff o'r blaen ond nid dan amgylchiadau fel hyn ac nid person mor ifanc â hyn. Anadlodd Mel yn ddwfn cyn gofyn y cwestiwn oedd ar feddwl pawb.

"Gyda'i ffrog wedi'i chodi fel 'na, oes 'na arwydd o ymosodiad rhywiol?"

"Allwn ni byth â dweud, tasg y meddyg fforensig yw hynny. Ma Dr Angharad Annwyl ar ei ffordd."

"Oes gyda chi rhyw syniad o amser y farwolaeth?" gofynnodd Gareth.

"Ma hi nawr yn tynnu at ddau y bore. Rodd y ddawns yn gorffen am un ac fe allwn ni dybio fod y ferch wedi gadael cyn hynny gan ei bod hi ar ei phen ei hun. Ma'r corff yn hollol oer, ond dyw *rigor mortis* ddim wedi cychwyn eto. Cafwyd hyd iddi gan y myfyrwyr am ugain munud i un. Felly, rhywbryd rhwng deuddeg a hanner awr wedi deuddeg weden i. Ond fydd Dr Annwyl yn gallu bod yn fwy pendant."

Edrychodd Gareth Prior ar Mel ac Akers ond ni chafodd

ymateb. Doedd dim byd mwy y gallent ei wneud o gwmpas y safle ar hyn o bryd, ac roedd yn rhaid holi'r ddau a gafodd hyd i'r corff a chwilio am dystion eraill. Gadawyd y SOCOs i dynnu lluniau o'r olygfa erchyll a cherddodd y tri yn ôl i lawr y llwybr. Safai tyrfa ychydig ymhellach i ffwrdd a gallai Gareth weld person hŷn, talsyth, gwallt llwyd yn sefyll ychydig i'r naill ochr a golwg bryderus ar ei wyneb. Wrth iddyn nhw agosáu daeth un o'r plismyn atynt.

"Esgusodwch fi, syr, ond ma'r gŵr 'na'n gofyn a alle fe ga'l gair 'da chi."

Nodiodd Gareth ac ar ôl i'r tâp diogelwch gael ei godi, camodd y gŵr oddi tano.

"Noswaith dda. Syr. Insbector Gareth Prior ydw i a dyma Ditectif Sarjant Meriel Davies a'r Ditectif Gwnstabl Clive Akers."

Syllodd y gŵr ar y tri drwy sbectol drwchus ac yna cyflwynodd ei hun mewn llais tawel, "Dr Myfyr Lloyd Williams, Warden Glanymôr. Insbector, rwy wedi clywed bod merch ifanc wedi ca'l ei lladd – alla i helpu mewn unrhyw ffordd?"

Roedd Gareth yn amheus ar y dechrau ond yna sylweddolodd fod 'na rywbeth allweddol y gallai Dr Williams ei wneud. Roedd y ferch a laddwyd yn cerdded tuag at y Neuadd ac roedd hynny'n debygol o olygu ei bod yn un o breswylwyr Glanymôr.

"Ma 'na un ffordd y gallwch chi fod o help, syr. Oes, ma 'na berson wedi'i lladd ac ma siawns go dda ei bod hi'n byw yn y Neuadd. Fyddech chi'n fodlon dod i weld os gallwch chi roi enw i ni?"

Daeth golwg ofidus i wyneb Dr Williams, ond roedd wedi cynnig ac felly dilynodd y tri ditectif i gyfeiriad safle'r llofruddiaeth. Rhoddodd Gareth arwydd i'r SOCOs i atal tynnu lluniau am y tro. Camodd Dr Williams ymlaen a phlygu'n ddigon agos i weld y corff.

Ni chafwyd ateb yn syth. Roedd Dr Williams yn welw ac wedi cael ei ysgwyd, ond ar ôl adfer ei hunanreolaeth, dywedodd, "Fel ro'n i'n ofni, Insbector, un o ferched Glanymôr yw hi. Elenid Lewis."

"Diolch, Dr Williams, galla i ddeall nad oedd hynna'n hawdd i chi. Ga i ofyn un gymwynas arall, ydy manylion y ferch ganddoch chi? Enw rhieni a chyfeiriad cartref – gwybodaeth bersonol?"

Am yr ail dro, oedodd y Warden cyn ateb ond yna, fel petai'n amgyffred difrifoldeb y sefyllfa, llifodd y geiriau'n gyflym, "Oes, oes, wrth gwrs. Dewch gyda fi."

Gan gymryd camau bras, cerddodd Dr Williams heibio i'r myfyrwyr ac i mewn i'r Neuadd, gyda'r tri ditectif yn ei ddilyn. Roedd criw arall a phorthor wrth y drws, a'r lle yn llawn sŵn a thensiwn. Cafodd Gareth y teimlad fod rhyw drafferth wedi digwydd ac roedd yna wrthgyferbyniad rhyfedd rhwng y tawelwch a'r mudandod y tu allan i'r adeilad a'r stŵr y tu mewn. Aeth Dr Williams yn ei flaen, heb dalu sylw i neb na dim, ar hyd coridor hir i dywys y tri i stafell ffurfiol ar ben blaen yr adeilad. Roedd hi ychydig yn dawelach yno, a chyda rhyw olwg hanner ymddiheurol, dywedodd Dr Williams, "Eisteddwch, os gwelwch yn dda. Bydda i'n ôl nawr."

Aros ar eu traed wnaeth Gareth, Mel ac Akers ac roedd Mel ar fin gofyn cwestiwn pan ddychwelodd y Warden yn cario gliniadur. Rhoddodd y peiriant ar y bwrdd a'i agor.

"Dyma ni, dyma'r wybodaeth," meddai.

Ac yno, ar y sgrin, roedd llun y ferch a orweddai'n gelain y tu allan i Neuadd Glanymôr. Er nad oedd ond llun bychan, roedd ei harddwch yn amlwg, ac o dan y llun y manylion:

Elenid Lewis: myfyrwraig drydedd flwyddyn –
cwrs anrhydedd sengl yn y Gymraeg

Dyddiad geni: 16 Mawrth 1987

Rhieni: Parch Luther Lewis a Mrs Rhiannedd
Lewis

Cyfeiriad: Y Gorlan, Stryd y Bont, Rhydaman,
Sir Gaerfyrddin.

Copïwyd y cyfan gan Mel yn ei llyfr nodiadau.

"Merch beniog, yn saff o gael gradd dosbarth cyntaf."
Oedodd Dr Williams am ennyd cyn ychwanegu gyda
chryndod yn ei lais, "a nawr, dim byd, dim byd."

Gwyddai Gareth y byddai'n rhaid iddo ddibynnu ar y
Warden am fwy o help ac meddai, "Dr Williams, fe fyddwch
chi'n deall, mae'n siŵr, bod yn rhaid inni gasglu cymaint o
wybodaeth ag y gallwn ni am y drosedd. Fydde modd i chi
drefnu i gasglu holl breswylwyr y Neuadd at ei gilydd yn
fuan? Bydd Ditectif Gwnstabl Akers yn siarad â nhw. Allech
chi neud hynny?"

"Wrth gwrs, wrth gwrs, unrhyw beth. Prynhawn fory,
wel, heddiw ddylen i ddweud, ar ôl cinio dydd Sul yw'r
amser gorau. Mae 'na siawns dda y bydd pawb yma bryd
hynny. A' i ati nawr i baratoi poster ac i ddanfon e-bost allan.
Mae'n debyg y dylen i geisio cysylltu â'r rhieni a swyddogion
y Coleg." Daeth yr olwg ofidus yn ôl i wyneb Dr Williams.
"Beth fydd ymateb y Prifathro, dwn i ddim. Problem arall,
gyfeillion, a phroblem fawr."

"Dr Williams, ein cyfrifoldeb ni fydd cysylltu â'r rhieni,"
atebodd Gareth. Sylwodd Mel ac Akers ar y rhyddhad yn
osgo'r Warden – o leiaf fyddai dim rhaid iddo fe ymgymryd
â'r dasg boenus honno. "Ond ie, dylech chi gysylltu ag
awdurdodau'r Coleg ar unwaith. A hefyd bod yn barod am y

wasg. Os dwi'n eu nabod nhw, fe fyddan nhw yma'n un haid yn fuan iawn. A nawr, Dr Williams, ma'n rhaid i ni fynd i gael gair gyda'r ddau a ddaeth o hyd i'r corff."

Roeddent ar fin gadael pan ddaeth porthor i'r drws. Aeth y Warden ato ac yna, yn ymddiheurol, eglurodd, "Mae'n flin gen i, mater o frys, mae'n rhaid i fi fynd. Mae hi wedi bod yn noson eithriadol o brysur yma heno rhwng popeth." A rhuthrodd Dr Williams o'r ystafell.

Amneidiodd Gareth wrth Mel ac Akers y dylen nhw hefyd fynd allan. Wrth ddrws ffrynt Glanymôr roedd hi fymryn yn dawelach, a symudodd y tri ymhellach i ffwrdd i roi cyfle i Gareth ddweud wrth y lleill beth fyddai'r camau nesaf.

"Akers, dwi am i chi aros fan hyn, a phan dawelith pethau ewch i gael gair gyda'r myfyrwyr gafodd hyd i'r corff. Mel, dewch chi gyda fi i'r Stesion ac wedyn rhaid i ni gysylltu â'r rhieni. Akers, y cyfarfod gyda'r myfyrwyr pnawn fory. Unrhyw wybodaeth ddefnyddiol, cofiwch, ac ewch â nhw i'r stafell 'na lle ro'n ni eiliad yn ôl. Fyddan nhw'n fwy parod i siarad yn breifat. Bydd Dr Williams yn barod i chi gael defnyddio'r lle, rwy'n siŵr."

"Iawn," atebodd Akers ac yna fel rhyw ychwanegiad, "Rwy'n gwbod bod ein gwaith *ni*'n galed, ond chymren i mo job y Warden 'na am filiwn y flwyddyn!"

Gwenodd y ddau arall. Aeth Gareth a Mel at y ceir, ac wrth iddynt gerdded i'r man parcio gwelsant Saab yn cael ei yrru'n ofalus heibio i'r myfyrwyr. Stopiodd y car ac agorwyd y ffenest.

"Noswaith dda. Dr Angharad Annwyl. Oes 'na le i barcio?"

Pwyntiodd Gareth i gyfeiriad y garej. Wrth iddyn nhw nesáu daeth Dr Annwyl allan o'r Saab a mynd yn syth i'r bŵt i nôl ei siwt wen a'i bag meddyg. Gan fod y Doctor yn newydd i'r swydd nid oedd Gareth wedi cyfarfod â hi o'r blaen, ond roedd wedi clywed amdani. Merch yn ei thri degau oedd Dr Annwyl, yn hanu o Sir Drefaldwyn, yn hynod o beniog ac yn gwbl effeithiol yn ei gwaith.

"Wel, Insbector, beth allwch chi ddweud wrtha i am yr achos?" gofynnodd yn ei hacen Maldwyn gref.

"Merch ifanc, Dr Annwyl, myfyrwraig, wedi ei lladd, ergyd galed ar gefn y pen. Ma'r SOCOs yno nawr yn chwilio, ond ar wahân i un ôl troed a'r ffaith fod y corff wedi ca'l ei symud ar ôl y farwolaeth, dy'n ni ddim yn gwybod mwy. O ie, amser marwolaeth, rhwng deuddeg a hanner awr wedi deuddeg. Ond wrth gwrs, fe fyddwch chi'n gallu bod yn fwy pendant."

"Falle, Insbector, ond gyda'r tymheredd yn disgyn a'r holl law gallai hynny fod yn anodd. Ond fe wna i 'ngore. Bydd adroddiad llawn efo chi cyn gynted â phosib."

Gadawodd Dr Annwyl y ddau a cherdded draw at y llwybr gan wyro o dan y tâp diogelwch. Aeth Mel a Gareth at eu ceir a gyrru allan o Lanymôr i gyfeiriad Swyddfa'r Heddlu Aberystwyth.

Roedd yr Adran CID yn hollol wag. Edrychodd Gareth ar ei wats. Bron yn dri. Dim ond ychydig dros dair awr oedd wedi mynd heibio ers iddo adael ei fflat ac yn y cyfnod hynny roedd llawer wedi digwydd. Sylweddolodd Gareth y byddai'r llofruddiaeth yn achos pwysig iddo ef a'r tîm. Roedd sefydlu'r tîm yn ddim ond un o fflyd o benderfyniadau'r Prif Gwnstabl newydd, Dilwyn Vaughan, a ddaeth i Ddyfed-Powys o'r Met. Ar ei benodiad roedd Vaughan wedi gwneud dau beth yn eglur: roedd yn rhaid gwella delwedd y ffors, ac yn bwysicach na hynny, rhaid codi'r lefel datrys troseddau. Roedd penodi'r tri ifanc yn rhan o'i strategaeth ond ni chroesawyd y cam gan bawb yng ngorsaf Aberystwyth. 'Nid mewn coleg ma dysgu bod yn blismon' oedd sylw bòs Gareth, y Prif Arolygydd Sam Powell, a'r sylw wedi'i gyfeirio'n neilltuol at ddyrchafiad cyflym Gareth ei hun. Hwn oedd achos difrifol cyntaf y tri. Byddai sawl un yn llygadu sut fyddan nhw'n ymdopi â'r ymchwiliad a nifer yn fwy na hapus i'w gweld nhw'n methu, yn arbennig Sam Powell. Felly, roedd llawer i ennill a llawer i'w golli.

Daeth Sarjant Tom Daniel â choffi i'r ddau. Er nad oedd llawer o flas arno roedd e'n boeth ac roedd Gareth a Mel yn barod amdano ar ôl sbel hir allan yn y glaw a'r oerfel.

"Mel, eich llyfr nodiadau plîs. Bydd yn rhaid i ni gysylltu â'r rhieni mor fuan â phosib."

Wrth agor y llyfr bach ac edrych eto ar enw'r tad, y Parch Luther Lewis, gwelodd Mel y broblem.

"Syr, y Parch Luther Lewis," dywedodd, gan roi pwyslais arbennig ar y gair Parch. "Ma fory, sori heddi, yn ddydd Sul ac mae'n fwy na thebyg fod Mr Lewis yn pregethu yn rhywle. Felly ma dewis gyda ni, ffonio'r tŷ yn Rhydaman, neu drial holi ble mae e."

"Ma pwynt 'da chi, Mel. Dwi ddim am dorri'r newyddion i'r wraig dros y ffôn a hithe yno ar ei phen ei hun. Ac amdano fe, os yw e'n digwydd bod oddi cartref, yna sdim lot o syniad 'da fi ar hyn o bryd sut i gael gafael arno fe."

Pesychodd Tom Daniel yn ysgafn. "Esgusodwch fi, syr," meddai, "ond falle alla i roi tamed o help i chi. Ma 'mrawd, Gwyn, yn ddiacon yng Nghapel y Ton, Aberaeron, ac rwy'n digwydd gwbod mai yno mae'r Parch Luther Lewis yn cadw'r Sul."

Pennod 4

"FELLY, GYFEILLION, WRTH derfynu gadewch i ni gofio'r adnod adnabyddus o Lythyr Cyntaf yr Apostol Paul at y Corinthiaid: 'Mewn gair, y mae ffydd, gobaith, cariad, y tri hyn yn aros. A'r mwyaf o'r rhain yw cariad.' Boed bendith Duw ar y bregeth ac ar ein gwrando a'n deall o'i air sanctaidd Ef. I gloi'n gwasanaeth fe ganwn emyn rhif 735.

> Bydd yn wrol, paid â llithro,
> Er mor dywyll yw y daith.
> Y mae seren i'th oleuo:
> Cred yn Nuw a gwna dy waith.
> Er i'r llwybyr dy ddiffygio,
> Er i'r anial fod yn faith,
> Bydd yn wrol, blin neu beidio:
> Cred yn Nuw a gwna dy waith."

Cododd y gynulleidfa yng Nghapel y Ton i ganu'r emyn olaf. O'r pulpud, edrychodd y Parchedig Luther Lewis i lawr ar yr ychydig oedd wedi dod i oedfa'r bore. Tenau oedd hi ond, yn ei brofiad e, tenau oedd hi ymhobman bellach. Er ei fod wedi'i eni a'i fagu yn Aberaeron, ac er iddo gael ei godi i'r weinidogaeth yn y capel, nid oedd yn nabod llawer yno erbyn hyn. Un neu ddau o'r ffyddloniaid a'r rheiny, fel fe, wedi heneiddio. Ceisiodd yr organyddes godi hwyl ond methodd gyda chyn lleied yno a'r capel braidd yn oer. Doedd Luther Lewis yn synnu dim. Wrth i'r dyrnaid oedd yno symud at yr ail bennill synfyfyriodd gan ofyn wrtho'i hun, i ble'r aeth yr angerdd, i ble'r aeth y parch at y Pethe ac uwchlaw pob peth, i ble'r aeth yr arfer o fynychu'r cwrdd? Yn yr hen ddyddiau byddai'r capel yn llawn, ei fam yn y gornel bellaf a'i dad yn y sêt fawr, a...

Yn y tawelwch, synhwyrodd fod y canu wedi gorffen a bod pawb yn edrych arno; gyda phesychiad o embaras, cyhoeddodd y fendith ac fe ddaeth y gwasanaeth i ben. Casglodd ei bapurau ynghyd a disgyn yr ychydig risiau i'r sêt fawr. O leiaf yma, roedd yn nabod pawb bron. Daeth y pen-diacon, Gwyn Daniel, ato i ysgwyd llaw.

"Diolch, Mr Lewis, neges gref a phwrpasol, fel arfer. Mae'n dda eich gweld chi'n ôl yng Nghapel y Ton."

"Diolch, Gwyn, mae'n braf cael bod yn ôl a chael cyfle i gwrdd â hen ffrindiau."

Symudodd Luther Lewis ymlaen i siarad â'r diaconiaid eraill ac wedi iddo gyfarch pawb, daeth yn ôl at Gwyn Daniel.

"A shwt y'ch chi'n cadw, Gwyn, a beth am Mrs Daniel a'r plant?" holodd.

"Ardderchog, diolch, ma Peg draw fan 'na," atebodd Gwyn Daniel gan bwyntio at ei wraig. "A Mrs Lewis, mae hi'n iawn?"

"Ody, yn dda iawn diolch, Gwyn."

"Falch o glywed. Fyddwch chi'n galw draw? Ma croeso unrhyw amser, chi'n gwbod hynny."

"Rwy'n sylweddoli hynny. Bydda i'n mynd 'nôl i'r tŷ nawr i gael tamed o ginio, ond falle alwa i cyn yr oedfa heno."

Cyfeirio roedd Luther Lewis at ei hen gartref, y bwthyn bychan yr ochr draw i harbwr Aberaeron. Roedd wedi cadw meddiant ar y lle a byddai'n dod yno yn aml, ond yn ôl pob sôn nid oedd ei wraig Rhiannedd yn ymwelydd cyson.

"Wela i chi'n nes mla'n te."

Tynnodd Gwyn Daniel y sgwrs i ben ac wedyn sylwodd ar

ryw gynnwrf yng nghefn y capel. Roedd yr ychydig oedd ar ôl yn syllu ar ŵr ifanc wrth un o'r drysau. Nid oedd Gwyn yn ei adnabod, ac yn sicr doedd e ddim yn un o aelodau Capel y Ton. Edrychodd y gŵr yn syth at Luther Lewis ac yna cododd ei law mewn ymgais glir i dynnu sylw'r gweinidog.

Camodd Luther Lewis o'r sêt fawr at Gareth Prior. Er bod y cyfarchiad yn ddiangen, roedd yn rhaid i Gareth fod yn siŵr.

"Y Parchedig Luther Lewis?" holodd.

"Ie, dwi ddim yn eich adnabod chi, rwy'n ofni."

Dangosodd Gareth ei gerdyn warant a chyflwyno'i hun, "Insbector Gareth Prior, syr. Ma'n flin 'da fi ddod ar eich traws fel hyn yn y capel, ond mae e'n fater o bwys."

Roedd ymateb Luther Lewis yn reddfol. Pan fo'r heddlu yn siarad fel 'na, dim ond un peth sydd i'w ddisgwyl.

"Beth sydd wedi digwydd, Insbector? Pan adewais i Rhiannedd ddoe, roedd hi'n iawn."

"Oes rhywle mwy preifat y gallwn ni fynd, syr?"

"Oes, oes, ma lle bach gyda ni yma yn Aberaeron. A' i at y car ac fe gewch chi ddilyn.'

Cerddodd y ddau allan o'r capel. Aeth Luther Lewis ar ei union i'w gar gyda Gareth yn mynd at y Merc lle roedd Mel yn aros amdano.

"Chi 'di dweud wrtho fe?" gofynnodd.

"Nagw, roedd gormod o bobol yn dal yn y capel. Allen i byth dorri'r newyddion iddo fe fel 'na. Mae e wedi gofyn i ni ei ddilyn."

Roedd car y gweinidog yn symud i ffwrdd a bu raid i Gareth droi'r Merc rownd yn sydyn. Aethant allan i'r briffordd ac o fewn rhyw ganllath cymerwyd tro i'r dde i gyfeiriad y môr. Ymhen llai na munud parciwyd y car cyntaf y tu allan i fwthyn, parciodd Gareth y tu ôl iddo a daeth y tri allan o'r ceir. Datglôdd Luther Lewis ddrws y bwthyn gan wahodd y ddau arall i mewn.

Roedd y stafell yn glyd a henffasiwn gyda dwy ffenest isel yn rhoi golygfa o'r harbwr. Dodrefn trwm, lluniau teuluol, ac ar hyd yn wal roedd rhediad o silffoedd yn llawn o lyfrau Cymraeg, gweithiau llenyddol a diwinyddol yn bennaf, yn ôl archwiliad sydyn Gareth. Wrth i'r tri eistedd, meddyliodd Gareth, 'Dwi'n mynd i ddinistrio bywyd y dyn 'ma mewn eiliad a chwalu popeth.' Edrychodd ar Mel ac er na ddywedodd hi air roedd y neges yn glir. Ni ellid gohirio'r dasg ddiflas ymhellach.

"Mr Lewis, rwy'n ofni fod 'da fi newyddion drwg."

"Ro'n i'n tybio. Fel dwedes i, Rhiannedd ife – Mrs Lewis, y wraig. Pan es i o'r tŷ yn Rhydaman ddoe, roedd hi'n iawn."

"Na, nid Mrs Lewis. Mae gyda chi ferch, Elenid, yn y coleg yn Aberystwyth?"

"Oes, Insbector – beth ma hi wedi'i neud nawr? O'n i'n gwbod bod dawns fawr dros y penwythnos; wedi yfed gormod, sbo, a nawr ma hi wedi cael ei restio."

"Rwy'n ofni ei fod e'n fwy difrifol na hynny." Tynnodd Gareth anadl ddofn cyn parhau. "Does dim ond un ffordd o ddweud hyn, Mr Lewis. Ma'ch merch chi wedi cael ei lladd. Fe gafwyd hyd i'w chorff neithiwr, gerllaw Neuadd Glanymôr."

Gwelwodd y Parch Luther Lewis, crymodd ei ysgwyddau ac edrychodd ar Gareth mewn anghrediniaeth lwyr. Er ei fod wedi clywed y geiriau nid oedd wedi llwyr amgyffred neges drasig y ditectif. Yng nghanol ei anobaith baglodd am ryw fath o sicrwydd.

"Gerllaw Glanymôr, Insbector? Damwain ar y ffordd, felly?"

Nid oedd modd na phwrpas celu'r gwir.

"Nage, nid damwain, syr. Mae ein harchwiliadau cynnar yn dangos bod Elenid wedi cael ei llofruddio."

Rhoddodd y gweinidog ei law dros ei lygaid.

"Mr Lewis, ga' i nôl glased o ddŵr i chi?"

Yn hytrach nag ateb Mel, cododd Luther Lewis yn syth o'i gadair. "Ro'n i a Rhiannedd yn gwybod y bydde rhywbeth fel hyn yn digwydd. Ro'n ni wedi dweud wrthi sawl gwaith, dyw e ddim yn ddigon i fod yn fyfyrwraig ddisglair. Rhaid i ti gofio pwy wyt ti. A nawr hyn." Ac wedyn mewn llais cryfach, ychwanegodd, "Ro'n ni wedi'i rhybuddio, Insbector, sawl gwaith, ond wnâi hi ddim gwrando."

Edrychodd Mel a Gareth yn lletchwith ar ei gilydd. Roedd Mel am holi'r gweinidog ar unwaith ond ysgydwodd Gareth ei ben.

"Mr Lewis, mae'n amlwg fod hyn i gyd wedi bod yn sioc ofnadwy i chi. Rwy'n credu y dylech chi eistedd."

Ildiodd Luther Lewis i'r awgrym gan hanner syrthio'n ôl i'w gadair. Edrychai fel petai pob gronyn o nerth wedi cael ei sugno o'i gorff ond roedd 'na galedi a dicter yn ei wyneb.

"Ma'n rhaid i fi fynd adre a dweud wrth Rhiannedd," meddai. Yna, fel rhyw fath o atgof, "Beth am weddill gwasanaethau heddi? Ma'n rhaid cysylltu â rhywun."

"'Nawn ni drefnu hynny, Mr Lewis," atebodd Mel. "Pwy ddylen ni ffonio?"

"Ffoniwch Gwyn Daniel. Fe yw'r pen-diacon. Mae'i rif e fan 'na ar y bwrdd."

Defnyddiodd Mel ei ffôn poced ac o fewn llai na phum munud clywyd sŵn car yn stopio y tu allan i'r bwthyn. Aeth

Mel at y drws ac mewn llais isel eglurodd y sefyllfa wrth Gwyn Daniel. Pan ddaeth i mewn i'r ystafell roedd ei wyneb yn llawn braw a phryder.

"Mr Lewis, alla i byth â chredu'r peth. Sdim geirie 'da fi i ddweud mwy." Oedodd am eiliad. "Unrhyw beth y galla i wneud, unrhyw beth…"

"Mr Daniel," meddai Gareth wrtho, "mae'n amlwg na fydd Mr Lewis yn gallu cymryd gweddill ei gyhoeddiadau heddi, ac rwy'n credu y byddai'n syniad da tase rhywun yn mynd gyda fe'n ôl i Rydaman. Falle gallech chi…"

"Wrth gwrs, fe wela i at y cyfan." Roedd Gwyn Daniel yn falch o gael rhywbeth pendant i'w wneud. "Ffonia i Peg y wraig nawr, fe ddaw hi draw. Edrychwn ni ar ôl y trefniadau."

"Diolch, Mr Daniel. Mae Ditectif Sarjant Davies a fi'n gadael nawr, Mr Lewis, ond rwy'n siŵr y byddwch chi'n deall y bydd yn rhaid i ni gael sgwrs bellach gyda chi a Mrs Lewis yn fuan. Ac fel dwedes i, mae'n wir flin gyda fi."

Ni chafwyd ymateb oddi wrth y gweinidog. Tywyswyd y ddau allan o'r tŷ gan Gwyn Daniel. Aeth Gareth a Mel i'r car a gyrru i ffwrdd. Cyn gynted ag yr oeddent allan o olwg y bwthyn meddai Mel, "Geirie Mr Lewis. Ro'n nhw braidd yn od, on'd o'n nhw? A beth am y busnes 'na am ei rybuddion e a'i wraig? Wedi yfed gormod… wnâi hi ddim gwrando… O'ch chi ddim yn ca'l hynna'n rhyfedd?"

"O'n Mel, *roedd* e'n rhyfedd ac yn rhywbeth fydd yn rhaid i ni fynd ar ei ôl e. Ond am nawr, dau beth plîs. Ffoniwch Akers i'w atgoffa fe i gael gymaint o wybodaeth ag y gall e o'r cyfarfod gyda'r myfyrwyr prynhawn 'ma yng Nglanymôr. Wedyn, dwedwch wrtho y byddwn ni'n cwrdd yn yr ystafell ymchwiliad bore fory am naw. Does dim byd mwy y gallwn ni wneud tan hynny."

Wrth i Mel ddeialu'r rhif, newidiodd Gareth i gêr uwch i godi sbîd y Merc ar y siwrne fer i Aberystwyth.

★ ★ ★

Yn dilyn ychydig oriau o gwsg, roedd Clive Akers ar fin gorffen brecwast hwyr yng nghwmni Bethan pan ddaeth yr alwad. Gwgodd wrth wrando ar neges Mel cyn cau'r ffôn yn glep. Er nad oedd Bethan ond wedi adnabod Clive ers tua mis, gallai ddarllen ei ymateb yn ddigon clir.

"Ma rhywbeth yn dy boeni di?"

"Wel, oes, fel ma'n digwydd. Sdim rhaid iddyn nhw tsieco lan arna i bob munud fel 'na. Dwi'n gwbod bod y cyfarfod gyda'r myfyrwyr yn bwysig a bod yn rhaid cael gymaint o wybodaeth â phosib. Ma synnwyr cyffredin yn dweud 'na – a ma cymaint o synnwyr cyffredin 'da fi ag sy 'da Meriel Davies."

Edrychodd Bethan arno'n dawel. "Wrth gwrs bod e, a'r cyfan sy raid i ti wneud yw mynd i Lanymôr a gwneud sioe dda o bethe – dyma dy gyfle di."

"Ie, ma'n debyg, ond…"

"Ond beth – dere, Clive, mas â fe. Man a man i ti ddweud be sy ar dy feddwl di."

"Wel, o'n i'n meddwl falle y bydde'r Insbector wedi gofyn i *fi* i fynd gyda fe i Aberaeron."

Ymatebodd Bethan gyda thinc cellweirus yn ei llais. "Clive Akers, beth fydde ore gyda ti neud? Mynd i dorri newyddion drwg i rywun yn Aberaeron, neu sefyll o fla'n cant o ferched pert Glanymôr? A bron pob un o'r rheini'n dy ffansïo di. Nawr cer! Tynna'r wep ddiflas 'na!"

"Ti'n iawn, sbo."

Cyn camu allan drwy'r drws, rhoddodd Clive gusan i'w

gariad gan ychwanegu,

"Sdim ots os bydd y stiwdents yn bert, Beth, 'nôl yma fydda i. Wela i di heno. Dim cystadleuaeth, dim o gwbl."

Am yr eildro o fewn llai na phedair awr ar hugain cerddodd Clive lan y rhiw i Neuadd Glanymôr. Roedd y brif fynedfa ar agor a'r lle dipyn tawelach; y preswylwyr wedi sobri ar ôl clywed am y llofruddiaeth a rhai hefyd yn magu pen tost, meddyliodd Clive. Curodd ar ddrws swyddfa'r Warden, ac yn dilyn yr ymateb, aeth i mewn.

"A, Ditectif Gwnstabl Akers, o'n i'n meddwl mai chi oedd yna. Mae'r myfyrwyr ar fin gorffen eu cinio dydd Sul. Dwi wedi gofyn iddyn nhw ymgasglu yn y lolfa. Fe fydda i'n eich cyflwyno chi ac wedyn yn gadael. Maen nhw'n fwy tebygol o ymateb os nad ydw i'n bresennol. Mae'r Stafell Gyffredin ar gael i chi weld pobol wedyn yn unigol neu mewn grwpiau. Dyna oeddech chi eisiau, yntê?"

Nodiodd Akers a chododd Dr Williams i arwain y ditectif ar hyd coridor a thrwy'r ffreutur. Roedd Akers yn ymwybodol fod pawb yn edrych arno, a chlywodd y geiriau "un o'r cops" wrth basio. Cyrhaeddodd y ddau lolfa'r Neuadd, ystafell helaeth gyda chadeiriau esmwyth a theledu mawr yn un pen iddi. O flaen y teledu roedd bwrdd a dwy gadair a dyna lle eisteddodd Dr Williams ac Akers. Roedd nifer dda o fyfyrwyr yno'n barod ac unwaith eto roedd Akers yn sylweddoli bod llygaid pawb arno. Sylwodd ar amryw o'r merched yn edrych arno ac yna'n troi at eu ffrindiau gyda gwên neu winc awgrymog a theimlodd Akers y gwrid yn lledu ar draws ei wyneb. Wrth iddynt aros am y gweddill sylwodd ar un peth arall hefyd. Ym mhen pella'r lolfa roedd olion llanast, a rhai o baneli'r nenfwd wedi disgyn a bwcedi a biniau sbwriel oddi tanynt. Trodd at y Warden, ond cyn iddo gael cyfle i ofyn y cwestiwn amlwg atebodd hwnnw'n swta, "Rhan o helynt neithiwr, Cwnstabl, dyna beth chi'n weld draw fan 'na."

Erbyn hyn roedd y lolfa bron yn llawn ac wedi i Dr Williams sefyll, distawodd pawb.

"Gyfeillion, rydych yn gwybod erbyn hyn bod un o breswylwyr y Neuadd, Elenid Lewis, o'r drydedd, wedi cael ei llofruddio neithiwr. Does dim rhaid i mi bwysleisio mater mor ddifrifol yw hyn, a chyn mynd ymlaen fe hoffwn ofyn i bob un ohonoch gymryd gofal pan fyddwch chi'n cerdded o'r Neuadd neu'n dychwelyd – yn arbennig wedi iddi nosi. Gwnewch yn siŵr fod gyda chi gwmni ac fel dach chi bob amser yn gwneud, edrychwch ar ôl eich gilydd. Nawr, fel y gwelodd rhai ohonoch chi neithiwr, mae'r heddlu eisoes yn ymchwilio i lofruddiaeth Elenid, ac rwy'n siŵr y byddwch chi'n awyddus i'w cynorthwyo nhw mewn unrhyw ffordd. Hoffwn i gyflwyno Ditectif Gwnstabl Clive Akers, fel aelod o'r tîm ymchwilio, a bydd e'n egluro sut gallwch chi fod o help."

Aeth y Warden allan o'r ystafell, a chychwynnodd Clive Akers ar ei araith, gyda phesychiad nerfus.

"Yn gyntaf, rwy am ddiolch i chi i gyd am ddod i gwrdd â fi heddi. Fel dwedodd Dr Williams, ma un oedd yn byw gyda chi fan hyn yng Nglanymôr wedi ca'l ei lladd wrth ymyl llwybr gerllaw'r Neuadd neithiwr. Ry'n ni'n gwybod ei bod hi ar ei ffordd nôl o'r ddawns yn yr Undeb a'i bod hi wedi ca'l ei lladd rywbryd rhwng deuddeg a hanner awr wedi deuddeg. Ry'n ni wedi siarad eisoes gyda'r ddau gafodd hyd i Elenid Lewis ac ma'r hyn ma'n nhw wedi dweud wedi bod o help. Nawr, ma'n rhaid bod sawl un ohonoch chi wedi cerdded 'nôl o'r ddawns ar hyd yr un llwybr. Os gwelsoch chi unrhyw beth oedd yn eich taro chi'n od, neu rywun yn edrych neu'n bihafio'n od – unrhyw beth alle fod yn ddefnyddiol i'r ymchwiliad – yna dewch i ddweud wrthon ni. Ac fel wedodd Dr Williams, plîs cymerwch ofal. Sdim angen panic ond byddwch yn gall a gwnewch yn siŵr fod cwmni 'da chi. Cyn i fi fynd i'r Stafell Gyffredin lle gallwch chi ddod i siarad â fi, yn unigol neu mewn grwpiau, oes 'na gwestiynau?"

Cododd un o'r bechgyn ei law. "Ni wedi cwyno sawl gwaith am y diffyg golau ar y llwybr 'na. Chi'n meddwl neith swyddogion y Coleg wrando nawr?"

"Sylwes i ar y diffyg gole neithiwr. Fe wnewn ni bopeth y gallwn ni i helpu ac rwy'n credu y bydd hwn yn amser da, os caf i ei roi e fel 'na, i fynd â'ch cwyn unwaith eto i awdurdode'r Coleg."

Cododd ferch oedd yn eistedd yn y rhes flaen ei llaw. "Falle'ch bod chi'n gwbod bod ymosodiadau eraill wedi bod ar y campws – gan berson wedi'i wisgo mewn dillad du. Ma nifer o ferched y Neuadd wedi cael ofn difrifol yn sgil yr hyn sy wedi digwydd i Elenid. O's gyda chi unrhyw wybodaeth am bwy nath ei lladd hi? Alle fe fod yr un person?"

Oedodd Akers am eiliad cyn ateb, nid oedd am ddweud gormod. "Ni'n gwbod am yr ymosodiadau eraill, wrth gwrs, ond ar adeg mor gynnar â hyn yn yr ymchwiliad, rhaid cadw meddwl agored. Ond na, does gyda ni ddim tystiolaeth am bwy ymosododd ar Elenid a dyna wrth gwrs shwt allwch chi fod o help. Nawr, oes rhywun isie gofyn neu ddweud rhywbeth arall?"

Ni chafwyd ymateb, ac felly aeth Akers draw am y Stafell Gyffredin gan obeithio y byddai rhai'n fwy parod i siarad yn breifat, un i un. Eisteddodd yno am ryw ugain munud; roedd ar fin dod i'r casgliad siomedig na ddeuai neb, pan glywodd gnoc ar y drws a daeth tair merch i mewn. Roedd yn amlwg o'r cychwyn mai'r gyntaf o'r dair oedd yr arweinydd a'r ddwy arall fel rhyw fath o gefnogwyr iddi. Roedd hon yn ferch dal, llond pen o gyrls tyn, yn llawn hyder a golwg benderfynol ar ei hwyneb. Heb i Akers ddweud dim, cyflwynodd hi ei hun.

"Catrin Beuno Huws," ac yna fel rhyw fath o is-gyfeiriad, "a dyma Lois ac Anwen. Rwy'n byw drws nesa i Elenid ac roedd y dair ohonon ni gyda hi neithiwr. Rwy'n credu y dylech chi gael gwybod bod Elenid wedi gadael y ddawns am ychydig a mynd allan gyda'i chyn-gariad. Ar ôl rhyw ddeng munud fe ddaeth hi'n ôl ac roedd hi wedi ypsetio, on'd oedd hi ferched?" Nodiodd y ddwy arall. "Welon ni mo'i chyn-gariad wedyn ac yn weddol fuan wedodd Elenid ei bod hi wedi blino, bod ganddi gur pen a'i bod hi am fynd am y Neuadd. Gynigies i fynd efo hi ond gwrthod wnaeth hi ac mae hynny'n pwyso'n drwm arna i." Edrychodd Catrin yn syth at Akers gan ofyn yn herfeiddiol, "Felly, Cwnstabl Akers, chi ddim yn meddwl y dylech chi gael gair efo'r cyn-gariad 'ma?"

"Yn sicr, Miss Huws. Ei enw, os gwelwch yn dda?"

Yn fwy herfeiddiol fyth, atebodd Catrin Huws ar ei hunion, "Tim Bowen."

Pennod 5

AM UNION NAW o'r gloch fore Llun, camodd Gareth Prior i mewn i'r stafell ymchwiliad yn Swyddfa Heddlu Aberystwyth. Roedd Mel ac Akers yno eisoes, yn ogystal â'r plismyn eraill a fu ar ddyletswydd yng Nglanymôr ar noson y llofruddiaeth. Ar wal gefn y stafell roedd hysbysfwrdd ac arno'r lluniau a dynnwyd gan y SOCOs. Roedd syllu'n glinigol ar y ffotograffau yn dwysáu difrifoldeb y drosedd a hoeliwyd sylw pawb ar y delweddau diemosiwn o farwolaeth greulon merch ifanc. Wel, os oedd e a'r lleill yn mynd i ddal yr un oedd yn gyfrifol am y farwolaeth honno, roedd yn rhaid rhoi'r broses ar waith.

"Reit, dyma be sy gyda ni," meddai gan droi at y lluniau. "Elenid Lewis, myfyrwraig yn y drydedd flwyddyn, un ar hugain oed, yn cael ei lladd rywbryd rhwng deuddeg a hanner awr wedi deuddeg nos Sadwrn. Dim arwydd o ymosodiad rhywiol, ond fe gawn ni wybodaeth bellach am hynny a syniad mwy pendant o amser yn adroddiad Dr Annwyl. Dim byd wedi cyrraedd eto oes e, Mel?"

"Na, dim byd."

Aeth Gareth yn ei flaen. "Un ergyd galed i gefn y pen gyda darn o bren neu fetel. Unwaith eto, fe all yr archwiliad post mortem ddweud mwy. Ar hyn o bryd ry'n ni'n meddwl bod Elenid wedi marw'n syth. Fe lusgwyd ei chorff o dan lwyni mewn ymgais i'w guddio a dyma ddod at wybodaeth a allai fod o help. Wrth lusgo'r corff, fe adawodd y llofrudd ôl troed yn y pridd. Yn ôl y SOCOs, marc trenyrs – a Mel, ma gyda chi fwy o fanylion, rwy'n credu?"

"Oes, syr. Mae'r cast yn dangos yn glir taw Nike Air Max yw'r trenyrs – maint 7 – a'r math hyn fel arfer yn cael eu prynu gan ddynion. Ma'n nhw'n boblogaidd iawn ac yn cael eu gwerthu yn y rhan fwyaf o siopau offer chwaraeon. Felly, mae bron yn amhosib canfod lle y prynwyd y rhai a wisgwyd gan y llofrudd."

"Sylwch ar beth wedodd Sarjant Davies – fel arfer yn cael eu prynu gan ddynion. Allwn ni ddim bod yn sicr o hynny. Felly, meddwl agored gyfeillion. Nawr te, Akers, adroddiad am eich cyfarfod gyda'r myfyrwyr, os gwelwch yn dda?"

Trodd pawb at Clive Akers ac er mwyn bod yn siŵr o'i ffeithiau fe drodd yntau at ei lyfr nodiadau.

"Prynhawn ddoe fe es i'n ôl i Neuadd Glanymôr i holi a oedd unrhyw un wedi gweld neu glywed unrhyw beth. I ddechre, fe gwrddes i â'r myfyrwyr gyda'i gilydd ond ches i ddim llawer o wybodaeth o'r cyfarfod hwnnw, dim byd ond cwestiynau. Un ohonyn nhw, syr, am yr ymosodiadau eraill ar y campws – person wedi'i wisgo mewn du?"

Nodiodd Gareth ac ailgydiodd Akers yn ei adroddiad. O'r newid yn lefel ei lais roedd yn glir ei fod yn dod at y darn allweddol.

"Gan nad oedd neb am ddweud dim mwy, fe wedes i y byddwn yn fodlon cyfarfod yn breifat â grwpiau neu unigolion oedd am roi gwybodaeth. Fe es i stafell arall i aros ac ar ôl sbel ro'n i bron â rhoi lan pan ddaeth tair merch i mewn. Fe gyflwynodd y cyntaf ei hun fel Catrin Beuno Huws ac roedd yn amlwg o'r cychwyn mai hi oedd yn arwain y sioe. Fe ddywedodd hi fod Elenid Lewis wedi gadael y ddawns yng nghwmni ei chyn-gariad Tim Bowen a'i bod hi wedi dychwelyd wedi ypsetio. Gofynnodd Catrin i Elenid os oedd hi'n olreit a dyma'r union ateb gafodd hi: 'Dwi'n iawn, Catrin. Dwi 'di neud camgymeriad twp, 'na i gyd. Dylwn i fod wedi

41

dysgu fy ngwers, ond ddylwn i byth drystio dynion. Dim ond un peth ma'n nhw isie.'"

Roedd arwyddocâd y geiriau yn eglur i bawb ond roedd angen holi ymhellach am gefndir y sylwadau. Meriel Davies ofynnodd y cwestiynau allweddol.

"Clive, beth am y berthynas rhwng Elenid Lewis a Catrin Huws? Oedd y ddwy'n nabod ei gilydd yn dda? Pa fath o berson fyddet ti'n ddweud yw Catrin Huws?"

"Roedd Catrin yn byw drws nesa i Elenid yn y Neuadd ac felly bydden i'n tybio bod y ddwy'n ffrindiau. Fe ges i'r argraff bod Catrin yn ferch annibynnol ac yn gallu bod yn ddirmygus o'i chyd-fyfyrwyr. Hi oedd yn arwain drwy'r amser – cafodd y ddwy arall prin gyfle i ddweud gair. O ie, un peth arall amdani – a sai'n gwbod os yw hyn yn fantais neu'n anfantais – mae Catrin Huws ar ei blwyddyn olaf, yn astudio'r Gyfraith, ac yn ôl myfyrwyr eraill y bues i'n siarad â nhw, yn ferch hynod o beniog."

Ar hyn, sylwodd Gareth fod y Prif Arolygydd Sam Powell wedi sleifio i gefn y stafell ond penderfynodd ei anwybyddu am y tro er mwyn i'r Cwnstabl gwblhau ei adroddiad.

"Akers, ma mwy rwy'n credu?"

"Oes, syr. Roedd yn glir fod gwybodaeth Catrin Huws yn allweddol i'r achos ac fel y dwedes i, es i siarad wedyn â myfyrwyr eraill. Fe ddes i ar draws criw oedd wedi gweld Tim Bowen ac Elenid Lewis yn dod mas o'r ddawns. Fe aethon nhw i gornel gerllaw'r Scala, a bu'r ddau'n cusanu hyd nes i Elenid weiddi allan: 'Cadwa dy ddwylo i ti dy hunan, y mochyn brwnt!' a rhedeg 'nôl i'r ddawns. Fe glywodd y criw Bowen yn dweud: 'Y bitsh ddiawl! 'Nei di ddim 'y nhwyllo i eto!'"

"Chi'n siŵr o 'na, Akers? Oedd y criw'n ddigon agos i

glywed hyn i gyd?" gofynnodd Gareth.

"Oedden, medden nhw, ac ro'n nhw'n hollol sicr o'r geirie: 'cadwa dy ddwylo i ti dy hunan, y mochyn brwnt' ac wedyn 'y bitsh ddiawl, 'nei di ddim 'y nhwyllo i eto.'"

"A beth am Tim Bowen? Beth nath e nesa?"

"Wel, syr, fe ddechreuodd Bowen fynd am y Neuadd ond wrth iddo basio'r criw, dechreuodd un neu ddau ei wawdio a dweud nad oedd e wedi cael llawer o hwyl ar y caru. Dyma Bowen yn dechre ymosod arnyn nhw. Roedd bownsars wrth ddrws yr Undeb ac fe ddaethon nhw draw a rhoi stop ar y cyfan, ond roedd hi'n amlwg, yn ôl y criw, fod Tim Bowen mewn tymer ddrwg. Ar ôl hynna, fe aeth e o'r golwg, i gyfeiriad Neuadd Glanymôr."

"Diolch, Akers. Un *lead* i ni, beth bynnag. Dyma beth fydd y camau nesa, gyfeillion…"

Torrodd Akers ar draws ei fòs. "Syr, ma 'na fwy…"

"Wel, dewch â fe, te – y stori i gyd, Akers."

"Wedi i fi orffen siarad â'r criw o fyfyrwyr, ro'n i'n awyddus i weld a oedd rhywun wedi sylwi ar Tim Bowen yn cyrraedd y Neuadd. Nawr mewn lle fel 'na, y bobol sy'n gweld ac yn gwybod popeth yw'r porthorion. Trwy lwc, roedd y porthor oedd ar ddyletswydd nos Sadwrn newydd gychwyn ar ei shifft yn hwyr brynhawn Sul. Roedd e wedi gweld Tim yn dod i mewn toc wedi deuddeg; ceisiodd gychwyn sgwrs ag e ond yr unig ymateb oedd rheg, 'Ffyc off'. Diflannodd e wedyn ond ymhen ychydig funudau gwelodd y porthor Tim Bowen a'i fêts wrth ddrws pella'r adeilad yn ca'l smôc. Thalodd e ddim lot o sylw ac yn fuan ar ôl hynny roedd yn rhaid iddo fynd i mewn i'r adeilad oherwydd bod lot o sŵn yno a phethau'n mynd yn wyllt. Canlyniad hynny, gyda llaw, oedd difrod sylweddol i'r Neuadd – myfyrwyr wedi troi tapiau mla'n mewn stafelloedd molchi lan llofft a dŵr wedi llifo drwy nenfwd y lolfa. Yn ôl y porthor fe fydd y bil yn filoedd..."

"Wel, dyw hynny'n ddim o'n busnes ni. 'Na'r cyfan, Akers?" Nodiodd y plisman. "Gyfeillion, unrhyw gwestiynau?"

Meriel Davies oedd yr unig un i godi'i llaw. "Rwy'n cytuno bod yr hyn glywon ni gan Clive yn rhoi cyfeiriad pendant i'r ymchwiliad ond ma un peth dwi ddim yn ei ddeall o gwbwl. Pam ar y ddaear aeth Elenid Lewis mas o'r ddawns o gwbwl yng nghwmni Tim Bowen? Dyw e ddim yn neud sens."

Clywyd llais cryf o gefn yr ystafell a throdd pawb i edrych ar Sam Powell.

"Dyna beth sy raid i chi ffeindio allan, a'r ffordd amlwg o wneud hynny yw ca'l y crwt 'na, Tim Bowen, lawr fan hyn i'r Swyddfa a dechre'i holi fe." Yna, ychwanegodd yn sarcastig, "Chi ddim yn meddwl taw hynny yw'r ffordd ore ymlaen, Ditectif Sarjant Davies?"

Ni chafwyd ymateb gan Mel ond roedd yr awgrym yn ddigon clir, yn arbennig o ystyried yr oslef grechwenus yng nghwestiwn y Prif Arolygydd. Sylweddolodd Gareth Prior fod angen iddo dawelu'r dyfroedd a gosod ei stamp ei hun ar yr ymchwiliad. I wneud hynny rhoddodd orchymyn i ddau o'r plismyn, "Reit, lan â chi i Neuadd Glanymôr. Ffeindiwch Tim Bowen, arestiwch e a dewch â fe'n ôl yma i'r Swyddfa."

Roedd ar fin ychwanegu rhywbeth pellach pan ganodd ei ffôn boced. Dim ond sgwrs fer gafodd Gareth ac ar ôl diffodd y ffôn, dywedodd, "Dr Angharad Annwyl oedd yn galw ac ma hi am i fi fynd i'r *mortuary*. Mel ac Akers, dwi am i chi ddod hefyd." Eto at y plismyn. "Fel dwedes i, dewch â Tim Bowen i mewn. O ie, dewch ag unrhyw bâr o trenyrs welwch chi yn ei stafell. Ddylen ni fod 'nôl mewn rhyw awr."

44

Roedd y cyfarfod ar ben a gadawodd pawb y stafell ymchwiliad bob yn un. Wrth i Gareth Prior fynd am y drws sylwodd fod Sam Powell yno'n aros amdano.

"Jyst un gair, Insbector," meddai. "Cofiwch beth oedd y rheswm dros eich penodi chi a'ch tîm – gostwng lefel y troseddau. Fydden i ddim yn treulio gormod o amser yn y labordy gyda'r Doctor. Anghofiwch am y trics fforensig 'na. Fan hyn ma'ch lle chi, yn holi Tim Bowen, a'i holi fe'n galed."

★ ★ ★

Arweiniwyd Gareth, Mel ac Akers i oriel fechan uwchben y stafell lle roedd Dr Angharad Annwyl ar fin gorffen y *post mortem* ar Elenid Lewis. Roedd ffenest lydan ar ben blaen yr oriel ac roedd cysylltiad sain rhwng yr oriel a'r *mortuary*. Er bod y tri felly wedi eu hynysu rhag yr archwiliad islaw gallent weld a chlywed y cyfan, ac yn fwy na hynny, ni allent ddianc rhag arogl cryf y cemegyn *formaldehyde*. Roedd Dr Annwyl a'i chynorthwyydd wedi'u gwisgo mewn dillad gwarchod gwyrdd a mygydau papur. Gorweddai corff Elenid ar fwrdd metel ac ar y corff roedd toriad siâp Y o'r ysgwyddau i'r pelfis. Gwelwodd Mel a bu'n rhaid iddi droi o'r ffenest am ychydig i adfer ei nerth.

"Iawn, Mel?" gofynnodd Gareth.

Nodiodd y Sarjant ond roedd ei hwyneb fel y galchen. Sylwodd Gareth fod Akers hefyd yn dawel a'i lygaid yn wag. Cau ei hunan i ffwrdd, meddyliodd Gareth, dyna beth mae e'n ei wneud. Cau ei hunan rhag y syniad mai dyma'n diwedd ni i gyd – dim byd ond swp o gnawd ac esgyrn. Y cyfan allwn ni ei obeithio yw na fydd ein marwolaeth mor erchyll ag un Elenid Lewis.

Daeth llais Dr Annwyl drwy'r system sain. "A, bore

da, Insbector. Ry'n ni bron â gorffen. Ro'n i'n meddwl y byddai'n ddefnyddiol i chi gael adroddiad llafar o'r hyn ry'n ni wedi'i ganfod. Wrth gwrs, fe gewch chi adroddiad llawn ar bapur mor fuan â phosib."

Symudodd Dr Annwyl at gwpwrdd bychan a gosododd hi a'i chynorthwyydd gynfas wen dros y corff gan adael yr wyneb yn y golwg. O leiaf, meddyliodd Gareth, doedd dim rhaid iddynt dresbasu ar noethni'r fyfyrwraig bellach a sylwodd fod Mel ac Akers yn barotach i roi sylw i'r olygfa oddi tanynt. Gafaelodd Dr Annwyl mewn clipfwrdd a dechreuodd ar ei hadroddiad.

"Elenid Lewis, un ar hugain mlwydd oed. Taldra, un metr saith deg; pwysau, 130 cilogram. Mewn iechyd da, dim olion ysmygu o gwbwl, ond ychydig o fraster ar yr iau yn dangos rhywfaint o oryfed alcohol ond dim byd na fyddai torri lawr ar y ddiod ac amser wedi'i wella. Olion oestrogen a progestrogen yn y gwaed yn dangos ei bod hi wedi bod ar y bilsen ar un adeg ond doedd hi ddim ar y bilsen adeg ei marwolaeth. Doedd hi ddim yn wyryf. Nawr, i ddod at ei llofruddiaeth. Dim arwydd o gwbwl o dreisio nac ymyrraeth rywiol.O ran achos ei marwolaeth, fe ddarllena i'r hyn sydd gen i yn Saesneg yn yr adroddiad i'r Crwner ac yna cyfieithu i'r Gymraeg gan ddefnyddio geirfa a fydd yn ddealladwy i chi: 'Blunt force trauma to the base of the head leading to skull fractures. The orbital plate of the skull demonstrates multiple fractures consistent with a blow to the rear from a blunt instrument.' Hynny yw, Insbector, roedd rhywun wedi rhoi un ergyd galed i'w phenglog o'r cefn. Fe allwch chi weld olion y clwyf fan hyn."

Gafaelodd Dr Annwyl a'i chynorthwyydd yn y corff a'i droi wyneb i lawr. Codwyd y gwallt o'r cefn i ddangos clais a oedd wedi troi'n felynddu.

"Rhywfaint mwy o fanylion am amser marwolaeth?" gofynnodd Gareth.

"Mae'r profion a wnaed ar dymheredd y corff ar safle'r llofruddiaeth yn dangos rhywbryd rhwng chwarter wedi a phum munud ar hugain wedi deuddeg. Byddwn i'n tueddu tuag at yr hwyraf o'r ddau amser, ond alla i byth â bod yn hollol bendant."

"Oes modd i chi ddweud, Doctor, ei bod hi wedi marw ar unwaith?"

"Oes, rwy bron yn sicr, ac mae dau reswm am hynny. Yn gyntaf, grym yr ergyd. Mae'r *fractures* i'r penglog yn sylweddol ac yn awgrymu bod y llofrudd wedi taro efo un ergyd rymus. Yn ail, does dim i ddangos fod Elenid wedi cael cyfle i'w hamddiffyn ei hun o gwbwl. Fe wnaethon ni archwiliad manwl o dan yr ewinedd a doedd 'na ddim olion o groen na gwaed – dim byd. Dyna fyddech chi'n debygol o'i weld petai hi wedi cael cyfle i daro'n ôl."

Gwnaed y sylw nesa gan Akers. "Ro'ch chi'n sôn, Doctor Annwyl, am rym yr ergyd. Ma hyn yn awgrymu, felly, bod y llofrudd yn berson cryf a mwy na thebyg yn ddyn?"

"Rwy'n ofni nad yw hynny'n dilyn ac unwaith eto mae 'na ddau reswm. Mae dynion a merched o faint arbennig yn meddu ar ddigon o nerth corfforol i daro ergyd fel hon. Ac yn ail, cofiwch am y llwybr lle digwyddodd y cyfan – mae'n gwyro tuag at i lawr. Felly, pan ddaeth y llofrudd at y ferch o'r cefn, roedd e neu hi yn sefyll bron droedfedd yn uwch nag Elenid. Byddai hynny'n rhoi mantais i'r llofrudd ac yn golygu bod yr ergyd yn fwy pwerus."

"Rhywbeth arall, Dr Annwyl?" gofynnodd Gareth.

"Oes, edrychwch ar hwn." Trodd y meddyg at sgrin ar y wal a gosod plât pelydr-x arno. "Dyma lun o benglog Elenid.

Mae cyfeiriad a llwybr yr ergyd yn awgrymu'n gryf mai person llaw dde oedd y llofrudd."

"Felly, ry'n ni'n edrych am ddyn neu ddynes llaw dde. Mewn geirie erill – naw deg naw y cant o'r boblogaeth."

"Mae'n flin gen i, Insbector; alla i ddim ond gweithio ar yr hyn sy gen i."

"Wrth gwrs, a fi ddyle ymddiheuro. Un cwestiwn arall. Fe sonioch chi eiliad yn ôl am 'blunt instrument'. Allech chi fod yn fwy penodol?"

"Fel mae'n digwydd, gallaf. Mae ein harchwiliad dan feicrosgôp o haenau o'r croen o leoliad yr ergyd yn dangos olion clir o ddarnau o bren. Mae hynny'n golygu'n bendant fod Elenid Lewis wedi cael ei tharo gan ddarn o bren – a hwnnw rhyw droedfedd o hyd ac yn weddol drwchus, ddwedwn i. Does neb wedi darganfod rhywbeth tebyg i hynna o gwmpas y safle, oes e?"

"Na, rwy'n ofni nad y'n ni wedi dod o hyd i ddim byd eto. Ond diolch, mae gyda ni syniad gwell nawr am beth fyddwn ni'n chwilio. Bydd olion gwaed mae'n debyg ar y darn o bren, ac fe fyddai modd cynnal profion DNA?"

"Byddai, wrth gwrs, ond mae'n rhaid i chi ddod o hyd i'r arf gyntaf, on'd oes e? Rŵan, os gwnewch chi'n hesgusodi ni, Insbector, mae rhieni Elenid Lewis ar fin cyrraedd i weld y corff ac mae gynnon ni waith i'w wneud."

Gadawodd y tri ditectif y *mortuary* ac roedd pob un yn falch o gael bod allan yn yr awyr iach. Wrth iddynt nesáu at y car gwelai Gareth y Parch Luther Lewis yn cerdded tuag atynt. Yn cyd-gerdded â'r gweinidog roedd dynes dal gyda gwallt brith, wedi'i gwisgo mewn côt ddu a sgarff o liw coch tywyll o gwmpas ei gwddf. Wrth iddynt ddod wyneb yn wyneb, dywedodd y gweinidog, "Bore da, Insbector Prior. Mae'n siŵr bod pwrpas ein hymweliad â'r lle hwn yn amlwg i chi?"

"Ydi, syr, ac fel y dywedes i ddoe, mae'n wir flin gen i ac fe hoffwn i a'm cyd-weithwyr fynegi ein cydymdeimlad â chi a Mrs Lewis."

"Diolch. Wnes i ddim eich cyflwyno chi, do fe? Dyma fy ngwraig, Rhiannedd."

Syllodd y ddynes ar Gareth. Roedd ei llygaid glas tywyll yn galed a'i hunig sylw yn oeraidd.

"Pwy roddodd yr hawl i gynnal *post mortem*? Chysylltodd neb â ni."

"Mewn achosion o lofruddiaeth, Mrs Lewis, mae'r caniatâd yn cael ei roi gan y crwner. Rwy'n siŵr eich bod yn deall bod y cyfan yn cael ei wneud i ganfod sut y bu Elenid farw a thrwy hynny geisio dod o hyd i'r llofrudd."

Ni chafwyd gair pellach gan Rhiannedd Lewis ac roedd hi a'i gŵr ar fin symud i ffwrdd, pan ychwanegodd Gareth Prior, "Fel y dywedes i wrth Mr Lewis, bydd angen i ni gael sgwrs bellach gyda'r ddau ohonoch chi cyn bo hir. Fe fydda i mewn cysylltiad."

Pennod 6

SYLLODD STIW A Myff yn gegrwth wrth i Tim Bowen gael ei arestio a'i gyrchu'n ddiseremoni i Swyddfa'r Heddlu. Archwiliwyd ei ystafell yng Nglanymôr yn drwyadl; rhoddwyd pâr o drenyrs, rhywfaint o'i ddillad a'i liniadur mewn bagiau plastig a'u cludo oddi yno.

Ar orchymyn y Prif Arolygydd Sam Powell aed â Tim i Stafell Gyfweld 3, yr ystafell gyfweld oeraf a mwyaf diflas yn Swyddfa Heddlu Aberystwyth. Un ffenest fechan oedd ynddi a byddai'n rhaid i chi fod dros chwe throedfedd a hanner i weld allan o honno. Yr unig ddodrefn oedd bwrdd gyda chadeiriau caled bob ochr. Gadawyd Tim yn y stafell gyfweld am ryw hanner awr, gyda neb ond plismon yn sefyll yn stond yn y gornel yn gwmni. Ni ddywedodd y plismon air a phan ofynnodd Tim am wydraid o ddŵr fe'i rhoddwyd o'i flaen, ac er i Tim ddweud diolch, ni chafwyd ymateb. Y cyfan a wyddai Tim, a Duw a ŵyr roedd hynny'n ddigon, oedd ei fod wedi cael ei arestio mewn cysylltiad â llofruddiaeth Elenid.

Agorwyd drws yr ystafell a daeth Gareth a Mel i mewn. Eisteddodd y ddau wrth y bwrdd gyda Tim yn eistedd gyferbyn. Trodd Gareth y peiriant recordio ymlaen.

"Arolygydd Gareth Prior a Ditectif Sarjant Meriel Davies yn holi Timothy Bowen am un o'r gloch, brynhawn Llun 3ydd Mawrth, ynglŷn â llofruddiaeth Elenid Lewis.

Tim, cyn i ni gychwyn y broses o holi ma'n rhaid i fi roi'r rhybudd ffurfiol i chi: Does dim rhaid i chi ddweud dim. Ond gall niweidio eich amddiffyniad os na fyddwch chi'n sôn yn awr am rywbeth y byddwch chi'n dibynnu arno maes o law yn y Llys. Does dim rhaid i chi ddweud dim byd, ond gall unrhyw beth yr ydych yn ei ddweud gael ei roi fel tystiolaeth. Ydych chi'n deall, Tim? Yn ail, ydych chi eisiau rhoi gwybod i rywun eich bod chi wedi ca'l eich arestio? Eich rhieni, falle?"

"Nagw, dwi ddim isie i chi gysylltu 'da'n rhieni. Ma fy ffrindie'n gwbod mod i 'ma."

"Ydych chi hefyd yn deall bod hawl gyda chi i gael cyfreithiwr? Gallwn ni stopio'r cyfweliad nawr ac ailgychwyn pan fydd eich cyfreithiwr yn bresennol."

"Pam fydden i isie cyfreithiwr? Dwi ddim 'di neud dim byd," atebodd Tim.

"Felly, does gyda chi ddim byd i boeni amdano fe, oes e?"

Cychwynnodd Ditectif Sarjant Meriel Davies y cyfweliad. "Tim, ni'n gwbod eich bod chi wedi gadael y ddawns gyda Elenid. Ewch â ni'n ôl ychydig cyn hynny, i ni gael y cefndir."

"Wel, o'n i yn y ddawns gyda ffrindie, Stiw a Myff…"

Torrodd Mel ar draws, "Enwau llawn, os gwelwch yn dda."

"O, Stuart Bradley a Merfyn Morris. Ro'n i yn y ddawns gyda nhw ac fe sylwes i fod Elenid yn edrych arna i ac yn gwenu. Ac fe wedodd un o'n ffrindie, Stiw dwi'n credu, wrtha i am fynd draw ati. A dyna 'nes i."

Edrychodd Mel yn amheus arno. "Jyst fel 'na, Tim, heb ei nabod hi o gwbl aethoch chi draw a gofyn iddi ddawnsio?"

"Do, 'na beth ma pobol yn neud mewn dawns," atebodd Tim, gan edrych ar y blismones fel petai hi'n rhyw hen gant nad oedd wedi mynychu dawns na disgo ers blynyddoedd. "A beth bynnag, roedd hi'n rhoi'r *come on* i fi."

"*Come on* – diddorol. Ac felly, Tim, aethoch chi i ddawnsio gyda rhywun o'ch chi prin nabod oherwydd bod cyfle gyda chi i ga'l mwy na dawns a chusan?"

"Odd e ddim fel 'na o gwbl. O'n i'n meddwl y bydde fe'n neis i ga'l dawns gyda merch o'r Neuadd."

"Tim, gadewch i ni ga'l hyn yn gwbwl glir – ar wahân i'r ffaith fod Elenid yn un o breswylwyr Glanymôr, do'ch chi ddim yn ei nabod hi."

"Nag o'n."

Daeth Gareth i mewn ar unwaith. "Tim, ni'n gwybod bod Elenid yn gyn-gariad i chi drwy gydol eich blwyddyn gyntaf yn y Coleg. Ry'n ni hefyd yn gwybod eich bod chi wedi gwahanu ar delerau gwael." Cododd y ditectif lefel ei lais. "Ma hwn yn fater difrifol. Ma merch ifanc wedi cael ei mwrdro ac, ar hyn o bryd, chi yw'r prif *suspect*. Chi ddim yn meddwl y byddai'n well i chi ddweud y gwir, yn hytrach na phalu celwyddau?"

Gyda hynny, sylweddolodd Tim ddau beth. Ei fod e mewn trwbl, a bod yr heddlu yn gwybod tipyn mwy am ei hanes nag y tybiai. Roedd cryndod yn ei lais wrth iddo ateb y cwestiwn.

"Olreit, ro'n i wedi ca'l perthynas gyda Elenid yn ystod y flwyddyn gyntaf a do, fe fuon ni'n gariadon ac roedd 'na deimladau drwg pan wahanon ni. Ond ma'r math 'na o beth yn digwydd, on'd yw e?"

Ydi mae e'n digwydd, meddyliodd Mel ond rhoddodd ei phrofiad personol o'r neilltu gan fwrw ymlaen gyda'r cyfweliad.

"Beth am y garwriaeth rhyngoch chi ac Elenid, Tim? Oedd y berthynas yn un glòs?"

"Dwi ddim yn gwbod beth chi'n feddwl."

Ochneidiodd Mel. Pobol ifanc, yn ymddangos mor feiddgar a hollwybodus am bopeth ac eto pan ofynnwch chi gwestiwn plaen ma'n nhw'n rhyw din-droi ac yn osgoi'r ffeithiau.

"Tim, i fod yn glir, fuoch chi'n cysgu gyda Elenid? Oedd y berthynas yn un rywiol? Cyn i chi ateb, falle dylen i ddweud bod archwiliad *post mortem* yn dangos nad oedd Elenid yn wyryf. Doedd hi ddim yn *virgin*, Tim."

Roedd clywed y geiriau *post mortem* wedi cael effaith ar Tim. Roedd ei gyn-gariad wedi cael ei lladd ac archwiliad wedi'i wneud ar ei chorff – y corff a fu unwaith mor gyfarwydd iddo â chledr ei law. Atebodd yn dawel, "Do, fe fuon ni'n cysgu gyda'n gilydd am y rhan fwya o'r flwyddyn gynta."

"Os oedd eich perthynas mor glòs â hynny ac wedi para am fisoedd, pam ddath hi i ben?" gofynnodd Mel.

Ni ddaeth ateb yn syth ond yna, gyda chywilydd yn ei lais, dywedodd Tim, "'Nes i rywbeth twp. Gwelodd Elenid fi'n cusanu merch arall. Nath hynny ddinistrio'r cyfan. Fe wahanon ni a do'n i ddim wedi siarad â hi o gwbl tan noson y ddawns."

"Chi'n arfer cusanu merched erill, Tim, jyst fel 'na?" oedd hanner sylw, hanner cwestiwn Gareth.

"Wel, chi'n gwbod fel ma pethe. Ar ôl cwpwl o beints, ac os yw'r cyfle 'na…"

Ni allai Tim anwybyddu'r olwg a basiodd o un ditectif i'r llall ac roedd yn ymwybodol ei fod wedi rhoi ei droed ynddi.

"Hynny yw…"

"Ry'n ni'n dechre gweld y Tim iawn nawr, ond y'n ni? Y math o fachgen sy'n trio'i lwc 'da unrhyw ferch."

Roedd Tim am ymateb i sylw Mel, ond ni chafodd gyfle. Aeth Mel ymlaen yn syth i ofyn y cwestiwn a fu'n ei phoeni ers i'r Prif Arolygydd Sam Powell awgrymu'n reit bendant mai Tim Bowen oedd y llofrudd.

"Beth dwi ddim yn gallu'i ddeall, Tim, yw os oeddech chi ac Elenid wedi gwahanu ar delerau gwael a'ch bod chi heb siarad â hi ers misoedd, pam gadawodd hi'r ddawns yn eich cwmni chi?"

Er i Gareth a Mel aros, ni chafwyd gair gan Tim ac mewn ffordd doedd hynny ddim yn syndod. Mwy na thebyg, tybiodd Mel, nad yw e'n gwybod yr ateb ei hunan.

"Ac ar ôl i'r ddau ohonoch chi fynd allan, Tim, beth ddigwyddodd wedyn?"

Roedd y myfyriwr yn fwy gofalus nawr. "Aethon ni i gornel gerllaw'r Scala ac fe naethon ni gusanu. Ar y dechre roedd Elenid yn awyddus ac ro'n i'n teimlo'i bod hi isie..."

Ac yna fel bwled daeth sylw'r blismones, "... bod hi isie rhyw, 'na beth chi'n ddweud ife? Fel ro'n i'n awgrymu eiliad yn ôl, o'ch chi'n ddigon parod i weld a allech chi gael eich ffordd a hyd yn oed dreisio'ch cyn-gariad."

Am y tro cyntaf yn y cyfweliad collodd Tim Bowen ei dymer. Neidiodd o'i gadair gan weiddi ar dop ei lais, "Dodd e ddim fel 'na o gwbl. Fydden i byth yn treisio unrhyw ferch, yn enwedig Elenid. Pwy fath o berson chi'n meddwl ydw i?"

I bwrpas y cofnod pwysodd Gareth yn agosach at y peiriant recordio. "Mae'r cyhuddiedig, Timothy Bowen, wedi sefyll ar ei draed ac ymddwyn yn fygythiol."

Yna trodd at y bachgen. "Eich ymddygiad chi fan 'na, Tim; ry'ch chi'n colli'ch tymer yn rhwydd, y'ch chi?"

"Dwi ddim yn gwbod beth chi'n feddwl."

"Tim, ma hyn yn dechrau mynd yn *boring*. Mae tystiolaeth gyda ni eich bod chi wedi dweud, pan aeth Elenid 'nôl i'r

Undeb," ac er mwyn cael yr union eiriau, edrychodd Gareth ar ei nodiadau, "'y bitsh ddiawl, 'nei di ddim 'y nhwyllo i eto' a'ch bod chi wedyn wedi cychwyn ffeit gyda myfyrwyr oedd wedi gwneud sbort ar eich pen. Dyna pam ofynnes i'r cwestiwn."

Sylweddolodd Tim am yr eildro ei fod wedi camu i'r fagl. Ond roedd rhagor, a gwaeth, i ddod.

"Yn fwy na hynny, ma tystiolaeth gyda ni eich bod wedi cyrraedd y Neuadd mewn tymer wael, a phan geisiodd y porthor nos gael sgwrs gyda chi, ddwedoch chi 'Ffyc off' wrtho. O'ch chi mewn hwyliau drwg, Tim, a sdim pwynt i chi geisio gwadu hynny, oes e?"

Gyda golwg bwdlyd ar ei wyneb atebodd Tim, "Nag oes, mae'n debyg."

Roeddent yn awr yn dod at ran allweddol y cyfweliad ac fe ofynnodd Mel, "Ac ar ôl i chi fynd i mewn i Neuadd Glanymôr, Tim, beth wnaethoch chi wedyn?"

"Jyst wedi i fi gyrraedd, daeth fy ffrindie, Stiw a Myff, a rhai o'r bois erill yn ôl hefyd. Gawson ni sgwrs yn y lolfa a wedyn aethon ni mas i ga'l smôc. Dodd fawr neb yn y lolfa pan es i'n ôl miwn ac felly es i i'r gwely."

"Faint o'r gloch fydde hyn, Tim?"

"Alla i ddim bod yn siŵr, jyst ar ôl deuddeg, falle?"

"Welodd rhywun chi'n mynd am eich gwely?"

"Naddo."

"Dewch, Tim, ma dau beth sy'n anodd eu credu fan hyn. Yn gyntaf, mewn lle prysur a bywiog fel Glanymôr welodd neb chi'n mynd i'r gwely ac yn ail, eich bod chi ar noson ddawns fawr wedi mynd i'r gwely mor gynnar â hynna. Pan o'n i yn y coleg rodd myfyrwyr yn aros lan tan dri, pedwar o'r gloch y bore. Unwaith eto, Tim, ma Insbector Prior a finne'n rhyw deimlo bod eich atebion yn llai na gonest. Felly, y gwir plîs, Tim. Ar ôl i chi orffen eich smôc, beth naethoch chi ac oes 'na rywun, unrhyw un, all dystio eu bod gyda chi ar yr adeg yna? Oes rhaid i fi bwysleisio bod hyn yn hollbwysig?"

Ysgydwodd y bachgen ei ben a dweud, "Does dim byd mwy 'da fi i ddweud. Ma hawl 'da fi i beidio ag ateb."

"Oes, Tim, ond fe ddylwn i'ch rhybuddio chi y bydd eich distawrwydd yn cael ei ddehongli mewn un ffordd yn unig – bod gyda chi rywbeth i'w guddio."

Clywyd cnoc ar y drws a chamodd Clive Akers i mewn. Pwysodd Gareth at y peiriant recordio unwaith yn rhagor, "Ditectif Gwnstabl Clive Akers wedi dod i mewn i'r ystafell am hanner awr wedi un."

Cariai Akers fag plastig clir ac ynddo gellid gweld pâr o drenyrs cymharol newydd. Ar y bag roedd label gyda'r geiriau Nike Air Max, maint 7. Edrychodd Akers yn awgrymog ar ei fòs.

"Tim, rwy am i chi edrych ar y bag plastig yn ofalus. Tu mewn mae 'na bâr o drenyrs. Peidiwch â'u tynnu nhw allan – fe fyddwn ni am wneud profion fforensig arnyn nhw. Mae'r trenyrs wedi eu cymryd o'ch stafell yng Nglanymôr. Dwi am i chi gadarnhau mai chi sy berchen nhw."

Atebodd Tim yn herfeiddiol, "Ma 'da fi bâr fel 'na, oes. Ond alla i byth â dweud i sicrwydd taw fi bia'r rheina. Ma llwythi o bobol yn gwisgo trenyrs tebyg." Ychwanegodd, gyda surni yn ei lais, "Ma'n hollol bosib taw chi sy wedi'u rhoi nhw yn y bag 'na i gryfhau'r achos yn fy erbyn i. Dwi 'di gweld rhaglenni ar y teledu. Ma'r heddlu'n neud pethau fel 'na drwy'r amser."

Anwybyddodd Gareth yr ensyniad. Roedd am geisio, unwaith eto, i gael at y gwir. "Tim, rwy am ofyn i chi eto. Ble oeddech chi rhwng deuddeg a hanner awr wedi deuddeg ar y noson y lladdwyd Elenid? Fel ry'ch chi wedi dweud, aethoch chi allan i gael smôc ac ma tyst gyda ni i gefnogi'r rhan honno o'ch stori. Ond wedyn, Tim, dim tyst, neb wedi'ch gweld. Felly, am y tro ola, beth wnaethoch chi wedyn?"

"Does 'da fi ddim byd mwy i'w ddweud."

Doedd y cyfweliad ddim yn mynd i unman a phenderfynodd Mel fod yn rhaid i'r holi droi'n fwy milain.

"Reit, Tim, gan nad y'ch chi'n barod i ddweud wrthon ni ble o'ch chi, 'na i ddweud wrthoch chi. Ni'n gwbod yn barod eich bod chi wedi cyrraedd Glanymôr mewn hwyliau drwg – chi wedi cydnabod hynna. Yn eich tymer, fe aethoch chi'n ôl lan am y campws ar hyd llwybr arall – ni'n gwbod bod 'na un ar draws y cae uwchlaw'r Neuadd. O'ch chi am ddial ar Elenid am wneud ffŵl ohonoch chi. Daethoch chi at eich cyn-gariad o'r tu ôl iddi, ei tharo ar ei gwegil, a'i lladd hi."

Oedodd Mel am eiliad cyn taro'r ergyd galetaf. "Yn y fan lle cafwyd corff Elenid, roedd 'na ôl troed, Tim, marc trenyrs Nike Air Max maint 7, jyst fel rheina o'ch bla'n chi. Dyna beth ddigwyddodd, ontefe?"

Cyn i Tim gael cyfle i ateb agorwyd drws Stafell Gyfweld 3 unwaith yn rhagor. Y tro hwn ni chafwyd cnoc a daeth Sam Powell yn syth i mewn yn cario gliniadur. Heb wastraffu eiliad, meddai'r Prif Arolygydd, "Tim Bowen, roedd y compiwtar hyn yn eich stafell yn Glanymôr ac ma'ch enw chi arno fe. Felly chi sy bia fe?"

"Ie, mae'n edrych yn debyg."

"Ie neu nage, Tim."

"Ie."

Roedd geiriau nesaf Sam Powell at y peiriant recordio. "Y Prif Arolygydd Sam Powell wedi dod mewn i'r Stafell Gyfweld am bum munud ar hugain i ddau. Gosod gliniadur ar y bwrdd a'r cyhuddedig yn cytuno mai fe yw'r perchennog."

Gwasgodd Sam Powell un o'r allweddau ar y bysellfwrdd ac fe ymddangosodd delwedd ar sgrin y peiriant, llun o ferch ddeniadol a'r geiriau 'Busty Babs, the best site, the best boobs, just for you'. Gwasgwyd y botwm unwaith eto ac fe gafwyd ail lun o'r ferch yn byseddu ei bronnau a'i choesau ar led.

"Licio edrych ar stwff fel 'na, wyt ti Tim? Does dim rhaid i ti ateb, ni eisoes wedi edrych ar yr holl *websites* ych a fi ti wedi ymweld â nhw."

Roedd y tensiwn yn ormesol – pedwar ditectif ar un ochr y bwrdd a'r myfyriwr yr ochr draw yn gwrido wrth lygadrythu ar y lluniau. Yna, Tim yn datgan yn glir, "Dwi am ga'l cyfreithiwr a dwi ddim am ddweud gair arall hyd nes ei fod e'n bresennol."

"Fentra i. Ti mewn twll on'd wyt ti?" Pwysodd y Prif Arolygydd ymlaen at y bachgen. "A nawr, fel y cachgi brwnt wyt ti, ti isie cyfreithiwr. Wel, weda i wrthot ti beth ni'n mynd i neud…"

Torrodd Gareth ar ei draws, "Syr, ma gyda fe hawl…"

"Oes, Insbector Prior, ma gyda fe hawl. A beth am y ferch ifanc gafodd ei lladd, beth am ei hawliau hi?"

Roedd yr awyrgylch fygythiol yn llanw'r ystafell fechan.

"Y Prif Arolygydd Sam Powell yn dirwyn y cyfweliad gyda Timothy Bowen i ben am ugain munud i ddau."

Yn y coridor tu allan trodd y Prif Arolygydd at Gareth. "Insbector Prior, hanner awr arall a bydden i wedi torri'r crwt 'na. Roedd e ar fin cyfadde."

"Peidiwch â malu cachu am hawlie 'da fi. Fel dwedes i, beth am hawlie Elenid Lewis, sy'n gorwedd ar y slab yn y *mortuary*? Pam na 'newch chi sôn am hawlie wrth ei rhieni hi,

Insbector? Nid blydi cwrs gradd yw hwn, Prior, ond y byd go iawn lle ma bobol yn mwrdro ac yn lladd ei gilydd. A tra bo ni'n sôn am hawlie, ma gyda fi hawl i wbod y byddwch chi a'ch tîm wedi dod â'r achos i ben mewn diwrnod neu ddou. 'Na pam chi 'ma, 'na pam chi ar y cês. Felly gwnewch eich job, Insbector."

A cherddodd Sam Powell oddi yno. Aeth Gareth, Mel ac Akers i'w swyddfa'n dawel bach. Eisteddodd Gareth wrth ei ddesg a'i ben yn ei ddwylo. Torrwyd ar y distawrwydd llethol pan ganodd y ffôn. Gareth atebodd i glywed llais yn dweud, "Vaughan yma".

Yn dal i synfyfyrio am gosfa eiriol Sam Powell, nid oedd Gareth wedi sylweddoli'n syth pwy oedd ar ben arall y lein. "Vaughan, mae'n flin gen i."

I achub cam gwag ei fòs, llithrodd Akers darn o bapur ar draws y ddesg gyda'r geiriau PRIF GWNSTABL wedi'u hysgrifennu arno.

"O ie, syr, Prior sy'n siarad. Beth alla i neud i helpu?"

"Achos y fyfyrwraig, Insbector Prior. Nawr, rwy'n deall oddi wrth Sam Powell bod *suspect* cryf gyda chi fan 'na, yn ca'l ei holi. Rwy eisiau gweld y mater yma'n cael ei ddatrys yn gyflym, Insbector. Rwy newydd dderbyn galwad ffôn gan Is-Ganghellor Prifysgol Aberystwyth yn poeni am y cyhoeddusrwydd gwael a'r niwed i ddelwedd y coleg. Felly, canlyniad sydyn, Insbector. Odw i wedi gwneud hynna'n glir?"

"Yn berffaith glir, syr."

Pennod 7

GAN DYBIED Y byddai paned yn codi tipyn ar eu hwyliau, aeth Gareth, Mel ac Akers i'r cantîn. Cawsant eu cyfarch gan rai o'r plismyn eraill oedd yno'n bwyta cinio hwyr ond fe aeth y tri at fwrdd ym mhen draw'r ystafell, yn ddigon pell oddi wrth weddill y criw. Roedd angen tipyn o lonydd i ystyried rhybuddion Sam Powell a gorchymyn y Prif Gwnstabl a'r camau nesaf i'w cymryd yng nghyd-destun y ddau ffactor hynny.

"Pryd arestiwyd Tim Bowen?" gofynnodd Gareth.

"Hanner dydd heddi, syr," atebodd Akers.

"Felly, yn ôl y rheolau, ma gyda ni bedair awr ar hugain, tan hanner dydd fory, i'w holi ymhellach i weld os gallwn ni gael y gwir mas o'i groen e. Dim lot o amser, yw e?"

"Nag yw," atebodd Mel, "ac wrth gwrs o hyn mla'n bydd cyfreithiwr gyda fe ac fe fydd hwnnw'n gwrando ar bob gair. Ond, weda i un peth wrthoch chi, ma'r crwt 'na'n cadw ffeithiau'n ôl. Ma fe'n cwato rhywbeth ac yn gwarchod rhywun neu rywrai, dwi'n siŵr o hynny."

Cytunodd Gareth ond doedd Akers ddim mor sicr.

"Efallai, Mel, taw'r hyn mae e'n guddio yw taw fe laddodd Elenid Lewis. Ma 'na resymau cryf dros feddwl mai fe yw'r llofrudd. Y trenyrs, ei dymer e, bod e'n dipyn o *chancer* 'da merched ac, uwchlaw popeth, nad yw e wedi gallu rhoi eglurhad digonol o ble roedd e ar yr adeg y lladdwyd Elenid. Rhowch y rheina at ei gilydd ac ma gyda chi dri pheth. Yn gyntaf, y *motive*, yn ail, y cyfle – galle fe'n hawdd fod wedi torri draws y cae ger Glanymôr a dod at y llwybr o gyfeiriad arall – ac yn drydydd, y modd. Wedodd Dr Annwyl wrthon ni taw darn o bren a ddefnyddiwyd i daro'r ferch – wel, galle Tim fod wedi cael gafael ar rywbeth fel 'na'n rhwydd wrth iddo groesi'r cae."

"Ma hynna i gyd yn rhy daclus, Clive. Ma'r hyn wedest ti yn wir ac ma gyda Tim lot o gwestiynau i'w hateb. 'Nes i'i holi fe'n blaen ond roedd e'n cau lan. Wrth i fi wrando ro'n i'n dod yn sicrach fod rhywbeth arall neu rywun arall yn ei stori fe. Rwy'n cofio plant fel 'na yn yr ysgol, a naw gwaith mas o ddeg ro'n nhw'n fodlon cymryd y bai am weithred lai pwysig i atal rhywbeth mwy difrifol rhag dod i'r golwg."

"Beth ti'n awgrymu? Fod y ddau arall 'na, Stiw a Myff, wedi'i helpu fe, neu wedi'i weld e'n gadael Glanymôr? Ma hynny'n bosib. Ond plîs, paid â sôn am weithred lai pwysig a chuddio rhywbeth mwy difrifol. Nid yn yr ysgol wyt ti nawr, Mel; dyw beth wedest ti jyst ddim yn gwneud sens. Be sy'n fwy difrifol na llofruddio?"

Cyn i'r cyfan droi'n ddadl torrodd Gareth ar draws y ddau. "Does dim pwrpas o gwbl i ni gwmpo mas. Neith hynny ddim ein harwain ni gam yn nes at y llofrudd. O ystyried y ffeithiau – a ffeithiau *ydyn* nhw – ma 'na achos cryf yn erbyn Tim Bowen. Ond rywfodd dw inne chwaith ddim yn ei weld e fel person a allai ladd mewn gwaed oer. Dwi'n cytuno ei fod e'n cuddio rhywbeth allweddol ac felly, Mel, dwi am i chi fynd 'nôl i'w holi fe eto. Gwasgwch e'n galed, peidiwch â gadael i'r cyfreithiwr ymyrryd yn ormodol ac os oes rhaid, rhowch awgrym bod gyda ni ddigon o dystiolaeth i'w gyhuddo fe o lofruddio Elenid Lewis. Gawn ni weld wedyn beth fydd gyda fe i'w ddweud. Akers, ry'ch chi a fi'n mynd nôl i Neuadd Glanymôr i weld beth ma'r Warden yn 'i wybod am Tim ac i chwilio am Stuart Bradley a Merfyn Morris. Gyda thamed bach o lwc, falle y gallan nhw daflu mwy o olau ar symudiadau eu ffrind."

★ ★ ★

Unwaith yn rhagor bu raid parcio'r Merc dan yr arwydd 'Dim Parcio' o flaen garej Glanymôr. Roedd y tâp diogelwch ger y llwybr yn dal yn ei le a phlismon ifanc yn gwarchod y llecyn. Cyfarchodd y ddau dditectif yn boléit ac yna gofynnodd Gareth iddo, "Dim byd i'w adrodd, mae'n siŵr? Rhyw obaith o ddod o hyd i'r arf?"

"Na, dim byd eto, syr, ond ma'n nhw'n dal i chwilio."

Gallai Gareth ac Akers weld y llinell o blismyn yn cerdded yn araf ac yn archwilio'r llwybr a'r tir, fodfedd wrth fodfedd.

Trodd y ddau gan adael y plismon a mynd am y fynedfa. Sylwodd Gareth fod criw'r wasg wedi'i sefydlu'i hun wrth gât y Neuadd ar riw Penglais. Roedd y newyddiadurwyr wedi cael eu gwahardd rhag tresbasu ar dir y Brifysgol, ond roeddent yn ddigon agos i fedru cwblhau'u hadroddiadau slic:

'A young and gifted student, twenty one year old Elenid Lewis from Ammanford, Carmarthenshire, has been brutally murdered on this University campus. Police are undertaking extensive enquiries but have no clear lead at the moment.'

Roedd un o geiliogod y cyfryngau rywfodd yn adnabod Gareth ac wrth iddo ef ac Akers nesáu, gwaeddodd, "Inspector Prior, Sion Curran, BBC Wales. Any comment?"

Anwybyddodd Gareth y cwestiwn a cherdded yn ei flaen, ond nid oedd y gohebydd wedi gorffen eto. "Is it true, Inspector, that you're holding another student, Tim Bowen, who is also a resident at Glanymôr, in association with the murder?"

Oedodd Gareth am eiliad cyn troi i wynebu Curran a gweddill y wasg. Y cyfan a ddywedodd, y cyfan a allai ddweud, oedd y geiriau anochel, "No comment", cyn diflannu i ddiogelwch yr adeilad.

"Shwt ma'r rheina wedi ca'l enw Tim Bowen mor gyflym?" gofynnodd Akers. "Dim ond bore 'ma gafodd e ei arestio."

"Ie, tybed? Ond rwy wedi clywed bod gan y Prif Arolygydd Sam Powell ffrindie da yn y wasg. A bydde gair bach tawel yng nghlust un ohonyn nhw'n cryfhau'r achos yn erbyn Tim ac ar yr un pryd yn rhoi mwy o wasgfa arnon ni. Ond dwi ddim am boeni am hynny nawr, rhaid i ni gael gair gyda'r Warden, a gweld os gall e gael gafael ar Stuart Bradley a Merfyn Morris."

Doedd dim golwg o Dr Williams, a bu'n rhaid gofyn am gymorth ei ysgrifenyddes, a honno wedyn yn mynd i grombil yr adeilad i chwilio amdano. Ymhen hir a hwyr, daeth i'r golwg a gwahoddwyd Gareth ac Akers i'w swyddfa.

"Prynhawn da, gyfeillion. Ry'ch chi wedi sylwi, mae'n siŵr, ein bod ni dan warchae gan y wasg. Diolch i'r drefn, mae swyddog PR y Brifysgol yn delio gyda nhw a does dim rhaid i fi wneud dim. Ond, yn naturiol, mae 'na rai myfyrwyr yn ddigon parod i siarad, pum munud o enwogrwydd, mae'n debyg. Sut mae'r ymholiadau yn dod yn eu blaen?"

"Cam wrth gam, Dr Williams. Ma'n siŵr eich bod chi'n gwybod bod un o'ch preswylwyr, Tim Bowen, wedi cael ei arestio ac yn cael ei holi ar hyn o bryd. Beth allwch chi ddweud wrthon ni am Tim Bowen? O'ch adnabyddiaeth chi, pa fath o berson yw e?"

Trodd y Warden at y cyfrifiadur ar ei ddesg ac wedi iddo deipio'r enw i mewn, cafwyd y manylion ar y sgrin:

Timothy Bowen: myfyriwr drydedd flwyddyn – cwrs anrhydedd mewn Astudiaethau Busnes

Dyddiad geni: 12 Chwefror 1988

Rhieni: Richard a Gillian Bowen

Cyfeiriad: Pandy Bach, Platers Way, Yr Hendy, Llanelli, Sir Gaerfyrddin.

"Wel," meddai'r Warden, "ro'n i'n gwybod am y garwriaeth rhyngddo fe Elenid yn y flwyddyn gyntaf a bod y berthynas wedi dod i ben. Bachgen bywiog, ond dyw hynny'n dweud dim. Yn y lle hwn, maen nhw i gyd yn fywiog. Tuedd i wylltio'n sydyn, parodrwydd i ddyrnu hyd yn oed, yn arbennig ar ôl bod yn yfed. O ie, roedd 'na helynt ar ddiwedd ei ail flwyddyn. Buodd e'n ymladd gydag un o staff gwarchod clwb nos y Pier Pressure. Gwrthodwyd mynediad iddo am ei fod yn feddw. Os rwy'n cofio'n iawn, buodd e o flaen ynadon y dre a chael dirwy o dri chan punt a rhybudd i gadw'r heddwch am ddeuddeg mis. Ond mae'n siŵr eich bod yn gwybod am hynny'n barod, Insbector?"

Taflodd Gareth gipolwg at Akers. Na, doedden nhw ddim yn ymwybodol o hynny a doedd neb wedi meddwl tsiecio a oedd gan Tim Bowen record ai peidio. Camgymeriad y byddai'n rhaid ei unioni mor fuan â phosib.

"Diolch am y manylion, Dr Williams. Hoffen ni gael gair gyda ffrindiau Tim, Stuart Bradley a Merfyn Morris. Ro'n nhw gyda fe ar noson y ddawns."

"A ie, dau fywiog arall, bron y gallen i ddweud *partners in crime*." Sylweddolodd y Warden ddiffyg doethineb yn ei eiriau ar unwaith. "Do'n i ddim am awgrymu am eiliad fod gan y ddau unrhyw beth i'w wneud â'r llofruddiaeth ond mae'n rhaid cyfaddef os oedd Tim mewn trwbl roedd y lleill fel arfer wrth law." Gwasgodd Dr Williams fotwm ar y cyfrifiadur i oleuo sgrin arall yn dangos amserlen hynod o gymhleth. "Mae Stuart a Merfyn yn astudio'r Gyfraith ac yn ôl hon fe ddylen nhw gyrraedd 'nôl i'r Neuadd unrhyw funud ar ddiwedd eu darlith. Ond does dim sicrwydd, wrth gwrs. Fe aiff yr ysgrifenyddes i chwilio amdanyn nhw nawr."

Yn syth ar ôl iddo orffen yr alwad ffôn at ei ysgrifenyddes agorwyd drws y swyddfa'n ddirybudd, a chamodd dynes i mewn i'r stafell. Dynes drawiadol iawn oedd hi, yn ei phedwar degau cynnar, gyda gwallt golau ac yn gwisgo dillad drud, hynod o smart.

Heb edrych ar y ddau dditectif, hoeliodd ei sylw ar y Warden ac yn awdurdodol gofynnodd, "Dr Villiams, yn fyr os gwelwch chi'n dda, mae gen i gyfarfod brys o'r Bwrdd Rheoli mewn deng munud. Beth allwch chi'i ddweud wrtha i am lofruddiaeth y fyfyrwraig yma?"

Roedd y Warden wedi codi'n barchus o'i sedd, ac yn hytrach nag ateb y cwestiwn cyflwynodd y lleill, "Insbector Prior a Ditectif Gwnstabl Akers, dyma Dr Johanna Wirth, Prifathro Prifysgol Aberystwyth. Dr Wirth, dyma'r ddau dditectif sy'n arwain yr ymholiadau. Rwy'n tybied y byddan nhw'n medru rhoi mwy o wybodaeth na fi."

Roedd Gareth ac Akers hefyd wedi codi ar eu traed. Wrth iddo edrych ar Dr Johanna Wirth cofiodd Gareth iddo ddarllen am ei phenodiad rai misoedd yn ôl. Roedd y cyfan yn dipyn o syndod ar y pryd – y fenyw gyntaf i fod yn bennaeth ar sefydliad addysg uwch yng Nghymru ac yn hollol annisgwyl, iddi ddod i'r swydd yn sgil gyrfa ddisglair ym mhrifysgolion Awstria yn hytrach nag o blith cylch cyfyng yr academia Cymreig. Wrth feddwl ymhellach, cofiodd Gareth ei bod yn arbenigwraig fydenwog ar y diwylliant Celtaidd yn Awstria. Roedd ei gafael ar y Gymraeg bron yn berffaith ond roedd arlliw o acen ei mamwlad yno o hyd – cyfeiriodd at y Warden fel Dr Villiams, nid Williams.

Nodiodd Dr Wirth i gydnabod presenoldeb Gareth ac Akers.

"Ardderchog, yr union bobol. Efallai, Insbector, eich bod yn ymwybodol fy mod i eisoes wedi cael gair gyda'ch Prif Gwnstabl. Rwy'n deall fod gyda chi berson ry'ch chi'n ei holi. Fel y dywedais wrth Dilwyn Vaughan, byddai'n braf gweld yr holl fater yn cael ei glirio'n fuan, i osgoi cyhoeddusrwydd gwael. Ydi hynny'n debygol?"

"Mae'n wir, Dr Wirth, ein bod ni'n holi rhywun ar hyn o bryd. Ac fe alla i'ch sicrhau chi y byddwn ni'n gwneud ein gorau i ddod â'r cyfan i ben mor fuan â phosib."

Roedd yr olwg ar wyneb y Prifathro yn dangos ei bod yn llai na hapus gyda'r ateb. "Ar yr un trywydd, Insbector, cefais fy atal gan y wasg wrth yrru i mewn i'r Neuadd. Cyhoeddusrwydd gwael eto. Fedrwch chi ddim rhoi stop arnyn nhw? Beth am alw cynhadledd i'r wasg i roi eich ochr chi o'r stori?"

"Mae'r gohebwyr, Brifathro, ar dir cyhoeddus ac felly ma gyda nhw berffaith hawl i fod lle ma'n nhw."

Ymunodd Akers yn y drafodaeth, "Ynglŷn â chynhadledd i'r wasg, Dr Wirth, chi'n iawn, fe fydde modd rhoi'r ochr arall gan gynnwys safbwynt y myfyrwyr a'u cwynion i'r Brifysgol dros gyfnod hir am y diffyg gole ar y llwybr."

Eto, roedd golwg iasol yn llygaid y Prifathro. Doedd Dr Johanna Wirth ddim yn gyfarwydd â chael rhywun yn siarad â hi yn y modd yna. "Insbector Prior, diolch i chi am eich sylwadau," meddai. "Byddaf yn cadw mewn cysylltiad clòs â'r Prif Gwnstabl.'

Ac aeth y Prifathro allan o'r stafell mor sydyn ag y daeth i mewn.

Gwenodd y Warden yn gynnil. Roedd yn amlwg wedi mwynhau'r croesi cleddyfau rhwng Dr Wirth ac Akers. Canodd y ffôn, ac ar ôl sgwrs fer dywedodd wrth y ddau arall, "Rwy'n ofni, Insbector, i'r ysgrifenyddes fethu â dod o hyd i Stuart a Merfyn ond mae hi wedi gadael neges yn dweud wrthyn nhw am gysylltu â chi mor fuan â phosib. Ydi hynny'n iawn?"

"Perffaith, Dr Williams a diolch i chi unwaith yn rhagor."

Cerddodd Gareth ac Akers at y car ar hyd coridor yn y Neuadd i osgoi'r wasg. Wrth iddynt nesáu at y garej, cysylltodd Gareth â Swyddfa'r Heddlu i drosglwyddo'r wybodaeth am record Tim Bowen. Aethant i mewn i'r Merc heb sylwi ar ddau fyfyriwr yn gwylio pob symudiad o ffenest uwchben y garej.

"Ti'n meddwl, Myff, y bydde'n well tasen ni'n mynd at y cops?"

Atebodd y llall yn bendant, "Nagw, dim o gwbl, ni mewn digon o drwbl yn barod. Fydd gyda nhw ddim rheswm i gadw Tim i mewn, gei di weld. Ma'n rhaid ei adael e'n rhydd ar ôl deuddeg awr, ti'n gwbod hynny."

"Ond beth os neith e siarad, Myff? Ni mewn twll wedyn."

"Neith Tim ddim siarad. Ma gyda fe gymaint i golli â ni. Na, cau ceg yw'r plan gore ar hyn o bryd, Stiw. Cau ceg."

★ ★ ★

Roedd cwmni Walter Davies a Wilkins gyda'r cyfreithwyr hynaf a mwyaf parchus yn Aberystwyth, ond ar farwolaeth y partner olaf, gwerthwyd y cyfan i gwmni Shirebrook Coleman, oedd â'i bencadlys yng nghanolbarth Lloegr. Er bod yr enw Davies yn dal ar y plât pres ar yr adeilad, roedd y ffyrm bellach yn cael ei reoli'n llwyr o Telford. I warchod buddiannau Tim Bowen danfonwyd un o gywion ifanca'r ffyrm, Roger Trenton, unigolyn a oedd, yn ôl adwaith gyntaf Mel, yn enghraifft hynod o seimllyd o'i broffesiwn. Gwisgai siwt ddrud, crys gwyn a thei sidan, a'r cyfan, tybiodd Mel, wedi costio mwy na chyflog mis iddi hi.

Estynnodd Trenton law lipa a dweud, "Miss Davies, rwy'n credu, ie? Fe hoffwn i gael hanner awr breifat gyda'r cleient, ac wedyn byddwn ni'n barod i gychwyn y broses o holi."

"Ditectif Sarjant Davies, os gwelwch chi'n dda, Mr Trenton," cywirodd Mel ef. Roedd y blismones wedi dysgu mai da o beth oedd gosod y ffiniau o'r cychwyn cyntaf. Tywyswyd y cyfreithiwr i mewn i Stafell Gyfweld 3 a'i adael yno gyda Tim Bowen.

Cadwodd Trenton at ei air ac ymhen ychydig dros hanner awr aeth Mel i mewn atynt i ailgychwyn yr holi. Fel o'r blaen, trodd y peiriant recordio ymlaen i nodi amser y cyfweliad a phwy oedd yn bresennol.

"Reit, Tim, fe drïwn ni unwaith eto. Allwch chi ddweud wrtha i ble roeddech chi rhwng deuddeg a hanner awr wedi deuddeg ar y noson y lladdwyd eich cyn-gariad, Elenid Lewis?"

"Dim byd i'w ddweud."

"Tim, ydych chi'n cytuno eich bod chi wedi cwmpo mas gyda Elenid wedi i'r ddau ohonoch chi fynd allan o ddawns Gŵyl Ddewi yn Undeb y Myfyrwyr Aberystwyth?"

"Dim byd i'w ddweud."

"Fyddech chi'n disgrifio'ch hunan fel person sy'n colli ei dymer yn hawdd?"

"Dim byd i'w ddweud."

A buan y sylweddolodd Mel beth oedd y dacteg. Roedd

Tim wedi cael ei gynghori gan ei gyfreithiwr i gadw'n dawel a dweud dim. Wel, gallai dau chwarae'r gêm honno, ac er nad oedd ei gobeithion yn uchel, parhaodd Mel gyda'r holi i weld a fyddai'r myfyriwr yn cracio. Ar ôl rhyw ddwy awr, daeth plismon i mewn a gosod darn o bapur ar y bwrdd.

Edrychodd Mel arno'n frysiog cyn taro'r cwestiwn nesaf, "Ma gyda chi record, on'd oes e, Tim? Rhyw ddeunaw mis yn ôl fe fuoch chi o fla'n ynadon y dre am ymosod ar aelod o staff y Pier Pressure. Fe'ch cafwyd yn euog, cawsoch chi ddirwy o dri chan punt a rhybudd i gadw'r heddwch am ddeuddeg mis. A gyda llaw, fydd e ddim yn ddigon i chi ateb gyda 'dim byd i'w ddweud' i'r cwestiwn yna, ma'n rhaid i chi gydnabod bod gyda chi record."

Edrychodd Tim ar Trenton, rhoddodd hwnnw nòd bychan a dywedodd Tim, "Oes, mae gen i record. Gan fod yr wybodaeth gyda chi fan 'na, sdim pwynt i fi wadu, oes e?"

"Yr ymosodiad 'na, Tim, roedd e'n arbennig o filain, on'd oedd e? Bu'n rhaid i'r unigolyn gael pwythau yn ei dalcen. Mae'r ymosodiad hefyd yn dangos eich bod chi'n berson treisgar, yn barod i ddefnyddio'ch dyrne."

"Dim byd i'w ddweud."

Gan fod ei phen yn dyrnu fel gordd, penderfynodd Mel y dylid cael seibiant. Aeth allan am ychydig o awyr iach ac yna i'r swyddfa lan lofft i chwilio am stribed o barasetamol. Roedd Gareth ac Akers yno a gofynnodd Gareth, "Shwt mae'n mynd, Mel? Unrhyw lwc?"

"Dim byd. Ma'r cyfreithiwr, Roger Trenton – poen yn y pen-ôl o gwmni Shirebrook Coleman – yn ei watsho fe fel ci defaid a'r cyfan sy'n dod 'nôl yw 'dim byd i'w ddweud'. Damo! Ma'r amser yn brin. Bydd raid i ni'i ryddhau e bore fory a ma'r blydi Trenton 'na'n gwbod 'nny."

"Iawn, Mel. Eith Akers a fi lawr i weld a gawn ni well lwc."

Felly y bu. Y ddau dditectif yn holi'n ddidrugaredd ond heb symud cam ymlaen ac yna, a hithau'n nesáu at hanner nos, dywedodd Roger Trenton yn felfedaidd, "Insbector, yn ôl yr wybodaeth sy gen i, cafodd fy nghleient ei arestio am hanner dydd. Yn ôl y gyfraith, gallwch chi nawr wneud un o ddau beth – ei ryddhau e, neu ddod â chyhuddiad ffurfiol yn ei erbyn."

Doedd Gareth ddim yn bwriadu cael ei fwlio gan ryw goc oen o gyfreithiwr.

"Mr Trenton, dwi ddim am ddysgu pader i berson, ond ma gyda ni berffaith hawl i holi'r cyhuddedig a'i gadw am bedair awr ar hugain. Tim, gewch chi dreulio heno yn y celloedd. Cyfle i ystyried difrifoldeb eich sefyllfa. Gawn ni weld os yw'r cof am yr hyn ddigwyddodd i Elenid yn gliriach bore fory."

Pennod 8

DRANNOETH, GAN ADAEL Akers i holi Tim Bowen ymhellach, teithiodd Gareth a Mel i Rydaman i weld rhieni Elenid. Roedd hi'n ddiwrnod oer, a haul isel Mawrth yn ceisio taflu rhywfaint o gynhesrwydd ond gan lwyddo dim ond i greu problemau i yrwyr. Roedd Gareth yn hoffi gyrru a theimlai'n falch iawn o'r Merc, Mercedes C Class Coupé glas tywyll a oedd, fel ei fflat yng Nghilgant y Cei, yn un o'r gwobrwyon a gafodd ar ei ddyrchafiad yn Arolygydd. Byddai fel arfer yn cadw at reolau'r ffordd fawr ond weithiau, pan fyddai'r hewl yn wag, hoffai bwyso ar y sbardun a gweld y car yn croesi naw deg ac yna gan milltir yr awr. Jamie Cullum ar y peiriant CD, a'r Merc yn llamu'n llyfn a solet ar hyd y draffordd. Ar adegau fel 'na, roedd bywyd yn braf.

Ond nid felly roedd hi y bore hwnnw. Ni ellid codi rhyw lawer o sbîd wrth fynd am Lambed ac yna ar draws gwlad i Landeilo. Dilyn ambell dractor a lori cyn dod o'r diwedd i Rydaman, tref gyfarwydd i Gareth. Yn ei arddegau bu'n ymwelydd cyson â'r lle ac yn fwy penodol â chartref Anti Lil, chwaer ei fam; roedd hi a'i gŵr, Ifor, yn dal i fyw yn y dre. Yn hytrach na mynd yn syth i dŷ'r Lewisiaid, parciodd Gareth gerllaw capel sylweddol ei faint, adeilad a oedd yn dangos ôl gofal a chadw, y paent yn sgleinio a'r rhimyn o borfa a'r llwybr tu blaen yn lân a thaclus. Ar yr ochr dde i'r llwybr roedd hysbysfwrdd – y cefndir yn ddu a'r llythrennau euraid yn cyhoeddi'n hyderus:

ADDOLDY RAMOTH

Moddion y Sul – Deg y Bore a Chwech yr Hwyr

Ysgol Sul – Un ar ddeg

Gweinidog – Y Parchedig Luther Lewis, B.A., B.D.

Y Gorlan, Stryd y Bont.

Croeso cynnes i'r Oedfaon.

"Golwg lewyrchus ar y lle, on'd oes e?" dywedodd Mel.

"Dim argol y bydd hwn yn cau'n glou. Nawr, os dwi'n cofio'n iawn, ma Stryd y Bont ar y chwith jyst lan o'r capel."

Troesant o'r ffordd fawr i hewl gulach, gan groesi pompren fechan a cherdded heibio rhes o dai cadarn a godwyd, yn ôl eu hadeiladwaith a'u cynllun, yn gynnar yn y chwedegau. Roedd Y Gorlan, enw delfrydol i dŷ gweinidog, meddyliodd Gareth, ar ben pella'r rhes. Yn Aberaeron nid oedd Gareth wedi sylwi ar gar y Parchedig Lewis, ond wrth gerdded lan y dreif, sylwodd ar Audi A3, a hwnnw'r model drutaf. Er bod yr ymweliad wedi'i drefnu ymlaen llaw roedd rhyw deimlad lletchwith ynghlwm wrth y cyfan; dim ond ychydig ddyddiau oedd ers llofruddiaeth Elenid a theimlai'r ddau, Gareth a Mel, eu bod yn tarfu ar alaru'r gweinidog a'i wraig. Canodd Gareth y gloch ac ar unwaith bron daeth Luther Lewis at y drws.

Arweiniwyd y ddau i lolfa yng nghefn y tŷ, a'i ffenestri'n edrych allan dros ardd helaeth. Roedd ôl gwario a chwaeth ar bob peth; y dodrefn drud, y carped trwchus a'r llenni o ddefnydd trwm, moethus. Y dodrefnyn mwya trawiadol oedd cwpwrdd deuddarn gyda'i ddolenni pres yn sgleinio; ar wal arall roedd seld dderw'n dal rhesi o lestri hynafol a jygiau Cymreig.

Gwahoddwyd Gareth a Mel i eistedd ac roedd Gareth ar fin siarad pan ddaeth cwestiwn oddi wrth Mr Lewis. "Insbector, eich cyfenw, Prior – oeddech chi'n perthyn o gwbl i'r Parch Dafydd Prior, Bethel, Gwendraeth Fach?"

"Fy nhad. Oeddech chi'n ei nabod e?"

"Oeddwn, ac rwy'n ei gofio fe fel pregethwr grymus a gwas ffyddlon i'r Arglwydd. Coffa da amdano."

Sylweddolodd Mel nad oedd yn gwybod y nesa peth i ddim am gefndir ei bòs ac roedd clywed ei fod yn fab y Mans yn dipyn o syndod. Ar ôl saib byr, dywedodd Gareth, "Diolch, Mr Lewis. Ga i ddweud eto mor flin y'n ni o orfod dod ar eich traws ar adeg fel hyn, ond fel rwy wedi egluro, ma 'na rai pethau sy'n rhaid eu gofyn, rhai ffeithiau i'w cadarnhau."

"Wrth gwrs, ma gyda chi job i wneud, rwy'n deall hynny."

"Ydi Mrs Lewis yma? Byddwn ni eisiau siarad â hi hefyd."

Cododd y gweinidog o'i sedd i fynd allan o'r stafell, clywyd sibrwd isel a dychwelodd Luther Lewis yng nghwmni ei wraig. Roedd Rhiannedd Lewis wedi'i gwisgo mewn siwt o wlân llwyd gyda rhes o berlau o amgylch ei gwddf, a'i gwallt wedi ei frwsio'n ofalus i osod pob blewyn yn ei le. Eisteddodd yn un o'r cadeiriau esmwyth heb brin gyfarch y ddau dditectif a synhwyrodd Gareth yr un oerni ag y teimlodd wrth gyfarfod Mrs Lewis gerllaw'r *mortuary* yn ysbyty Aberystwyth. Cychwynnodd ar y dasg yn ddiymdroi.

"Diolch i chi hefyd, Mrs Lewis. Fydd hyn ddim yn hawdd, rwy'n gwybod, ond fe hoffwn i sicrhau'r ddau ohonoch taw dim ond un pwrpas sy y tu ôl i'r holi, sef dod o hyd i'r un a laddodd eich merch. Mr Lewis, ga i ofyn i chi i roi cownt o'ch symudiadau o ddydd Sadwrn hyd at yr amser i ni gyfarfod yn y capel yn Aberaeron ddydd Sul?"

"Fe adawes i fan hyn brynhawn Sadwrn am ddeuddeg

o'r gloch. Fel chi'n gwybod, Insbector, ma gyda ni fwthyn yn Aberaeron. Do'n i ddim wedi bod yno ers Nadolig ac ro'n i am gael amser i wneud job fach neu ddwy ar y tŷ. Cyrraedd Aberaeron tua hanner awr wedi un, a chael cinio ysgafn. Ro'n i wedi mynd â rhywfaint o fwyd o adre ond roedd angen bara a llaeth a rhai pethau eraill felly es i allan i'r siop Spar ar y stryd fawr. Gweithio ar y tŷ tan yn hwyr yn y prynhawn, ac wedyn mynd drwy'r *Guardian* a'r *Western Mail*. Yna, edrych dros nodiadau pregethau'r Sul, coginio swper ac es i i'r gwely am hanner awr wedi un ar ddeg, codi fore Sul a mynd at fy nghyhoeddiad yng Nghapel y Ton. Ac ar derfyn y gwasanaeth, Insbector, dyna pryd wnaethon ni gyfarfod am y tro cyntaf."

"Hanner awr wedi un ar ddeg. Shwt allwch chi fod mor sicr â hynny?" gofynnodd Mel.

"Rwy'n edmygydd mawr o'r bardd Philip Larkin. Ychydig yn felancolaidd efallai, ac yn anffyddiwr, ond mae ei waith e'n dweud llawer o wirionedd am frwydrau bywyd. Ma'n nhw newydd ddarganfod tapiau o Larkin yn adrodd ei farddoniaeth – roedd y tapiau'n cael eu darlledu am y tro cyntaf nos Sadwrn diwethaf ac roedd y rhaglen yn gorffen am hanner awr wedi un ar ddeg."

"Pan aethoch chi allan i'r dre yn Aberaeron," holodd Gareth, "wnaethoch chi gyfarfod â phobol oedd yn eich nabod, mae'n debyg?"

"Fe ges i fy ngeni a'm magu yn Aberaeron ac er fy mod wedi symud oddi yno ers sawl blwyddyn rwy'n dal i adnabod amryw yno. A do, fe wnes i gyfarfod â hen ffrindiau, yn y siop fwyd ac ar y stryd, ac fe alla i roi enwau i chi."

"Diolch, ac fel yr awgrymoch chi, bydd raid tsieco. Ma hyn i gyd o help, ond os rwy wedi deall yn gywir, Mr Lewis, does neb i dystio am eich symudiadau rhwng nos Sadwrn a bore Sul, sef yr union gyfnod pryd y lladdwyd Elenid?"

Roedd yr ergyd yn eglur a heb ei cholli ar y gweinidog. Atebodd yn oeraidd,

"Dwn i ddim am y ddau ohonoch chi, ond fel arfer pan fydda i oddi cartref ac, yn bwysicach na hynny, i ffwrdd o gwmni'r wraig, rwy'n cysgu ar fy mhen fy hun. Ac felly, nacoes, does neb all dystio drosta i am yr oriau hynny."

Dyw ateb coeglyd fel 'na ddim yn eich siwtio chi, meddyliodd Gareth, ac i danlinellu pwrpas yr holi ychwanegodd yn bendant, "Dy'n ni ddim yma i wneud ensyniadau, Mr Lewis, dim ond i ganfod y ffeithie, 'na i gyd."

"Mae'n flin gen i. Ddylen i ddim fod wedi dweud hynna. Ond rydych chi'n deall, ma hyn oll wedi bod yn sioc ac yn straen ofnadwy i'r ddau ohonon ni."

"Ie, alla i ddeall hynny'n iawn. Mrs Lewis, allech chi roi gwybodaeth am eich symudiadau dros yr un cyfnod?"

Oedodd y wraig am ychydig fel petai'n casglu ei meddyliau ynghyd cyn dechrau siarad.

"Roedd Luther am i fi fynd gyda fe i Aberaeron ond dwi ddim yn arbennig o hoff o'r lle ac felly dwedes i, 'na, cer di, ti sy'n nabod y bobol fan 'na – nid fi'. Ond roedd gen i reswm arall dros beidio â mynd i Aberaeron. Ma gyda fi chwaer mewn cartref preswyl yng Nghaerdydd ac rwy'n ymweld â hi'n rheolaidd, fel arfer ar ddydd Sadwrn. A dyna beth wnes i ddydd Sadwrn diwethaf. Dal bws o Rydaman i Abertawe am ddeunaw munud wedi naw, yn Abertawe ychydig cyn hanner awr wedi deg a mynd ymlaen ar y trên i Gaerdydd. Ro'n i yn y cartref – Plasgwyn ger llyn y Rhath, gyda llaw, mi fyddwch chi eisiau tsieco – erbyn un. Treulies i awr gyda fy chwaer a dal trên a bws adre. Am ddeg bore Sul ro'n i yn yr oedfa yn Ramoth. Amser cinio dydd Sul daeth Luther 'nôl yma yng nghwmni'r diacon 'na o Gapel y Ton i dorri'r newyddion am farwolaeth Elenid. A cyn i chi ofyn, Insbector, does gen innau chwaith neb i dystio am yr oriau tyngedfennol, ond bydd digonedd all gadarnhau'r gweddill. Rhai weles wrth aros am y bws yn Rhydaman, staff Plasgwyn yng Nghaerdydd ac wrth gwrs aelodau Ramoth oedd yn yr oedfa fore Sul."

"Diolch, Mrs Lewis. Un peth, gan i chi fynd i Gaerdydd ar y bws a'r trên, rwy'n cymryd nad y'ch chi'n gyrru."

"Nagw, Insbector. Wrth gwrs, pan mae Luther adre mae e'n mynd â fi, ond os nad yw e yma, rwy'n dibynnu ar drafnidiaeth gyhoeddus."

Trodd Gareth at Mel a hi ofynnodd y cwestiwn nesaf.

"Mr Lewis, pan dorron ni'r newyddion i chi yn Aberaeron am farwolaeth eich merch, fe ddywedoch chi – ac rwy'n dyfynnu o nodiadau gymeres i ar y pryd – 'Ro'n i a Rhiannedd yn gwybod y bydde rhywbeth fel hyn yn digwydd. Ro'n ni wedi dweud wrthi droeon, dyw e ddim yn ddigon i fod yn fyfyrwraig ddisglair. Rhaid i ti gofio pwy wyt ti. A nawr hyn. Ro'n ni wedi'i rhybuddio sawl gwaith ond wnâi hi ddim gwrando.' Allwch chi egluro beth sy tu ôl i'r geirie 'na?"

Wrth sylwi ar adwaith Mrs Lewis doedd hi ddim yn hapus fod argoel o densiwn teuluol wedi cael ei ddatgelu.

Dechreuodd Luther Lewis siarad yn dawel. "Drwy gydol ei hamser yn yr ysgol roedd Elenid yn batrwm, byth yn achosi trafferth, yn ffyddlon yn y capel ac yn gweithio'n hynod o gydwybodol. Enillodd hi ysgoloriaeth i Aberystwyth, a dyna pryd y sylwodd Rhiannedd a minnau y newid yn ei chymeriad. Roedd hi'n dal i weithio'n galed, a dweud y gwir pan fyddai'n dod adref adeg gwyliau roedd hi'n claddu'i hunan yn y gwaith ac fel petai'n anfodlon treulio unrhyw amser yng nghwmni'i rhieni. Fe stopiodd hi ddod i'r capel gan roi'r rheswm fod addoli a mynychu'r oedfa yn ddim gwell na rhagrith. Yna, fe ddechreuon ni glywed y straeon am y meddwi a'r partïon gwyllt ac wrth gwrs am y garwriaeth gyda rhyw fachgen o'r enw Tim. Yn ôl pob golwg daeth hwnnw i ben ond fe bellhaodd Elenid – doedd hi ddim yn gwrando arna i nac ar Rhiannedd. Fel dwedes i yn Aberaeron, ro'n i'n ceisio ei hatgoffa pwy oedd hi. Ma disgwyl i blant gweinidog ymddwyn yn gywir. A phan ma'n nhw'n syrthio, ma digon o bobol yn barod i bwyntio bys. Fel mab i weinidog eich hunan, Insbector, fe fyddwch chi'n deall hynny?"

"Rwy'n gallu deall, odw, ond dy'ch chi ddim yn meddwl, Mr Lewis, fod hynna'n agwedd braidd yn henffasiwn a'i bod yn annheg i rieni ddisgwyl gormod o'u plant?"

Roedd ateb Luther Lewis yn bendant. "Nagw, Insbector, dwi ddim yn meddwl bod yr agwedd yn henffasiwn. Mae 'na rai pethau, safonau a moesau, sydd uwchlaw ffasiwn."

"Fyddech chi'n dweud fod hyn i gyd wedi achosi tensiwn rhyngoch chi ac Elenid?" gofynnodd Mel.

"Do, yn naturiol, ond fe benderfynodd Rhiannedd a minnau adael pethau i fod a pheidio â phwyso gormod gan obeithio y byddai popeth yn cael ei ddatrys wedi iddi adael y coleg."

Cafwyd saib, ac yna ychwanegodd yn deimladwy, "A nawr fydd 'na ddim byd ar ôl coleg, fydd e? Mae Elenid wedi mynd ac mae'r golled yn ofnadwy, galla i ddweud wrthoch chi."

O gofio'i chyfnod fel athrawes roedd yn glir i Mel na fyddai'r problemau wedi cael eu datrys – nid yn y modd yr hoffai'r Parchedig Luthèr Lewis, o leiaf. Wedi i bobol ifanc dorri dros y tresi, doedd dim troi 'nôl. Ond nid dyma'r lle na'r adeg i fynegi ei safbwynt. Tawelwch hefyd gan ei bòs ac yna gofynnodd Mel, "Mr Lewis, cyn i ni adael, ma 'na ddau beth arall. Fydde modd i ni weld ystafell Elenid a hefyd oes gyda chi lun cymharol ddiweddar ohoni? Byddai gweld y stafell yn rhoi syniad cliriach i ni o sut fath o berson oedd hi ac efallai bydd raid defnyddio llun i bwrpas cyhoeddusrwydd yn nes ymlaen."

Roedd yr olwg ar wyneb Rhiannedd Lewis yn dangos nad oedd hi ddim yn hapus gyda'r naill gais na'r llall. Ond nodiodd ei gŵr ac yn anfoddog dywedodd hithau, "Alla i ddim gweld sut all hynna fod o help, ond os oes rhaid, mae stafell Elenid ar dop y stâr ar y chwith."

Arweiniwyd Gareth a Mel at waelod y grisiau ac aeth y ddau i fyny. Roedd y stafell yn debyg i stafell unrhyw ferch ifanc – gwely yn y gornel, bwrdd bychan gyda drych uwchben, wardrob a silffoedd yn llawn nodiadau a llyfrau (rhai clasuron Saesneg a Chymraeg a chasgliad o nofelau *chick-lit* gan awduron fel Jodi Picoult a Helen Fielding). Yn debyg i stafell unrhyw ferch ifanc, oedd – ond am un peth – doedd dim un poster ar y waliau na'r un llun ar y silffoedd.

"Tamed bach yn foel, nag yw e?" oedd sylw Mel. "Rwy'n cofio'n stafell i pan o'n i'r oedran hyn, roedd hi'n blastar o luniau – lluniau ysgol a choleg a'r hyncs ro'n i'n eu ffansïo."

"Ydi, mae e'n foel braidd. Fel tase pob arwydd fod hon yn stafell i berson go iawn wedi cael ei glirio o 'ma. Yr unig beth personol yw'r llyfre *chick-lit*. Ond falle fod y moelni'n dweud rhywbeth am fywyd Elenid 'nôl fan hyn yn ei chartref."

Drws nesaf roedd ystafell wely Mr a Mrs Lewis, ac roedd y drws yn gilagored. Gwelid yr un moethusrwydd â'r lolfa yno hefyd a gallai Gareth weld cornel gwely a bwrdd gwisgo gyda photeli o golur arni.

"Allwn ni fentro chwilio ychydig mwy?" gofynnodd Mel.

"Na, gwell peidio. Does dim warant gyda ni ac fe allen ni greu helynt."

Cyn iddo ddweud rhagor, clywyd llais Mrs Lewis yn holi a oeddent wedi gorffen. Heb oedi aeth y ddau lawr y grisiau lle roedd Luther Lewis yn disgwyl amdanynt. Yn ei law roedd nifer o ffotograffau ac estynnodd yr un ar dop y pentwr i Gareth.

"Dyma'r llun diweddaraf o Elenid. Fi dynnodd e jyst cyn iddi fynd lan i Aberystwyth."

"Diolch, Mr Lewis."

Sylwodd Gareth ar y llun nesaf yn y pentwr – ffoto dipyn cynharach, gyda'r gweinidog ar lwybr gardd yn rhywle a dwy ferch fach yn sefyll o'i flaen. Yn ei dro, sylwodd Luther Lewis fod Gareth wedi sylwi arno, ac yn gyflym symudwyd y llun i waelod y pentwr.

"Os dyna'r cyfan, Insbector Prior…"

"Ie, diolch, Mr Lewis. Byddwn ni'n cadw mewn cysylltiad, wrth gwrs."

Roedd Gareth a Mel ar fin camu drwy'r drws ffrynt pan alwodd Rhiannedd Lewis arnynt.

"Cyn i chi adael, Insbector, ga i ofyn pryd y bydd corff Elenid yn cael ei ryddhau er mwyn i ni symud ymlaen gyda threfniadau'r angladd?"

"Mae hynny'n fater i'r Crwner, Mrs Lewis, ond fe wna i basio eich neges ymlaen. Rwy'n siŵr y bydd y cyfan yn digwydd mor fuan â phosib."

Nôl wrth y Merc, dywedodd Gareth, "Yn lle mynd yn ôl i Aberystwyth ar unwaith, rwy'n credu y galle fe fod yn ddefnyddiol i alw ar deulu sy 'da fi 'ma, Anti Lil ac Wncwl Ifor, i weld beth allwn ni ffeindio mas am y Parchedig a'i wraig."

★ ★ ★

"Gareth bach, 'na neis dy weld ti. Dere miwn, dere miwn," oedd geiriau cyntaf ei fodryb gan arwain y ddau i'r gegin gefn. Roedd y croeso'n gynnes 'run fath ag arfer, ac ar unwaith bron rhoddwyd paned a phlataid o fara brith o'u blaenau.

"*Insbector* Prior, yn ôl beth glywon ni! Wel, da iawn ti," oedd sylw ei Wncwl Ifor. "A pwy yw'r fenyw 'ma sy 'da ti?"

Wedi eiliad o embaras, eglurodd Gareth, "Dyma'r Ditectif Sarjant Meriel Davies. Ni'n gweithio ar lofruddiaeth Elenid Lewis, merch y Parch a Mrs Luther Lewis. Falle'ch bod chi wedi clywed am yr achos. Ma Sarjant Davies a fi newydd fod gyda'r Lewisiaid ac ro'n i'n meddwl y bydden ni'n galw i weld os gallwch chi roi rhywfaint o gefndir y teulu i ni."

Ei fodryb atebodd, "Do, fe nath Ifor a fi ddarllen am ladd y groten fach – peth ofnadw. Ma pawb yn siarad obeutu'r peth, galli di fentro. Nawr te, estynnwch at y bara brith, rwy'n siŵr na chawsoch chi gynnig paned yn Y Gorlan."

"Hisht Lil, ddylet ti ddim dweud pethe fel 'na. Yn arbennig nawr, a nhw mewn galar."

"Wel, gawsoch chi baned?"

Ysgydwodd y ddau dditectif eu pennau.

"'Na ti Ifor, fi sy'n iawn. Person oer, digroeso, fuodd Mrs Lewis erioed, a ddweda i rywbeth arall 'fyd, mae'n meddwl ei hunan yn well na phawb arall. *Stuck up* – 'na shwt ma pobol Rhydaman yn ei disgrifio hi. Cofiwch, ma *e*'n uchel iawn ei barch yn y capel a'r dre."

Gwenodd Gareth yn dawel. Yr un hen Anti Lil, yn dweud ei meddwl yn blaen heb flewyn ar ei thafod.

"Ma un peth alla i ddim â deall," meddai wrthi. "Ma'r tŷ'n llawn dodrefn chwaethus, pethau drud ymhob man ac Audi newydd ar y dreif. Shwt ma'r Parchedig Lewis yn gallu fforddio'r rheina i gyd ar gyflog gweinidog?"

"O, ei harian *hi* sy 'di talu am y pethe 'na," atebodd ei ewythr. "Ma Rhiannedd Lewis yn hanu o un o hen deuluoedd Rhydaman a'i thad-cu oedd wedi cychwyn bron bob pwll glo rownd ffor hyn. Ma'r pylle wedi cau nawr, ond ma'r arian yn dal 'na ac wedi'i fuddsoddi'n saff, gelli di fentro. Gyda hi ma'r ffortiwn a falle 'na pam mae Mrs Lewis yn meddwl ei hunan yn well na phobol erill, ac fel wedodd Lil, yn dipyn o snob."

Nid oedd Gareth am ddatgelu unrhyw gyfrinachau ac felly'n ofalus, gofynnodd, "Anti Lil, chi wedi clywed rhywbeth am shwt oedd Elenid yn dod mla'n gyda'i mam a'i thad?"

"Rodd Elenid yn groten ffein, ond roedd sawl un wedi gweld newid ynddi'n ddiweddar. Rodd hi wedi stopo dod i'r capel ac rodd hynny'n siom i Mr Lewis. Ond yn ôl beth glywes i, rodd hi a'i thad yn dal yn glòs iawn. Am Mrs Lewis, wel Gareth, ma un peth dylet ti wbod – dyw hi ddim yn fam i Elenid. Collodd y Parchedig ei wraig gynta ar enedigaeth Elenid, a llysfam yw hi i'r merched."

"O's 'na chwaer, felly?"

Ei ewythr atebodd, "O oes. Gwenno. Ma hi'n rhedeg rhyw gwmni cysylltiadau cyhoeddus ym Mae Caerdydd. Cofiwch, dyw hi bron byth yn dod sha thre a sdim lot o Gwmrâg rhyngddi hi a Mr a Mrs Lewis. Falle 'na pam wnaethon nhw ddim sôn amdani."

Gwenno, felly, oedd yr ail ferch fach yn y llun a symudwyd mor gyflym gan Luther Lewis, meddyliodd Gareth. Ond pam yr ymgais i guddio, a pham na soniwyd mai llysfam oedd Rhiannedd Lewis a bod gan Elenid chwaer? Mae'n wir na holwyd hwy ar y mater, ond bydde rhywun wedi disgwyl iddyn nhw ddweud rhywbeth...

Torrwyd ar draws ei fyfyrio gan sŵn ffôn boced Mel yn

canu. Siaradodd hi am ychydig eiliadau ac yna dywedodd, "Syr, ma'n rhaid i ni fynd 'nôl i Aber ar unwaith. Ma Tim Bowen am wneud *statement* ac mae e'n barod i ddweud y cyfan."

Pennod 9

DI-GWSG FU NOSON Tim yn y gell. Roedd y fatras blastig las yn boenus o denau a rhuai'r meddwyn swnllyd yn y gell drws nesa am ei fam bob rhyw hanner awr. Ond petai'r lle fel y bedd, ac ynte'n gorwedd ar y gwely gorau o blu, ni fyddai Tim wedi cysgu winc. Dim ond y sicrwydd y byddai'n rhaid ei ryddhau canol dydd heddiw oedd yn ei gynnal. Nid oedd gan y glas ddigon o dystiolaeth yn ei erbyn, dyna ddywedodd ei gyfreithiwr. Heb dystiolaeth byddai'n rhaid ei ollwng yn rhydd a châi gerdded mas o'r blydi Swyddfa'r Heddlu at ei ffrindiau Stiw a Myff a neb yn gwybod am yr hyn a wnaeth y tri ohonynt. Dal ati, Tim bach, dal ati, dyna'r cyfan sy eisiau i ti wneud. Ychydig o oriau eto ac fe fydd yr hunllef ar ben. Anghofio am yr holl helynt, anghofio am y dial, anghofio am y weithred ac anghofio am Elenid. Ond rhywfodd, methodd yn lân â gwneud hynny ac yn oerni'r gell daeth llais ei gyngariad 'nôl yn glir ato, 'Tim, dwi dy isie di, dwi wedi bod isie di ers misoedd, ac rwy dy isie di nawr'.

Llusgwyd Tim yn ôl i'r presennol pan agorwyd drws y gell er mwyn i blismon wthio rhyw fath o frecwast tuag ato. Bu bron iddo gyfogi wrth edrych ar y tost a'r jam ond llwyddodd i yfed y mygaid o de cryf. Teimlai'n well, a chododd ei hwyliau ymhellach ar ôl ymolchi a brwsio'i ddannedd. Byddai cael dillad glân yn neis ond dywedodd wrtho'i hun unwaith yn rhagor – jyst ychydig bach eto ac fe gei di wisgo fel y mynni. Agorodd drws y gell am yr eilwaith a chafodd ei arwain lan llofft i'r un stafell gyfweld ag o'r blaen.

Y plismon ifanc, Akers, oedd yno bore 'ma. Nid oedd hwn wedi ei holi rhyw lawer hyd yn hyn. Eisteddodd Tim wrth y bwrdd, a gyda'i gyfreithiwr yn gwylio a gwarchod pob ateb, cychwynnwyd unwaith yn rhagor ar yr holi.

"Tim, beth wnaethoch chi ar ôl mynd i Neuadd Glanymôr ar ôl y ddawns?"

"Does gen i ddim byd i'w ddweud."

"O'ch chi wedi cwmpo mas gyda Elenid, on'd o'ch chi?"

"Dim byd i'w ddweud."

Rhoddodd Akers gynnig ar dacteg wahanol. "Tim, sut o'ch chi'n teimlo pan glywsoch chi fod eich cyn-gariad wedi cael ei lladd?"

Oedodd y bachgen am eiliad, fel petai am ateb y cwestiwn. Ond, y cyfan a ddywedodd oedd, "Dim byd i'w ddweud."

Gydag ambell doriad, aeth hyn yn ei flaen am yn agos i dair awr. Roedd Roger Trenton wedi gosod ei wats ar y bwrdd ac ychydig cyn deuddeg o'r gloch dywedodd yn llyfn, "Cwnstabl, ry'ch chi nawr wedi dal fy nghleient am y cyfnod a ganiateir o bedair awr ar hugain. Ma'n rhaid i chi felly ei gyhuddo'n ffurfiol neu ei ryddhau."

Roedd Akers yn gwybod bod y cyfreithiwr yn iawn y tro hwn. Rhoddodd Tim ochenaid o ryddhad, ac roedd pawb ar fin gadael y stafell gyfweld pan agorwyd y drws a daeth y Prif Arolygydd Sam Powell i mewn a darn o bapur yn ei law.

"Mynd i rywle, Tim? Ma'n flin 'da fi eich siomi, ond ni ddim cweit wedi gorffen 'da chi eto. Ma'r darn papur hwn yn ein hawdurdodi ni i'ch dal a'ch holi chi am ddeuddeg awr arall, a chyn i chi ofyn, Mr Trenton, odi, mae e wedi cael ei lofnodi gan Superintendent Clark o'r pencadlys yng Nghaerfyrddin, ac felly'n gwbl gyfreithiol. Ma gyda ni achos cryf yn eich erbyn chi, Tim. Y trenyrs, a gyda llaw, ma profion fforensig wedi dangos olion pridd o'r union fan lle lladdwyd Elenid. Roedd tystion wedi'ch gweld chi y tu allan i Undeb y Myfyrwyr a Glanymôr mewn hwyliau drwg. Does gyda chi ddim unrhyw fath o alibi. Ac wedyn, eich geirie ola chi i'ch cyn-gariad: 'Y bitsh ddiawl, 'nei di ddim 'y nhwyllo i eto'. Dim ond gair bach – 'eto'. I fi, mae hynny'n dangos un peth – dodd hi ddim yn mynd i'ch twyllo chi byth eto oherwydd eich bod chi'n mynd i'w lladd hi. Ga i wneud yn glir, Mr Bowen, ein bod ni wedi ca'l digon ar y whare plant 'ma a'i bod hi'n hen bryd i chi ddechre dweud y gwir."

Roedd hyn oll yn ergyd drom i Tim ac edrychai fel petai pob owns o obaith wedi'i wasgu o'i gorff.

"Olreit, dwi'n barod i roi *statement*. Ond dau beth, dwi am ffonio Stiw a Myff iddyn nhw ddod yma ata i, a dwi ddim yn barod i gyfaddef i *chi*," meddai gan bwyntio at Sam Powell. "Insbector Prior a neb arall."

★ ★ ★

Yr eiliad y cyrhaeddodd Gareth a Mel Swyddfa'r Heddlu aethant draw at Akers i drafod y datblygiad annisgwyl.

"Mae e'n barod i siarad, ac wrth gwrs ma'r Prif Arolygydd Powell wrth ei fodd," dywedodd y Cwnstabl. "Honni taw *fe* odd yn iawn o'r cychwyn a dadle y dylen ni fod wedi rhoi mwy o *pressure* ar y crwt. *Pressure* fel dweud bod profion fforensig ar y trenyrs yn dangos olion pridd o'r union fan lle lladdwyd Elenid, sy'n ddim mwy na chelwydd noeth. Yr ysgol galed yw'r ysgol ore a phethe fel 'na. Wel, mae'n edrych fel petai e'n iawn."

"Hmm," oedd ymateb Gareth. Roedd yn anodd derbyn mai Tim Bowen oedd y llofrudd ond yn wyneb ei barodrwydd i gyfaddef, roedd yn ymddangos bod yr achos ar fin ei ddatrys. O leiaf, byddai Dr Johanna Wirth a Sanhedrin y Brifysgol yn hapus – y cyfan yn dod i ben yn gyflym a thaclus – ond efallai ddim cweit mor hapus o glywed mai myfyriwr oedd y llofrudd.

"Odi Tim wedi dweud pam ei fod e am wneud *statement* i fi a pham ei fod e isie i'w fêts fod yno?"

"Nag yw. Rodd Powell yn gobeithio taw *fe* fydde'n ca'l clywed y cyfaddefiad ac wedyn wrth gwrs galle *fe* gymryd y clod. Ond chi a neb arall, roedd Bowen yn bendant. O ran ca'l y lleill 'na hefyd, yr unig beth alla i ddychmygu yw bod y ddau wedi ei helpu mewn rhyw ffordd."

Aeth y tri o'i swyddfa i stafell gyfweld fwy o faint lle roedd Trenton a thri arall – Tim Bowen, Stuart Bradley a Merfyn Morris – yn aros amdanynt. Roedd golwg boenus o euog ar y myfyrwyr a bron cyn i Gareth gael cyfle i droi'r peiriant recordio ymlaen daeth llif o eiriau o enau Tim.

"Ocê, dwi wedi ca'l digon a chi'n mynd i ga'l cyfaddefiad, ond nid yr un ry'ch chi'n disgwyl ei ga'l. Dwi am ddweud yn glir nad oes 'da fi ddim byd i wneud â llofruddiaeth Elenid ac ma prawf 'da fi. Ma 'da fi alibi, Insbector, a dwi'n barod i ddweud wrthoch chi nawr ble ro'n i pan gafodd Elenid ei lladd."

Cymysglyd oedd adwaith y plismyn: Akers yn synnu at y tro annisgwyl, a Mel a Gareth yn sylweddoli bod y gwir ar fin dod i'r amlwg. Yn ofalus, gan osgoi rhoi pwysau ar y myfyriwr mewn unrhyw ffordd, dywedodd Gareth yn dawel, "Reit, Tim, ewch â ni 'nôl i'r adeg y gadawoch chi Elenid a mynd am y Neuadd. Beth ddigwyddodd wedyn?'

"O'ch chi'n iawn wrth ddweud mod i mewn tymer ddrwg. Elenid wedi gwneud ffŵl ohona i, criw yn wherthin ar 'y mhen i a cha'l 'y nhynnu o ffeit gan y bownsars. Pan es i miwn i Glanymôr o'n i'n tampan. Yn weddol glou ar ôl i fi gyrradd dath Stiw a Myff draw, on'd do fe, bois?" Nodiodd y ddau.

"Rodd potel o fodca 'da fi ac er mwyn trial ca'l gwared o'r hwylie drwg dechreues i yfed. Ro'n i bron â gorffen y botel ond ddim yn teimlo fawr gwell ac yn fwy na dim byd arall ro'n i isie dial. Ro'n i isie talu'n ôl – dial ar y criw stiwdents, y bownsars, y porthor nos, y Coleg ac uwchlaw pob peth, dial ar Elenid. Dial ar yr holl blydi lot. A dyna pryd nath y *tri* ohonon ni beth twp iawn." Rhoddodd Tim bwyslais ar y gair 'tri', ac unwaith eto nodiodd ei ffrindiau. "Aethon ni i'r stafelloedd molchi uwchben lolfa fawr Glanymôr, troi'r tapie mla'n, a rhoi'r plygs miwn i stopio'r dŵr. Erbyn i Stiw droi'r tapie i ffwrdd rodd hi'n rhy hwyr, a'r dŵr yn rhedeg lawr y coridor ac i'r llawr gwaelod. Chi'n gwbod y gweddill. Ma'r hyn nethon ni wedi achosi difrod gwerth miloedd o bunnoedd. Ni sy'n gyfrifol."

Cofiodd Gareth am y teimlad anesmwyth a gafodd wrth fynd i mewn i Neuadd Glanymôr am y tro cyntaf yng nghwmni Dr Williams – teimlo bod rhyw fath o drafferth wedi digwydd a'r Warden yn cyfeirio at noson eithriadol o brysur. Cofiodd Akers hefyd amdano'n aros i'r myfyrwyr ymgasglu yn lolfa'r Neuadd a gweld y paneli yn rhydd o'r nenfwd a bwcedi a biniau ymhobman. Y tri oedd yn eistedd gyferbyn ag e oedd wedi achosi'r cyfan ac mewn ymgais i guddio'r fandaliaeth roedd Tim yn barod i gymryd y risg o gael ei holi ac efallai ei gyhuddo o lofruddiaeth. Ac yn awr, roedd e a'r lleill yn cyfaddef nid i lofruddiaeth ond i ddifrod troseddol. I Gareth, roedd yn anodd amgyffred y cyfan, ond roedd un ffaith ganolog heb ei datgelu eto.

"Tim, fe wedoch chi eiliad yn ôl fod gyda chi brawf o hyn i gyd ac y bydde'r prawf yn rhoi alibi i chi."

Trodd Tim Bowen at ei gyfaill a dweud, "Dangosa fe, Myff."

Estynnodd Merfyn Morris i'w boced i dynnu ffôn symudol

allan. Gwasgodd fotwm ac ymddangosodd llun ar y sgrin fechan – llun o Stuart Bradley a Tim Bowen yn chwerthin wrth wylio dŵr yn llifo allan o faddon. Yn y llun nesaf, roedd Merfyn a Tim eto'n chwerthin, gyda'r dŵr nawr yn llifo ar hyd y coridor. Dau lun arall, yr un math o olygfa ond, yn allweddol, o dan bob llun roedd y dyddiad a'r amser, a'r rheiny'n profi bod Tim Bowen mewn man arall ar yr adeg y lladdwyd Elenid Lewis.

Ymddangosai'r cyfan yn ddigamsyniol ond rhaid canfod a oedd y prawf a'r alibi'n ddilys. Dyna oedd wrth wraidd geiriau Akers wrth ddweud, "Bydd rhaid i chi adael y ffôn gyda ni er mwyn tsieco gyda'r cwmni ffôn bod yr amseroedd yn gywir. Ma 'na achosion lle mae pobol wedi twyllo gyda llunie tebyg."

Pasiodd Merfyn y ffôn i'r Cwnstabl ac yna gofynnodd Tim, "Insbector, beth chi'n feddwl fydd y gosb?"

"Wel, ma'r weithred yn ddifrod troseddol, *criminal damage*. Rwy'n siŵr y bydd Mr Trenton yn cyd-weld â hyn, pan ma'r difrod yn fwy na phum mil o bunne fe all y gosb i rai dros ddeunaw oed fod mor hallt â deng mlynedd mewn carchar." Nodiodd y cyfreithiwr. "Ond dwi ddim yn credu bydd pethau mor wael â hynny. Yn eich achos chi, Stuart a Merfyn, rwy'n cymryd nad oes gyda chi record ac felly rhywbeth fel ASBO yr un gewch chi, weden i. Tim, ma gyda chi record o ymosod ac felly bydd pethau'n waeth arnoch chi. Ma llawer yn dibynnu ar agwedd y Brifysgol. Bydd gwybodaeth am eich trosedd yn cael ei throsglwyddo i blismyn eraill tra mod i a Sarjant Davies a Cwnstabl Akers yn parhau gyda'r ymholiad i bwy laddodd Elenid."

Wrth glywed hyn, gwelwodd y tri myfyriwr a synhwyrodd Gareth eu bod, o'r diwedd, yn ymwybodol o'u ffolineb a difrifoldeb eu sefyllfa. O gofio ymddygiad rhai o'i ffrindiau coleg gallai Gareth ei ddeall bod chwarae weithiau'n troi'n chwerw ond yr hyn na fedrai ddeall oedd pam bod y tri'n barod i aros yn fud tra bod un ohonynt yn cael ei amau o lofruddiaeth. Felly roedd rhaid gofyn y cwestiwn, "Pam ar y ddaear benderfynoch chi gadw'n dawel mor hir? Do'ch chi ddim yn sylweddoli'r risg?"

Tim Bowen atebodd. "Ma 'na ddau reswm. Yn gyntaf, ro'n i'n meddwl y gallen i ga'l getawê. 'Na i gyd odd 'da fi i neud odd cadw'n dawel, aros nes bod yr amser lan a wedyn fydden i'n ca'l cerdded mas a fydde neb ddim callach. Ond pan wedodd 'ych bòs chi, y dyn Powell 'na, eich bod chi'n mynd i holi fi am ddeuddeg awr arall, a bod y dystiolaeth yn gryf yn fy erbyn i, allen i ddim cymryd mwy. Yr ail reswm? Wel, ma Stiw a Myff yn astudio'r gyfraith – gyda record droseddol bydd hi bron yn amhosib iddyn nhw nawr ddod yn gyfreithwyr. A fi – blwyddyn ola astudiaethau busnes a lle ar gwrs Meistr i baratoi i fod yn gyfrifydd. Sa i'n gweld hynny'n digwydd nawr, rywfodd. 'Na pam o'n i'n barod i gymryd y risg."

Er y cyfaddefiad, roedd un pwynt allweddol yn dal i beri penbleth i Mel.

"Iawn, Tim, ond ma un peth sy'n dal yn ddirgelwch i fi ac mae e'n mynd â ni 'nôl at y llofruddiaeth. Rwy wedi gofyn o'r bla'n ac rwy'n gofyn unwaith eto – pam aeth Elenid mas o'r ddawns 'da chi?"

Edrychodd Tim Bowen yn syth at Mel, a'r tro hwn doedd dim rheswm i amau dilysrwydd ei ateb, "Dwi ddim yn gwbod, Sarjant, dwi jyst ddim yn gwbod."

Roedd Tim wrth ddrws y stafell gyfweld pan drodd yn ôl at y plismyn. "Ma 'na un peth arall falle dylen i ddweud. Yr eiliad ola, cyn i fi adael Elenid, ces i deimlad cryf fod 'na berson arall yno – rhyw gysgod du."

'Nôl yn y swyddfa, tasg gyntaf Akers oedd cysylltu â chwmni BT a buan y cadarnhawyd fod y data ar ffôn symudol Merfyn Morris yn gwbwl gywir. Prawf pendant felly fod y tri myfyriwr yn euog o ddifrod troseddol a phrawf yr un mor bendant na allai'r un o'r tri fod yn euog o lofruddiaeth. Felly, gydag amser ac egni wedi'u gwastraffu a neb o dan amheuaeth roedd yr ymholiad, i bob pwrpas, yn gorfod ailgychwyn.

Yn y broses o ddechrau eto, doedd gan Gareth, Mel nac Akers ddim syniad ble i fynd nesaf. Gwaethygodd y sefyllfa wrth i Sam Powell gerdded i mewn i'r swyddfa. Doedd e ddim wedi clywed y datblygiadau diweddaraf.

"'Na ni wedi ca'l y diawl bach! O'n i'n *gwbod* o'r dechre taw fe odd yn euog! Dim ond i chi wasgu'n galed mi wnân nhw i gyd gracio yn y pen draw!"

Yn dawel, eglurodd Gareth na allai Tim Bowen fod yn gyfrifol am lofruddio'i gyn-gariad. Fel y gellid disgwyl, doedd Powell ddim yn hapus o glywed hyn, a'r peth gwaethaf, wrth gwrs, oedd cael ei brofi'n anghywir.

"Chi'n siŵr o hyn i gyd, Prior? Alle un o'r tri fod wedi gwneud rhywbeth i'r ffôn 'na?"

"Ma Akers newydd tsieco, syr. 'Na'r peth cynta naethon ni. Mae'r manylion, y lleoliad a'r amser, yn hollol gywir. Ma'r ffeithiau'n rhoi alibi i Tim Bowen. Yn syml, roedd e yn rhywle arall ar yr adeg y lladdwyd Elenid."

"Damo!" Aeth Powell at y drws ond cyn gadael ychwanegodd, "Wel o leia bydd y tri o flaen eu gwell am y difrod, a gyda'i record e galle pethau fod yn ddrwg i Bowen. Ma hynna'n rhyw gysur, mae'n debyg."

"Dim lot o drugaredd fan 'na, oes e," oedd sylw Mel. "Tri gŵr ifanc yn eu diod yn gyfrifol am weithred wirion. Lawr â nhw, â chic oddi wrthon ni i'w helpu nhw ar eu ffordd."

Ymatebodd Akers ar unwaith. "A beth fyddet ti'n neud, Mel? Rhoi *hundred lines* iddyn nhw a dweud wrthyn nhw am beidio bod yn fechgyn drwg?"

Sylwodd Gareth ar wyneb fflamgoch ei Sarjant, a chyn iddi gael cyfle i ymateb dywedodd, "Well i ni'i gadael hi, rwy'n credu. Ma heddi wedi bod yn ddiwrnod hir a dwi wedi ca'l digon. Does dim byd mwy gallwn ni wneud nawr – felly ailagor yr ymholiad fory fydd orau. Meddyliau ffres a syniadau ffres."

Casglodd y tri eu cotiau ac roeddent ar fin gadael pan glywyd cnoc ar y drws. Tom Daniel oedd yno.

"Insbector, rwy newydd ddod ar ddyletswydd a weles i hwn ar y ddesg lawr llawr."

Pasiodd Tom amlen i Gareth. Ar gornel uchaf yr amlen roedd y geiriau 'PWYSIG A PHERSONOL', ac yn y canol yr enw a'r cyfeiriad – Arolygydd Gareth Prior, Swyddfa Heddlu Aberystwyth. Ac yntau wedi hen flino, ymateb cyntaf Gareth oedd gosod y llythyr ar ei ddesg a'i adael tan y bore wedyn, ond ailfeddyliodd. Agorodd yr amlen yn ofalus i ddarllen y neges tu mewn a'i dangos ar unwaith i'r lleill:

Chi isie ffeindio mas pwy laddodd Elenid Lewis?
Pam na holwch chi Catrin Beuno Huws?
Yn meddwl amdanoch,
J. M.

"Beth wnewch chi o hynna?" gofynnodd Gareth. "Dim llawer o obaith am gliwiau yn y llythyr ei hunan gan fod y cyfan, fydden i'n tybio, wedi ca'l ei roi at ei gilydd ar gyfrifiadur. Galle cannoedd fod wedi'i gyfansoddi fe, dim help o gwbwl. Tom, welsoch chi pwy adawodd hwn?"

"Naddo, syr. Fel wedes i, odd e jyst 'na ar y ddesg, ond galla i holi pobol y shifft o mla'n i."

Archwiliodd Mel y llythyr a'r amlen heb eu cyffwrdd rhag gadael olion bysedd.

"Catrin Beuno Huws, hi odd y ferch welest ti, Clive? Ffrind agosa Elenid. Galle hwn roi cyfeiriad hollol newydd i'r ymholiad, syr? Ond pwy yw JM a pham 'yn meddwl amdanoch'? 'Na'r math o neges chi'n roi ar garden cydymdeimlad."

"Cywir, Mel, galle fe roi cyfeiriad newydd i ni – ond does gyda fi ddim syniad ar hyn o bryd pwy yw JM. Y peth gorau nawr yw gadael y cyfan tan fory. Byddwn ni i gyd yn gallu canolbwyntio'n well bryd hynny."

Pennod 10

E R MWYN CAEL llonydd ac amser i feddwl, roedd Gareth yn ei swyddfa cyn wyth y bore trannoeth. Ar ei ddesg roedd y llythyr a'i awgrym y dylent nawr gyfeirio'u golygon tuag at Catrin Beuno Huws. Copi oedd hwn, gan fod y gwreiddiol eisoes wedi ei ddanfon i'r labordy fforensig i'w brofi am olion bysedd neu DNA. Er nad oedd y neges yn ddienw doedd y JM moel ddim lot o help ac, fel y gofynnodd Mel, pam y geiriau 'yn meddwl amdanoch'? Wrth iddo archwilio'r llythyr unwaith eto, roedd Gareth yn ymwybodol y gallai'r cyfan fod yn dric, ac yn ddim mwy nag ymgais i gael hwyl ar draul yr heddlu. Ond ar hyn o bryd roedd yn rhaid cymryd y cwbl o ddifrif.

Nid Gareth oedd yr unig un oedd yn gynnar wrth ei waith. Cerddodd Sam Powell i mewn i'r swyddfa, gyda'i gyfarchiad ffug-lawen, "Bore da, a shwt ma pethe yn y Priordy bore 'ma?"

Roedd hon yn hen jôc ac yn chwarae ar nerfau Gareth fel arfer, ond heddiw ni ddywedodd air.

"Ac i ble ewch chi nawr, Insbector? Ry'ch chi wedi colli un *suspect* a neb arall dan amheuaeth, hyd y galla i weld. Munud fach, efallai, i rannu'ch camau nesa gyda fi?"

O glywed hyn, sylweddolodd Gareth fod y cyfrifoldeb o ollwng Tim Bowen o'r ymholiad wedi ei osod yn sgwâr ar ei ysgwyddau ef a'i dîm. Sylweddolodd hefyd mai doethach o hyn allan fyddai cadw'r tactegau o fewn y tîm, er mwyn lleihau'r siawns o ymyrraeth ar ran ei fôs. Felly, gwthiodd y copi o'r llythyr o dan bentwr o bapurau ac ni soniodd am y posibilrwydd o gynnwys Catrin Beuno Huws yn yr ymholiad.

"Rwy'n credu, syr, bod yn rhaid i ni fynd 'nôl i Lanymôr. Mae bron tri chant o fyfyrwyr yno, ma'n rhaid bod rhywun wedi gweld rhywbeth. Ac wedyn, ma 'na waith caib a rhaw i'w wneud – tsieco alibis y Parchedig Luther Lewis a Mrs Lewis, rhieni Elenid. Rwy wedi bod yn Rhydaman yn siarad â nhw ac ma'r ddau wedi dweud ble ro'n nhw pan gafodd Elenid ei lladd, ond dy'n ni heb gael cyfle i tsieco'r cyfan eto."

"Iawn, galla i weld bod yn rhaid ca'l cadarnhad o'u symudiadau nhw. Fel dwedes i, Prior, canlyniad sydyn, 'na beth sy'n bwysig. 'Na beth rwy isie, 'na beth ma'r Prif Gwnstabl isie a 'na beth ma'r Brifysgol isie."

A chyda'r ergyd driphlyg honno, gadawodd Powell y swyddfa.

Yn y tawelwch, ceisiodd Gareth roi min ar ei feddwl ac edrych o'r newydd ar yr achos. I chwilio am ysbrydoliaeth, rhoddodd y copi o'r neges a'r llun o Elenid a dynnwyd gan ei thad jyst cyn iddi adael am Aberystwyth ar y ddesg o'i flaen. Wrth edrych ar y rhain daeth yn eglur iddo nad oeddent yn gwybod rhyw lawer am Elenid – pa fath o berson oedd hi, a beth a phwy oedd yn bwysig iddi? Yn y llun gwelodd ferch ifanc dlos, ychydig yn ddiniwed efallai, oedd ar fin profi rhyddid bywyd coleg. A beth am y bywyd hwnnw? Carwriaeth gyda Tim yn fuan ar ôl cyrraedd, cael ei siomi ganddo, ac wedyn ei osgoi'n llwyr tan noson dyngedfennol y ddawns. Pam trystio'r union berson a achosodd gymaint o loes iddi, a pham cyhuddo'r un person o'i cham-drin? Wel, doedd y llun ddim yn medru siarad ond wrth edrych arno unwaith eto daeth yn amlwg i Gareth bod yn rhaid chwilio'n ddyfnach. Roedd rhywbeth wedi digwydd i Elenid Lewis ym

Mhrifysgol Aberystwyth, rhywbeth y tu hwnt i brofiad y rhan fwyaf o fyfyrwyr, rhywbeth a wnaeth iddi droi cefn ar fywyd clòs, sych-Dduwiol ei chartref yn Rhydaman a rhywbeth a arweiniodd yn y pen draw at ei llofruddiaeth.

Torrwyd ar draws ei fyfyrio pan ddaeth Mel i mewn. "Bore da" tawel a gwên fechan, dyna i gyd, cyn iddi fynd yn syth at ei desg. Sylwodd Gareth iddi agor dwy amlen, edrych yn frysiog ar yr hyn oedd tu mewn ac yna'u rhoi yn ei bag. Gan fod golwg braidd yn benisel arni, gofynnodd iddi, "Popeth yn iawn?"

"O, ydi, mae'n debyg. Rwy'n ca'l fy mhen-blwydd heddi – dwy garden oedd rheina, un oddi wrth Dad a Mam a'r llall oddi wrth hen ffrind."

"Wel, pen-blwydd hapus. Rhywbeth wedi'i drefnu at heno, Mel? Mynd mas i ddathlu?"

"Na. Dwi ddim yn nabod llawer o neb yn Aber eto," ac yna ychwanegodd, "a sdim lot i'w ddathlu. Dim ond mod i flwyddyn yn hŷn."

"Dewch, ma 'na fwy i'w ddathlu na hynny, rwy'n siŵr. Drychwch, wn i beth wnewn ni – mynd i dafarn y Morwr am bryd o fwyd a glased bach o win. Shwt ma hynna'n swnio?"

Synnwyd Mel braidd, ond tybiodd nad oedd y gwahoddiad yn ddim mwy nag ymgais gan ei bòs i fod yn garedig. Serch hynny, byddai noson allan yn llawer mwy dymunol nag eistedd yn y tŷ ar ei phen ei hun yn bwyta rhyw fwyd tecawê diflas.

"Diolch yn fawr, syr," meddai. "Ie, bydde hynna'n neis iawn."

"'Na ni, te. Newn ni gwrdd yno am wyth?" Ar hyn, cyrhaeddodd Akers, felly dywedodd Gareth, "Bore da. Ac mae'n fore arbennig heddi, Clive. Ma Mel yn ca'l ei phen-blwydd. Ni'n mynd mas i'r Morwr heno. Ffansïo dod gyda ni i ddathlu?"

"Ie, pam lai. Pen-blwydd hapus, Mel."

"Diolch, Clive. Bydd hi'n braf cael noson allan gyda'n gilydd."

Gan fod trydydd person wedi cael ei wahodd roedd Mel nawr yn siŵr nad oedd y gwahoddiad yn ddim mwy nag arwydd o garedigrwydd.

"Da iawn, 'na'r cyfan wedi setlo, te," dywedodd Gareth. "Un amod, cofiwch – neb i siarad siop. Ond am nawr, ma'n rhaid troi at waith rwy'n ofni. Mae Powell newydd fod gyda fi ac yn mynd mla'n a mla'n am ganlyniad sydyn. Yn wahanol i'r Prif Arolygydd rwy'n meddwl bod angen pwyllo ac ystyried y cês o'r newydd. Hyd y gwela i, y cam nesa yw ffeindio mas mwy am Elenid Lewis. Ac wedyn gobeithio y dewn ni'n agosach at pam y lladdwyd hi a phwy oedd y llofrudd. Cytuno?"

Nodiodd y ddau ac felly aeth Gareth yn ei flaen. "Ni'n gwybod rhywfaint am ei bywyd yn Rhydaman a'r rhwyg rhyngddi hi a'i rhieni. Dy'n ni ddim yn gwybod cymaint am ei bywyd yn Aberystwyth. Carwriaeth aeth ar chwâl, partïon gwyllt a diota. Ma'r math 'na o beth yn gallu digwydd i unrhyw fyfyriwr. Ond rwy'n credu bod 'na fwy, bod 'na rywbeth arall, a'n tasg ni yw dod o hyd i'r rhywbeth arall hwnnw. Nawr, hyd y galla i weld, y person all ddechrau taflu gole ar hyn i gyd yw'r un sy'n cael ei henwi yn y neges dderbynion ni, sef Catrin Beuno Huws. Hi hefyd yn ei geiriau ei hunan oedd ffrind gore Elenid, y person oedd gyda hi pan ddaeth hi 'nôl mewn i'r ddawns a'r un a'n harweiniodd ni at Tim Bowen. Siwrne seithug, fel y gwyddon ni erbyn hyn. Felly, ma gyda Miss Huws lot o gwestiynau i'w hateb. Akers, chi wedi cwrdd â hi eisoes, felly rwy am i chi fynd i Neuadd

Glanymôr, cael gafael ar Catrin Huws a gofyn iddi ddod yma i'n helpu ni gyda'n hymholiadau. Yn ail, gofynnwch am restr o breswylwyr y Neuadd â'r enwau blaen JM. Ac yn olaf, ewch i stafell Elenid Lewis a chwiliwch am unrhyw eiddo personol, lluniau, llythyron, unrhyw beth. O ie, un peth arall, ewch nôl at y criw 'na gychwynnodd y ffeit gyda Tim a holwch nhw a welson nhw unrhyw beth amheus."

"Iawn, syr."

"Mel, ewch i Aberaeron, os gwelwch chi'n dda, i tsieco ar yr wybodaeth gawson ni gan Luther Lewis. Mae e wedi rhoi manylion am y bobol welodd e bnawn Sadwrn a'r amseroedd, ac ma'n rhaid gweld a yw ei alibi fe'n dal dŵr. Rwy am wneud nifer o alwadau ffôn i tsieco symudiadau Mrs Lewis. Bydd yn rhaid holi a welodd unrhyw un pwy adawodd y llythyr wrth y ddesg lawr stâr a hefyd ma gyda fi domen o waith papur i ddelio ag e. Felly, ga i awgrymu ein bod ni'n cyfarfod yn nes mla'n heddi?"

★ ★ ★

Pan wnaethon nhw ailymgynnull, Gareth oedd y cyntaf i adrodd am ei ymholiadau.

"Does gen i ddim lot i'w ddweud, rwy'n ofni. Rodd 'na dystion wedi gweld Mrs Lewis yn mynd ar y bws i Abertawe fore Sadwrn ac roedd hi hefyd yng Nghapel Ramoth, Rhydaman, ychydig cyn deg fore Sul. Ma hi wedi rhoi tocynnau bws a thrên i ni a'r rheini'n cefnogi ei stori. I wneud yn hollol siŵr, bydd raid i fi fynd i'r cartref preswyl yng Nghaerdydd lle mae ei chwaer yn byw, ond ar hyn o bryd mae'r ffeithiau yn union fel dwedodd hi. A does neb, rwy'n ofni, wedi gweld pwy adawodd y neges lawr stâr. Rodd hi'n brysur iawn yno, mae'n debyg, pobol i mewn ac allan drwy'r amser."

"Fel dwedoch chi, syr, ma gyda Mrs Lewis alibi am ddydd

Sadwrn a bore Sul, ond nid am yr adeg y lladdwyd Elenid."

"Hollol gywir, Mel, ac fe wnaeth hi ei hun gyfaddef hynny. Ond ma'n rhaid gofyn y cwestiwn, sut galle hi ddod yma i Aberystwyth a dychwelyd i Rydaman erbyn bore Sul? Dyw hi ddim yn gyrru ac felly mae'r peth yn amhosib."

"Alle ei gŵr fod wedi mynd i'w nôl hi?" gofynnodd Akers.

"Y ddau wedi cynllwynio i fwrdro, felly? Na, dwi ddim yn gweld bod hynny'n debygol, rywsut. A cofiwch am y dystiolaeth fforensig am y trenyrs ac awgrym Dr Annwyl. Olion traed un person, ac un person yn unig wedi taro'r ergyd. Wrth gwrs, ma'n rhaid bod yn hollol siŵr. Mel, beth am symudiadau'r Parchedig yn Aberaeron?"

"Wel, rodd popeth yn gwmws fel ddwedodd e. Ma Mr Lewis yn dal i adnabod llawer o bobl yn y dre ac fe'i gwelwyd yn siop Spar am hanner awr wedi dau a chafodd rhai eraill sgwrs gyda fe wrth iddo gerdded 'nôl at y bwthyn. Fe fues i'n siarad gyda thyst arbennig o ddefnyddiol – hen foi eitha busneslyd, a chymydog i Mr Lewis – ac fe ddywedodd e nad odd car y gweinidog wedi cael ei symud tan fore Sul. Rodd y gole mla'n yn y bwthyn tan yn agos i ddeuddeg o'r gloch nos Sadwrn ac fe wnes i tsieco bod 'na raglen gyda'r bardd Philip Larkin yn darllen ei farddoniaeth ar yr amser a nododd y Parchedig. Er y galle fe'n hawdd fod wedi gyrru i Aber a 'nôl i Aberaeron, mae'n ymddangos fod ei symudiadau fe hefyd yn cyfateb yn union i'r wybodaeth roddodd e i ni."

"Diolch, Mel. Rwy'n cydnabod bod rhai ymholiadau i'w gwneud eto, ond mae'n ymddangos ar hyn o bryd fod gan Mr a Mrs Lewis alibis cryf. Akers, beth am yr ymweliad â Glanymôr?"

"Reit, preswylwyr â'r enwau'n dechrau â JM i ddechrau. Ma 'na dri: Jason Morgan, myfyriwr trydedd flwyddyn yn astudio Ffrangeg – mae e dramor yn Llydaw ar hyn o bryd; Judith Miller, ail flwyddyn o Wrecsam, mae hi wedi bod adre am bythefnos yn dioddef o *bronchitis*; a Janet Matthews, blwyddyn gyntaf, o Ddolgellau. Roedd hi wedi clywed am y llofruddiaeth, ddim yn nabod Elenid Lewis o gwbl ac roedd hi mor nerfus pan fues i'n siarad â hi, nes ei bod hi'n crynu. Felly dodd dim modd i'r ddau gyntaf anfon y llythyr a galla i byth â gweld y trydydd fel JM o gwbl."

"Iawn. A beth am griw'r ffeit – rhywun wedi gweld unrhyw beth?"

"Dim byd, syr."

"Stafell Elenid? Rhywbeth diddorol fan 'na?"

"Dim llawer mwy na'r hyn fyddech chi'n ei ddisgwyl. Llyfrau cwrs, dillad, sebon, pâst dannedd a phethau felly. Dim lluniau ar y wal, dim byd ar wahân i amserlen darlithoedd. Yn nroriau'r ddesg, offer ysgrifennu ond dim llythyron; dim byd personol a dweud y gwir, ar wahân i hwn."

Estynnodd Akers focs bychan wedi'i addurno â phatrwm o flodau. Agorodd y caead i ddangos y cynnwys – cyfrol o farddoniaeth Fictoraidd a dyddiadur. Goleuodd llygaid Gareth wrth weld y dyddiadur.

"O'r diwedd, rhywbeth all ddweud mwy wrthon ni am Elenid. Dewch i fi gael gweld, Akers."

Trodd y tudalennau'n awchus ond doedd dim byd ynddo heblaw amserau darlithoedd a marc croes ar Sadyrnau a phenwythnosau yma a thraw.

"Ar yr olwg gyntaf dyw'r dyddiadur ddim lot o help ac am y gyfrol o farddoniaeth, ma hi'n edrych yn ail-law. Er y gallwn ni fod yn weddol sicr mai Elenid oedd pia'r llyfr does dim enw na dim byd arall arno, hyd y gwela i. 'Na'r gobaith am ddod o hyd i rywbeth diddorol yn ei stafell wedi mynd yn ffliwt. Cytuno?"

"Dim cweit, syr," atebodd Mel. "Chi'n cofio stafell wely Elenid yn Rhydaman? Dim lluniau ar y wal, dim byd. Y stafell yng Nglanymôr yr un fath yn union. Dyw hynna ddim yn naturiol ac, i fi, mae'n dangos bod y ferch yn cuddio rhywbeth."

"Ie, ma 'na siawns dda o hynny. Akers, beth am Miss Huws, gawsoch chi afael arni hi?"

"Naddo, syr. Yn ôl ysgrifenyddes y Neuadd ma Catrin wedi mynd adre am ddiwrnod neu ddau. Ma gyda fi rif ffôn os y'ch chi am gysylltu â hi."

"Na, dwi ddim yn credu. Gawn ni ei holi hi pan ddaw hi'n ôl. O leia ry'n ni wedi cadarnhau symudiadau'r Parchedig Luther Lewis a'i wraig. Rwy'n mynd i Gaerdydd fory i siarad â chwaer Mrs Lewis yn y cartre preswyl a merch arall y teulu, Gwenno. 'Na ddigon am heddi. Wela i chi am wyth heno."

★ ★ ★

Safai tafarn y Morwr wrth geg yr harbwr. Bu unwaith yn gyrchfan i bysgotwyr ond bellach roedd yn fwy o atyniad i bobl broffesiynol y dre a staff y Brifysgol, ac yn ystod misoedd yr haf i'r rhai o ganolbarth Lloegr a gadwai eu cychod hwylio yn yr harbwr islaw. Cafodd yr adeilad ei weddnewid yn llwyr gan y perchnogion ifanc; diflannodd y paent brown a'r hen gadeiriau simsan ac yn eu lle cafwyd muriau gwyn a glas, dodrefn o bren golau a soffas lledr brown. Gan fod ei fflat yng Nghilgant y Cei ond tafliad carreg i ffwrdd, y Morwr oedd tafarn agosaf Gareth a gallai fod wedi cerdded yno'n hawdd, ond oherwydd cawod o law trwm gyrrodd draw yn y Merc. Wrth iddo nesáu at y bar cyfarchwyd Gareth gan un o'r perchnogion a symudodd hwnnw i godi ei ddiod arferol – peint o gwrw mwyn.

"Na dim diolch, Hywel, ma'r car 'da fi. Sudd oren a

lemonêd, rwy'n ofni. Dawel 'ma heno."

"Ydi, ond fe fydd hi'n prysuro'n nes mla'n ac ma sawl un o'r locals 'ma."

Edrychodd Gareth o gwmpas y stafell helaeth a gweld y cyfreithwyr a'r cyfrifwyr a nifer o ddarlithwyr ac Athrawon y Coleg, pob un yn cael diod bach ar ôl diwrnod o waith. Sylwodd ar rai o'r academwyr yn ei lygadu – wedi ei adnabod, mae'n siŵr, fel y ditectif oedd yn arwain yr ymholiad i'r llofruddiaeth ar y campws. Teimlodd don o wynt oer ar ei war, ac wrth iddo droi i wynebu'r drws, gwelodd Mel yn camu tuag ato.

"Noswaith dda, Sarjant Davies, a phen-blwydd hapus. Chi'n edrych yn smart iawn, os ga i weud. Be gymrwch chi?"

"Gwin gwyn, plîs. Diolch am y compliment."

Am y tro cyntaf ers misoedd roedd Mel wedi talu sylw i'w gwisg a'i golwg. O dan ei chôt swêd gwisgai flows hufen, sgert ddu a sgidiau uchel du, cadwyn aur am ei gwddf, ychydig o golur a dôs o'r persawr drutaf oedd ganddi.

Cafwyd potel o Pinot Grigio ac aeth y ddau i eistedd mewn cornel dawel ym mhen pella'r stafell. Cymerodd Mel lymaid o'r gwin. "Mm, neis iawn."

"Falch o glywed. Nethoch chi ddim cerdded yma, do fe?"

"Na, ma hi braidd yn bell o stad Glan Rheidol. Gan fod y glaw mor drwm gymeres i dacsi."

"Call iawn – gallwch chi fwynhau felly a dim angen poeni am y car."

Ar hynny, gwelwyd Akers yn cerdded tuag atynt.

"Helô, shw ma pawb? Ti 'di taclo lan heno, on'd wyt ti, Mel?"

Chwarddodd Mel, "'Na'r ail i sylwi. Diolch, Clive."

"Dim probs. Pawb yn iawn am ddrinc – ga i nôl rhywbeth i rywun?"

"Na, Akers, fi estynnodd y gwahoddiad, felly fi sy'n talu," atebodd Gareth. "Beth hoffech chi?"

"Diolch, syr, peint o lagyr plîs. Yr un oera sy gyda nhw. Ma'r lle 'ma'n cŵl – jyst fel un o dafarnau newydd Caerdydd."

Gareth oedd yn chwerthin y tro hwn. "Odi, Akers, ond cofiwch taw ger harbwr Aberystwyth y'ch chi, nid yn y Brewery Quarter."

Pan ddaeth y weinyddes â'r lagyr cymerwyd y cyfle i archebu'r bwyd. Gan fod y Morwr yn enwog am bysgod, dyna oedd dewis y tri – brithyll wedi'i goginio mewn garlleg a menyn i Gareth a Mel, a samwn mewn saws sur-felys i Akers. Yn unol â'r gorchymyn ni fu sôn am waith o gwbl ac ar ôl y pryd fe drodd y sgwrs yma ac acw: Akers yn trafod gobaith Cymru am y gamp lawn, Gareth yn canu clodydd gwlad Groeg fel man gwyliau, a Mel yn sôn am sgandal ddiweddaraf un o sêr S4C. Ni sylwodd yr un o'r tri ar ferch ifanc yn nesáu at y bwrdd hyd nes iddi ofyn, "Clive, ga i ymuno â chi?"

Cyflwynodd Akers y ferch i'r lleill, "Syr, Mel, dyma Bethan. Bethan, Sarjant Meriel Davies ac Insbector Gareth Prior."

"Dda gen i gwrdd â chi. Rwy wedi clywed Clive yn sôn am y ddau ohonoch chi."

Roedd yn amlwg ar unwaith i Gareth a Mel bod Bethan yn ferch na ellid ei hanwybyddu; roedd yn arbennig o hardd ac wedi gwisgo'n ffasiynol – côt ysgafn, jîns drud a thop o ddefnydd sidanaidd wedi ei dorri'n isel iawn heb adael llawer i'r dychymyg. Yng nghwrs y sgwrs, clywyd ei bod yn gweithio i un o asiantaethau'r Cynulliad yn y dre a bod Clive a hithau'n mynd allan gyda'i gilydd ers ychydig dros fis. Ychwanegodd Bethan, yn awgrymog, "Ni'n nabod ein gilydd yn reit dda erbyn hyn, ond y'n ni, Clive?"

Buont yn rhyw fân siarad am ychydig ac ymhen llai na hanner awr gwnaeth Akers a Bethan eu hesgusodion a gadael y dafarn.

"Do'n i ddim yn ymwybodol fod Akers yn caru," dywedodd Gareth.

"Ro'n i wedi clywed rhyw si. Chi'n gwbod shwt ma pethe'n mynd o gwmpas y Stesion. Lle bach yw Aberystwyth, ontefe?"

Dilynwyd sylw Mel gan saib ac yna torrodd Gareth ar draws y distawrwydd trwy ofyn, "Mel, fyddech chi'n hoffi dod draw i'r fflat am goffi neu ddiod bach arall? Rwy'n byw rownd y gornel ac mae'r Merc tu allan."

Clywodd Mel ei hun yn ateb, "Ie, bydde hynny'n braf," a meddyliodd, pam lai, ma'r ddau ohonon ni'n rhydd. Edrychodd ar ei bòs gyda golwg newydd, ac er na ellid ei ddisgrifio fel rhywun golygus roedd rhywbeth atyniadol yn ei gylch. Gwallt du yn dechrau britho, llygaid llwyd ac wyneb cadarn – y cyfan yn arwydd o berson caredig, yn rhywun y gallech chi ddibynnu'n llwyr arno.

Roedd yn dal i fwrw'n drwm a rhedodd Gareth at y Merc i ddal y drws ar agor yn fonheddig i Mel. Er iddi gamu'n ofalus i'r car isel teimlodd ei sgert yn codi at ei chluniau a gwridodd. Camodd Gareth i sedd y gyrrwr a thanio'r peiriant.

Gwaethygodd y glaw a bu'n rhaid brecio'n siarp pan groesodd car heddlu o flaen y Merc. Roedd y golau glas yn fflachio ac ar unwaith dywedodd Gareth, "Car yr Uned CID oedd hwnna. Well i ni ei ddilyn i weld be sy wedi digwydd."

Lawr y Stryd Fawr â nhw, a dringo rhiw Penglais gyda char yr heddlu yn codi sbîd. Medrai'r Merc gynnal yr un cyflymdra yn hawdd ond roedd angen gofal gan fod y ffordd yn wlyb. Trodd y car cyntaf i mewn i gampws y Brifysgol gan arafu wrth fynd dros y twmpathau cyflymder. Pen y daith oedd Campfa'r Coleg; yno roedd un arall o geir yr heddlu gyda merch ifanc yn eistedd ynddo a'i phen yn ei dwylo.

"Mel, arhoswch chi fan hyn, sdim pwynt i ni'n dau 'lychu.' Tynnodd Gareth ei gôt yn dynnach amdano i fynd allan i'r glaw trwm. Cerddodd draw at un o'r plismyn a gofyn, "Be sy 'di digwydd?"

"Insbector Prior, ni wedi bod yn trial cael gafael arnoch chi. Ymosodiad arall, syr. Trwy lwc, llwyddodd y ferch i ymladd yn ôl a rhedodd y boi i ffwrdd. Fel y gallwch chi ddisgwyl, mae hi wedi ca'l tipyn o ofn, ond llwyddodd i ddweud un peth wrthon ni. Roedd yr ymosodwr wedi'i wisgo mewn du – swnio'n debyg i'r *attacks* eraill ar y campws."

Yn sydyn clywyd llais ar y radio yng nghar yr heddlu. Pwysodd y plisman i mewn ac ar ôl ateb byr, dywedodd wrth Gareth, "Ma'r ymosodwr wedi'i weld wrth Draeth y Gogledd, Insbector. Ma 'na gar arall ar ei ôl e nawr."

Rhedodd Gareth at y Merc ac eglurodd y sefyllfa'n gyflym gan ddweud, "Mel, ma'n flin 'da fi fod pethau wedi troi allan fel hyn, ond rwy'n siŵr bo chi'n deall. Ma'r ferch ifanc yn mynd i'r ysbyty. Allwch chi fynd gyda hi, plîs? Rwy'n mynd ar ôl yr ymosodwr."

Gyda'r teiars yn sgrialu a'r golau glas yn fflachio, gadawodd car yr heddlu a'r Merc ar sbîd ac o fewn llai na phum munud roeddent ger Traeth y Gogledd. Er bod y glaw yn drymach nag erioed llwyddwyd i oleuo'r rhibin gan lampau'r ceir. Ar unwaith bron gwelwyd ffigur mewn du yn rhedeg wrth ymyl y tonnau gyda dau blismon wrth ei sodlau. Ar ras, daeth trydydd person i'r golwg gan basio'r plismyn a thaclo'r unigolyn mewn du nes i hwnnw syrthio'n glewt i'r môr. Llusgwyd ef o'r dŵr a'i dynnu'n ddiseremoni at Gareth a'r lleill a oedd wedi gwylio'r cyfan o'r prom uwchlaw. Dyna pryd y sylweddolwyd taw Clive Akers oedd y taclwr.

A'i wynt yn ei ddwrn eglurodd, "Glywes i am yr ymosodiad ar fy radio personol ac ar ôl gweld ceir yr heddlu penderfynes i ddilyn. Ry'ch chi wedi gweld y gweddill."

"Do, Akers. Llongyfarchiadau ar eich sgiliau rygbi," oedd sylw Gareth. Cymerodd gipolwg ar y ffigur mewn du cyn ychwanegu'n gwta, "Ewch â hwn i'r Swyddfa, fe ddo i ar eich ôl chi."

★ ★ ★

Eisteddai'r ymosodwr yn un o stafelloedd cyfweld Swyddfa'r Heddlu. Roedd yn wlyb domen ac yn crynu, ond doedd neb yn poeni rhyw lawer am hynny. Ei enw oedd Lee Hodges. Â'i ddillad yn diferu edrychai'n bathetig ond ni thwyllwyd Gareth; yn y llygaid cul, creulon gwelodd ddyn oedd yn barod i fentro pob peth i foddio'i chwant at ferched. Heb wastraffu amser na geiriau dechreuodd drwy roi'r rhybudd ffurfiol.

Torrodd Hodges ar ei draws. "Don't understand that Welsh garbage, English or nothing, mate."

"Fine, but I want you to understand that I'm *not* your mate and never will be."

Rhoddwyd y rhybudd yn Saesneg ac aeth Gareth yn ei flaen.

"You will be charged with indecent assault on a student at the University campus this evening. We will also investigate a spate of other similar assaults and we will do our utmost to also charge you with those attacks. Do I make myself clear?"

Ni chafwyd ymateb ac felly, heb oedi, parhaodd Gareth gyda'r holi. "Mr Hodges, before we proceed, I want to ask you where you were on the night of Saturday the first of March?"

"What's it to you?"

"I'll tell you what it is to me. On that night, a young student was murdered on the Campus not far from where you attacked your victim tonight. And if you don't give me a satisfactory explanation you'll be going down for murder as well as for a string of sex offences."

Lledodd y llygaid creulon ac roedd y braw yn amlwg yn wyneb Lee Hodges.

"Fuck off, copper. I'm no murderer, no way. And I'll tell you straight where I was – banged up in Canton Police Station, Cardiff. I was brought in for being pissed."

Ar orchymyn Gareth, aeth un o'r plismyn i wirio'r wybodaeth. Dychwelodd ymhen llai na phum munud. Roedd y manylion a gafwyd gan Lee Hodges yn berffaith gywir ac felly roeddent mor bell ag erioed o ganfod llofrudd Elenid Lewis.

Pennod 11

DOEDD GAN GARETH ddim amynedd gyda rhyw declynnau fel SatNav, ac ar ôl siwrne ddidrafferth i Gaerdydd llwyddodd, gyda chymorth map o strydoedd y ddinas, i ddod o hyd i gartref preswyl Plasgwyn yn reit hawdd. Dau dŷ sylweddol eu maint oedd Plasgwyn, yn edrych i lawr dros barc a llyn y Rhath. Ar fore oer ym mis Mawrth, tawel oedd hi yn y gerddi islaw a dim ond dyrnaid o bobl oedd yn cerdded eu cŵn ar hyd y llwybrau. Prin hefyd oedd blodau'r gwanwyn, ychydig o gennin Pedr a briallu yma a thraw a neb i darfu ar yr elyrch ar ddŵr y llyn. Cafodd Gareth le i barcio yn union o flaen Plasgwyn, cerddodd at fynedfa'r cartref a chanu'r gloch.

Fe'i cyfarchwyd wrth y drws gan ferch ifanc a oedd, yn ôl ei hacen, yn hanu o ddwyrain Ewrop. "Yes please? I can help?"

"Yes, I've made arrangements to see..." atebodd Gareth, ac yna sylweddolodd ei fod wedi anghofio holi am un peth pwysig, sef cyfenw chwaer Rhiannedd Lewis. Felly bu raid dweud yn gloff, "I've come to see Ceridwen."

"Ah, of course, please to follow."

Caewyd y drws, gofynnwyd i Gareth lofnodi llyfr ymwelwyr a chafodd ei arwain ar draws cyntedd eang. Ar hysbysfwrdd gwelodd arwydd yn croesawu ymwelwyr a rhestr o ddigwyddiadau megis ymweliadau gan gynrychiolwyr o gapeli ac eglwysi lleol, a gwybodaeth am ddosbarthiadau crefft a pheintio. Mewn stafell ar ochr dde'r cyntedd eisteddai rhai o breswylwyr Plasgwyn yn y cylch arferol o gadeiriau esmwyth, un neu ddau yn araf symud tudalennau papurau dyddiol ac yn y gornel bella roedd teledu enfawr gyda'r sain yn uchel. Trodd pawb i syllu'n chwilfrydig ar Gareth. Mae'n siŵr fod ymweliad bore, cyn y baned goffi am un ar ddeg, yn ddigwyddiad anarferol ac yn rhywbeth y dylid talu sylw iddo.

"Please, to follow," dywedodd y ferch yr eilwaith. Dringodd y ddau y grisiau llydan at goridor oedd yn amlwg ar flaen y tŷ. Daethant at ddrws ac arno'r enw Miss Ceridwen Leyshon. Curodd y ferch yn ysgafn, a heb aros am ateb, aeth yn syth i mewn. Roedd y stafell fawr yn olau gyda ffenest yn edrych allan dros y parc a'r llyn. Gwely mewn un cornel, bwrdd gwisgo isel mewn pren tywyll a bwrdd bychan o dan y ffenest. Ar bob dodrefnyn roedd 'na luniau du a gwyn o grwpiau teuluol hapus o flaen tŷ helaeth, parau'n chwarae tennis a lluniau o wyliau tramor. Mewn cadair enfawr eisteddai gwraig yn ei saithdegau ac o edrych arni gallai Gareth weld y tebygrwydd rhyngddi hi a Rhiannedd Lewis – y gwallt yn wyn yn hytrach na brith, ond yr un wyneb a'r un llygaid. Roedd wedi ei gwisgo'n drwsiadus ond ni ellid celu'r ffaith bod y dillad yn cuddio corff tenau a bregus.

Pwysodd y ferch ymlaen at Ceridwen Leyshon. "Look, Ceri, you have a visitor and early in the morning also. Now I leave you to have a chat, that is nice, yes?"

Edrychodd y wraig ar Gareth a chyfarchodd yntau hi, "Bore da, Miss Leyshon. Insbector Gareth Prior Heddlu Dyfed-Powys. Chi'n siarad Cymraeg, rwy'n credu?"

Nòd bychan. Er mwyn nodi bod yr ymweliad yn un swyddogol dangosodd Gareth ei gerdyn warant, ac am y tro cyntaf siaradodd y wraig.

"Hynod o boléit, os ga i ddweud. Chi byth yn gweld *gentlemen* yn dangos cardiau cyflwyno y dyddiau hyn. Mae'n bwysig cadw safonau, on'd yw hi?"

"Ydi, yn sicr. Nawr, Miss Leyshon, hoffwn i gael gair gyda chi am eich chwaer, Rhiannedd. Fuodd hi yma yn eich gweld chi ddydd Sadwrn diwetha, on'd do fe?"

"Naddo, wir. Dwi ddim wedi gweld fy chwaer ers blynyddoedd. A pwy ddywedoch chi oeddech chi? Falle dylwn i edrych ar y garden gyflwyno unwaith eto."

"Insbector Gareth Prior, Miss Leyshon."

"A, Insbector, rwy'n deall nawr. *Inspector of Mines*, wrth gwrs. Chi wedi dod i holi am y ddamwain yn y pwll. O'n i wedi dweud wrth Dadi sawl gwaith fod y ffas ddim yn ddiogel."

A dyna pryd y sylweddolodd Gareth fod rhywbeth mawr o'i le ac nad oedd pwrpas na rheswm mewn holi Ceridwen Leyshon ymhellach. Ar yr eiliad honno agorwyd drws y stafell a daeth dynes wedi'i gwisgo mewn iwnifform i mewn.

"Mrs Meirwen Lloyd ydw i, rheolwraig Plasgwyn."

"Bore da, Mrs Lloyd. Insbector Gareth Prior, Heddlu Dyfed-Powys. O'n i wedi gobeithio cael gair gyda Miss Leyshon."

"Fel ry'ch chi wedi deall, Insbector, does dim pwynt i chi holi llawer ar Ceridwen." Wrth glywed ei henw, gwenodd y wraig a gwnaeth ymdrech i godi o'i chadair. "Na, Ceridwen, eisteddwch chi fan 'na, bydd coffi'n dod mewn munud. Insbector, os dewch chi lawr gyda fi i'r swyddfa, falle galla i helpu."

Ac wrth i'r ddau adael y stafell dywedodd Ceridwen Leyshon, "Mor braf i gwrdd â chi – 'sdim llawer o *gentlemen* ar ôl y dyddiau hyn. Galwch eto ac fe drefna i fod y *servants* yn dod â the i ni."

Roedd swyddfa Meirwen Lloyd ar ochr chwith y cyntedd.

Ar ei desg roedd *cafetière* o goffi ac arllwysodd Mrs Lloyd baned i'r ddau.

"Mae'n flin gen i am hynna. Ddylai Elena ddim fod wedi mynd â chi at Miss Leyshon. Prin fod Ceridwen yn gwybod pa ddiwrnod yw hi. Mae rhai diwrnodau'n well na'i gilydd ac weithiau mae'n cofio'i hamser fel plentyn a merch ifanc, ond am beth ddigwyddodd ddoe, dim gobaith. Er nad yw hi mor hen â rhai o'r preswylwyr eraill, mae hi wedi bod yma ers blynyddoedd. Plasgwyn yw ei chartref, a fi a'r staff yw ei theulu, felly byddai'n amhosib i Ceridwen ateb eich cwestiynau. Sut galla i fod o help?"

"Diolch, Mrs Lloyd. Rwy'n arwain yr ymholiad i lofruddiaeth Elenid Lewis ar gampws Prifysgol Aberystwyth. Rodd Elenid yn llysferch i Rhiannedd Lewis, chwaer Miss Leyshon, ac rwy wedi dod yma i gadarnhau symudiadau Mrs Lewis. Mater o rwtîn, dyna i gyd. Rodd hi yma ddydd Sadwrn diwethaf, rwy'n deall."

"Ro'n i wedi darllen am y llofruddiaeth – digwyddiad erchyll, a sioc fawr rwy'n siŵr i Mr a Mrs Lewis. Do'n i ddim yn gwybod mai llysferch oedd hi, ond dyw hynny ddim yn bwysig yw e? Daeth Elenid yma i weld ei modryb unwaith neu ddwy, chi'n gwybod. Nawr arhoswch funud…" Aeth Meirwen Lloyd allan gan ddychwelyd bron ar unwaith gyda'r llyfr ymwelwyr a lofnodwyd gan Gareth. Ar ôl troi tudalen ychwanegodd, "… ie, dyma ni. Cyrhaeddodd Mrs Lewis yma mewn tacsi tua un, treuliodd hi awr gyda'i chwaer – does dim pwynt aros llawer mwy gyda Ceridwen druan – ac wedyn gadawodd hi am hanner awr wedi dau."

"Chi'n siŵr o hynny, Mrs Lloyd?"

"Berffaith siŵr. Ro'n i ar ddyletswydd ddydd Sadwrn ac fe ges i sgwrs gyda Mrs Lewis am gyflwr ei chwaer. Drychwch, ma'r amser nath hi gyrraedd a gadael wedi'u nodi fan hyn yn y llyfr ymwelwyr gyda llofnod Mrs Lewis. Yr un llyfr yn union ag a wnaethoch chi ei arwyddo, Insbector Prior."

★ ★ ★

Dim ond ar ôl nifer dda o alwadau ffôn a thipyn o ymchwil 'nôl yn Aberystwyth y cafwyd y manylion angenrheidiol am gwmni Gwenno Lewis, chwaer Elenid. Bayscope oedd yr enw, ac yn unol â'r enw roedd swyddfeydd y cwmni yng nghanol datblygiadau Bae Caerdydd. Er bod y cyfeiriad ganddo bu'n rhaid i Gareth yrru o gwmpas sawl cylchfan cyn dod o hyd i'r lleoliad – adeilad crand o frics coch a gwydr, yn hynod o debyg i'r rhelyw o swyddfeydd a ymddangosodd fel tai unnos yn y Bae. O flaen yr adeilad roedd y cwrt arferol wedi'i amgylchynu gan lwyni isel, ac wrth iddo yrru i mewn gwelodd Gareth gar yn symud o un o'r llecynnau parcio ymwelwyr a bachodd y cyfle i droi'r Merc i mewn i'r gofod. Roedd plât arian wrth y fynedfa'n cyhoeddi fod yr adeilad yn gartref i sawl busnes, megis ymgynghorwyr ariannol a brocwyr stoc, ac yn datgan bod Bayscope Cyf. ar y pedwerydd llawr. Aeth Gareth drwy ddrws troi, ac ar ôl holi cafodd ei gyfeirio at y lifft. Camodd allan i dderbynfa foethus a chroesodd at ddesg lle'r eisteddai ysgrifenyddes ifanc. Nid oedd yr un darn o bapur nac argoel o waith ar y ddesg ond llwyddodd yr ysgrifenyddes i gyfleu'r argraff bod Gareth yn tarfu ar brysurdeb eithriadol. Wedi iddo ddweud bod ganddo apwyntiad i weld Gwenno Lewis estynnodd y ferch at y ffôn, siarad am eiliad ac yna gofynnwyd iddo aros – byddai Miss Lewis yn rhydd mewn pum munud.

Eisteddodd Gareth ar soffa wen lydan, ac ar y bwrdd gwydr o'i flaen roedd pentwr o lyfrynnau swyddogol y cwmni. Cysylltiadau cyhoeddus oedd maes Bayscope, ac roedd y llyfryn yn cloriannu'r cyngor a'r cymorth a estynnwyd i'r prif gleientiaid, sef adrannau ac asiantaethau'r Cynulliad, sawl awdurdod lleol a rhai o brif sefydliadau masnachol Cymru. Cerddodd nifer o staff Bayscope heibio pob un yn cario ffeil drwchus ac yn ymddangos fel petaent ar orchwyl pwysig.

"Mae'n gyfleus i chi weld Miss Lewis nawr; trwy'r drws yna, os gwelwch yn dda," cyhoeddodd yr ysgrifenyddes.

Camodd Gareth i mewn i swyddfa eang yn edrych allan dros y bae a'i brif adeiladau – Canolfan y Mileniwm a'r Senedd-dy. Ynddi roedd dodrefn modern drud, carped trwchus ac ar y waliau luniau o waith arlunwyr cyfoes megis Iwan Bala a Gwilym Prichard. Fel petai'n brawf pendant o lwyddiant y cwmni, roedd yno hefyd ddarlun olew sylweddol ei faint gan Kyffin Williams. Cododd perchennog Bayscope, Gwenno Lewis i'w gyfarch.

"Insbector Prior, braf cwrdd â chi. Galla i roi hanner awr i chi. Mae gen i apwyntiad gyda'r Gweinidog am dri o'r gloch."

Wrth edrych ar Gwenno Lewis, fe allech fod yn sicr nad cyfeirio at yr Hen Gorff yr oedd hi wrth ddefnyddio'r gair 'gweinidog'. Tybiodd Gareth ei bod rhyw ddeng mlynedd yn hŷn na'i chwaer, yn ddynes bwerus yr olwg, wedi'i gwisgo mewn siwt ddu, a'i dillad a'i hosgo yn cyfleu delwedd *macho*.

"Diolch, Miss Lewis. Fe ddylai hynny fod yn hen ddigon. Mae'n flin gen i am lofruddiaeth eich chwaer. Fi sy'n delio gyda'r achos, ac er mwyn cael mwy o'r cefndir ro'n i'n meddwl y byddai'n ddefnyddiol i ni gael sgwrs. Yn naturiol, rwy eisoes wedi bod yn siarad gyda'ch rhieni."

"Gyda nhad a'm llysfam," cywirodd Gwenno Lewis ef. "Rwy'n credu y byddai'n well i fi fod yn hollol onest o'r cychwyn, Insbector. Does dim llawer o gysylltiad rhyngddon ni erbyn hyn. Rwy wedi siarad gyda Dad ar y ffôn ac, yn naturiol, fe fydda i'n mynd i'r angladd. Ond cyn i chi ofyn, na, dwi ddim wedi bod draw yn eu gweld nhw ac i fod yn gwbl onest, prin y galla i ddioddef bod yn y tŷ yn Rhydaman."

Y rhwyg teuluol eto.

"Ga i ofyn pam, Miss Lewis?"

"Mae 'na lawer o resymau. Mae amgylchedd tref fach a chrefydd gyfundrefnol yn mynd o dan fy nghroen i. Wedyn, dyw nhad erioed wedi gallu ymgodymu â'm swydd i a gwaith y cwmni. Dyw cael cleientiaid fel bragwyr a'r lluoedd arfog ddim yn help, a nawr mae Bayscope yn cynghori un o'r cwmnïau sy'n gobeithio adeiladu casino yma yn y Bae. Ry'ch chi wedi sylwi, mae'n siŵr, bod syniadau Dad yn henffasiwn a dweud y lleia. Hefyd, a bod yn onest, dwi ddim yn dod mla'n gyda fy llysfam. Mae hi'n fy ngweld i fel rhywun sy wedi gadael y teulu i lawr. Rhywun sy ddim yn cyrraedd ei safonau uchel hi. Ydi hynna'n ddigon o resymau?"

"Pryd welsoch chi Elenid ddiwetha?"

"Adeg y Nadolig. Fe es i adre dros ddydd Nadolig a *Boxing Day*. Allen i byth ag aros mwy na hynny – sipian glased bach o sieri, cinio Nadolig a'r trimins i gyd ac wedyn nath Dad a fi gwympo mas am i fi wrthod mynd i'r capel. Rodd yr holl beth yn *disaster* llwyr."

"Sut o'ch chi'n gweld eich chwaer?"

"Rodd hi 'di newid. Rodd Elenid yn arfer bod yn grefyddol ac yn mynd i bob oedfa. Fe ath hi i'r cwrdd bore Nadolig ond doedd yr awydd ddim 'na. Roedd hi'n dawedog iawn, ac er i fi drial tynnu sgwrs doedd hi ddim yn barod i ddweud llawer. Rhywbeth am gael ei siomi gan ryw gariad. Wel, ma hynna'n digwydd yn y coleg, on'd yw e? Pan ofynnes i a oedd hi'n mwynhau Aber, wedodd ei bod hi'n ca'l amser grêt, digon o bartïon a sbri a phethe felly. Ac fe wedes i, wel grêt, mwynha dy hunan cyn gorfod wynebu cyfrifoldebau gyrfa a theulu."

Oedodd Gwenno Lewis, troi oddi wrth y ditectif ac yna, gyda thinc o hiraeth yn ei llais, ychwanegodd, "A nawr fydd dim cyfrifoldebau, fydd e? Dim gyrfa, dim teulu."

Agorodd y drws yn sydyn a safodd dyn wrth y trothwy. Ni chymerodd gam ymhellach gan i Gwenno Lewis ddweud yn eithaf siarp, "Dim nawr, Sion, rwy'n brysur."

Synhwyrodd Gareth y dylai adnabod y dyn ond ni chafodd gyfle i ystyried pwy oedd e gan i Gwenno Lewis ofyn, "Ga i holi, Insbector, sut mae'r ymholiad yn mynd? Er i fi sôn am y diffyg cysylltiad teuluol, ro'n i'n agos at Elenid – yn dal i'w gweld hi fel chwaer fach. Mae hyn wedi bod yn sioc fawr i fi'n bersonol, ac rwy'n siŵr y byddwch chi'n gwneud pob peth i ddwyn y llofrudd o flaen ei well."

"Alla i'ch sicrhau chi o hynny, Miss Lewis. Ma'r tîm yn dilyn sawl trywydd."

"I roi'r jargon o'r neilltu, Insbector, ma hynna'n swnio nad oes 'da chi ddim syniad ar hyn o bryd pwy sy'n gyfrifol?"

"Fydden i ddim yn dweud hynny…"

"A'r *suspect* oedd gyda chi, ma hwnnw wedi ca'l ei ryddhau?"

O ble cawsoch *chi*'r wybodaeth honno, tybed, meddyliodd Gareth.

"Daeth hi'n amlwg na alle fe fod wedi lladd eich chwaer. Mae e 'di cael ei gyhuddo o drosedd arall, ac ar hyn o bryd mae e ar fechnïaeth."

"A beth oedd y drosedd arall?"

"Alla i ddim datgelu hynna, mae arna i ofn. I ddod 'nôl at yr hyn sy'n bwysig, Miss Lewis, oedd gyda'ch chwaer elynion o gwbl, unrhyw un fydde am wneud niwed iddi?"

"Neb, Insbector Prior. Roedd Elenid yn ferch fwyn, garedig. Mae'n amhosib dychmygu bod gyda hi elynion. Falle mod i'n ymddangos fel person caled ond rwy am wneud un peth yn hollol glir. Ro'n i'n caru fy chwaer. Mae'r modd y cafodd hi ei lladd mewn gwaed oer yn hunllefus."

"Ble oeddech chi rhwng chwech yr hwyr nos Sadwrn, Mawrth y cyntaf a naw o'r gloch y bore wedyn."

Trodd Gwenno Lewis at ei dyddiadur. "Ar y nos Sadwrn ro'n i mewn derbyniad yn y Cynulliad a cyn i chi ofyn, do, fe wnaeth degau o bobl fy ngweld i yno. Fe adawes i tua deuddeg a mynd adre i'm fflat yn y Bae. Nawr, rwy'n ofni na alla i gynnig mwy o help, ac fe fydd y Gweinidog yma ymhen ychydig funudau."

Roedd y cyfarfod yn amlwg ar ben. Arweiniwyd Gareth at y drws ac wrth iddo adael dywedodd Gwenno Lewis, "Mae'n flin 'da fi'ch bod chi wedi gorfod teithio bob cam i Gaerdydd am sgwrs hanner awr."

"O na, popeth yn iawn. Fues i yng nghartref preswyl Plasgwyn y bore 'ma i alw ar eich modryb Ceridwen. Fe fydd y cyfan yn help i fi ddod i adnabod eich chwaer yn well, dysgu pa fath o berson oedd hi, gyda'r gobaith y bydd hynny yn y pen draw yn arwain at y llofrudd."

Gadawodd yr Insbector, gan adael golwg bryderus ar wyneb Gwenno Lewis a oedd yn adrodd cyfrolau.

Aeth Gareth yn syth at ei gar a heb oedi trodd allan o'r cwrt parcio o flaen yr adeilad i'r ffordd ddeuol a arweiniai at yr M4. Nid edrychodd yn ei ôl ac felly ni sylwodd ar y criw teledu y tu ôl i'r llwyni isel a'r rheiny'n ei ffilmio bob cam o swyddfeydd Bayscope i'r Merc.

Yn union fel y gobeithiodd, roedd Gareth wedi llwyddo i adael Caerdydd o flaen y fflyd o drafnidiaeth gwaith, ac ar ôl siwrne dda cyrhaeddodd Aber cyn chwech o'r gloch. Gan nad oedd wedi bwyta rhyw lawer drwy'r dydd aeth ati'n syth i wneud swper ac wrth iddo baratoi'r pryd gwyliodd y newyddion ar y teledu bychan oedd ganddo yn y gegin. Edrychodd, heb ryw lawer o ddiddordeb, ar eitemau'r newyddion – mwy o fomio yn Irac, a bygythiad o streic gan feddygon a nyrsys. Roedd wrthi'n golchi llestri pan ddaliwyd ei sylw gan eiriau'r cyflwynydd ar raglen rhanbarthol y BBC, *Wales Today*:

"Police are continuing to investigate the vicious murder of student Elenid Lewis on the campus of Aberystwyth University, but have little to show for almost a week's work. With more details, here's our reporter, Sion Curran."

Ymddangosodd gŵr ifanc ar y sgrin ac mewn fflach sylweddolodd Gareth pwy oedd e. Hwn oedd y gohebydd a fu'n ceisio ei holi y tu allan i Neuadd Glanymôr, a'r boi a ymddangosodd heddiw wrth ddrws swyddfa Gwenno Lewis.

Ar y sgrin gwelwyd Sion Curran ger Neuadd Glanymôr.

"The investigation into the murder is being led by Inspector Gareth Prior. Though a high-flyer, this is Inspector Prior's first murder case and when he visited the scene of the crime recently, he was tight-lipped about the progress made in the case."

Torrwyd i lun o Gareth ac Akers yn mynd i mewn i'r Neuadd.

"Inspector Prior, any comment?"

Llun o Gareth yn ysgwyd ei ben ac yna'r ddau dditectif wrth ddrws Glanymôr.

"Is it true, Inspector, that you are holding another student, who is also a resident at Glanymôr, in association with this murder?"

Gareth yn oedi ac yna'n ynganu'r ddau air 'No comment'.

"Despite the reluctance of Inspector Prior, we can now reveal that the questioning of this suspect by the murder team came to nothing. As I said, this individual is also a student at Aberystwyth and lives at Glanymôr. We understand that he has been charged with another offence and is being held on police bail."

Sion Curran unwaith eto, a'r tro hwn yn sefyll o flaen swyddfeydd Bayscope ym Mae Caerdydd, ond cymerwyd gofal i osgoi datgelu enw'r cwmni.

"The hunt for the murderer has now taken on a wider perspective and today Inspector Prior interviewed members of Elenid Lewis's family here in Cardiff. A source close to the investigation stated that although there were other leads, there was no clear suspect at the moment. Sion Curran, BBC, *Wales Today*."

Daeth yr eitem i ben gyda lluniau o Gareth yn cerdded allan o swyddfeydd Bayscope, camu i'r Merc a gyrru i ffwrdd. Cyn iddo gael hyd yn oed eiliad i feddwl am y modd roedd wedi cael ei dwyllo, canodd y ffôn.

"Dilwyn Vaughan, Prif Gwnstabl yma. Rwy newydd fod yn gwylio'r eitem ar y teledu a dwi ddim yn ddyn hapus, Prior. Fy swyddfa i yng Nghaerfyrddin am hanner awr wedi deg bore fory, a pheidiwch â bod yn hwyr!"

Pennod 12

"FEL DWEDES I, Prior, dwi ddim yn ddyn hapus. Gawsoch chi a'ch tîm eich penodi i ddatrys troseddau a gwella delwedd Heddlu Dyfed-Powys, nid i jolihoetian yng Nghaerdydd ac ymddangos ar y teledu. Rhoddwyd argraff glir nad yw'r ymchwiliad yn symud yn ei flaen, a hynny ar ôl bron wythnos o waith. Roedd y riportar yn sôn am *'source close to the investigation'* ac yna fe welson ni luniau ohonoch *chi* yn gyrru i ffwrdd. Does dim rhaid i chi fod yn Sherlock Holmes i wneud y cysylltiad!"

Roedd Dilwyn Vaughan wedi gwylltio. Ceisiodd Gareth dorri ar ei draws ond nid oedd y Prif Gwnstabl wedi gorffen eto.

"A beth o'ch chi'n neud yng Nghaerdydd, beth bynnag, a pham holi aelodau teulu Elenid Lewis? Chi ddim yn meddwl y byddai'n well rhoi amser a sylw i Aberystwyth? *'Na* lle cafodd y ferch ei lladd a fan *'na* mae'i ffrindiau hi a fan *'na* felly mae'ch *leads* gore chi. Pwy yw'r Siôn Curran 'ma, a shwt odd e'n gwybod 'ych bod chi yng Nghaerdydd? Shwt gawson nhw'r llunie ohonoch chi'n gadael swyddfeydd Bayscope? Rwy'n gobeithio bod gyda chi eglurhad, a hwnnw'n un da!"

Tynnodd Gareth anadl ddofn cyn cychwyn. "Rwy'n gallu gweld, syr, nad oedd yr eitem yn cyfleu darlun ffafriol, ond fe alla i eich sicrhau fod 'na bwrpas i'r siwrne i Gaerdydd. Roedd angen tsieco alibi Mrs Rhiannedd Lewis, llysfam Elenid. Fe es i weld Gwenno Lewis i gael gwybodaeth gefndirol ac yn arbennig i geisio ffeindio mas pa fath o berson oedd ei chwaer. Roedd yr ymweliad yn ddefnyddiol i raddau, ond yn anffodus mae dadansoddiad gwahanol yn bosib, a dyna lle mae Sion Curran yn chwarae'i ran."

"Ie, Prior, a beth yw'r rhan honno?"

"Cyn i fi adael Aber y bore 'ma, treulies i ychydig o amser ar y we, yn syrffio safleoedd BBC Cymru a chwmni Bayscope. Mae Sion Curran yn gariad i Gwenno Lewis – mae'r ddau wedi bod mewn perthynas ers tua blwyddyn. Roedd Curran wedi ceisio fy holi i y tu allan i Neuadd Glanymôr ac yna pan ddwedodd Gwenno Lewis wrtho fe am yr ymweliad i Gaerdydd fe welodd ei gyfle. Defnyddiodd Curran y darn cyntaf o'i adroddiad ger Glanymôr a chloi'r eitem yn fy nangos i'n gyrru i ffwrdd. Chi'n iawn, llwyddodd e i greu argraff mai fi oedd y '*source close to the investigation*' ond buodd e'n ofalus iawn i osgoi dweud hynny. Tric newyddiadurol, 'na beth oedd y cyfan."

"A shwt oedd y riportar yn gwybod 'ych bod chi ar fin gadael swyddfa Gwenno Lewis?" gofynnodd Dilwyn Vaughan.

"Daeth Curran i mewn pan o'n i yno. Danfonodd Gwenno fe i ffwrdd yn reit handi, ond dyna oedd yr arwydd i'r criw ffilmio i fod yn barod amdana i."

"Chi'n dweud, Prior, taw twyll oedd wrth wraidd hyn i gyd, a bod Gwenno Lewis a Curran wedi cynllwynio i roi darlun anffafriol o'r ymchwiliad?"

Atebodd Gareth yn ofalus. "Falle fod cynllwynio'n air rhy gryf ond does dim amheuaeth eu bod nhw wedi defnyddio'r ymweliad at eu pwrpas nhw'u hunain. Ond, mae ochr arall. Dywedodd Gwenno Lewis bod llofruddiaeth ei chwaer yn hunllef llwyr iddi, ac mae modd gweld yr eitem newyddion fel ymgais i roi proc i'r achos a rhoi cic i fi."

Er bod Dilwyn Vaughan wedi tawelu rhywfaint, roedd yn dal i boeni. "Iawn, Prior, ond dwi ddim yn hoffi gweld y ffors yn cael ei phardduo ac rwy'n credu ei bod yn bryd dysgu gwers i Miss Lewis. Galwad ffôn yn nes mla'n heddi, rwy'n credu."

"Gyda pharch, syr, fydden i ddim yn gwneud hynny."

"Pam, Prior?"

"Wel, ma Gwenno Lewis yn berchen ar gwmni cysylltiadau cyhoeddus hynod lwyddiannus. Mae'n feistres ar y grefft. Os wnewch chi daro'n ôl bydd hi'n siŵr o ddefnyddio'ch ymateb i godi'r gêm i lefel uwch. Dyna'n union beth ma hi eisiau. Ac ma gyda hi ffrindiau pwerus – gweinidogion a phrif weision sifil y Cynulliad. Gair siarp oddi wrthoch chi nawr, ac fe fydd cwyn swyddogol am yr ymchwiliad o flaen yr Awdurdod Heddlu. 'Na'r peth diwethaf ry'n ni eisiau. Gadewch Gwenno Lewis a Curran i fi, syr. Fe ddelia i â nhw yn fy amser a'n ffordd fy hun."

Cytunai'r Prif Gwnstabl fod y cyngor yn un doeth.

"Ie, falle'ch bod chi'n iawn ond mae hynny'n rhoi mwy o gyfrifoldeb arnoch chi. Gofal o hyn allan, Prior. Dim llygedyn o gyfle i Gwenno Lewis gwyno nac ymyrryd, ac uwchlaw popeth, ffeindiwch y person lladdodd ei chwaer, wir, a hynny mor fuan â phosib. Wedyn bydda i'n fodlon."

★ ★ ★

Ochneidiodd Gareth yn dawel wrth iddo gerdded i mewn i gyntedd Swyddfa Heddlu Aberystwyth. Yn sefyll yno, gyda chriw o blismyn o'i gwmpas, roedd Sam Powell a gwyddai Gareth yn reddfol beth fyddai'r cyfarchiad.

"Wel, wel, dyma fe, y dyn ei hun, Gareth Prior, seren y sgrin fach. Llongyfarchiadau, Insbector, perfformiad ardderchog. Falle y dylen i ofyn am *autograph* rhywun mor enwog. Beth chi'n feddwl, bois?"

Chwarddodd pawb ar y sylw sarcastig, pawb ar wahân i

Sarjant Tom Daniel oedd wrth y ddesg. Gan anwybyddu'r gweddill, aeth Gareth yn syth ato.

"Unrhyw negeseuon, Tom?"

"Nag oes, syr, ond mae Mel Davies yn y swyddfa lan stâr yn aros amdanoch chi."

Gadawodd Gareth y lleill i fynd drwy'r drws am y grisiau. Tu ôl iddo gallai glywed mwy o chwerthin, a Sam Powell yn clochdar rhywbeth am bennod nesaf opera sebon yr Insbector!

Roedd Mel wrth ei desg. Doedd dim golwg o Akers. Aeth Gareth at ei ddesg ei hun ac agor y cyfrifiadur.

"Weles i'r eitem ar y newyddion neithiwr, syr…"

"Plîs, Mel, peidiwch chi â dechrau. Dwi ddim isie clywed gair eto am y blwmin raglen deledu 'na. Bu'n rhaid i fi fynd lawr bob cam i Gaerfyrddin i gael ram-dam gan y Prif Gwnstabl, felly plîs, dim un gair arall."

Edrychodd Mel yn syn ar ei bòs. Dyma'r tro cyntaf erioed iddi glywed Gareth yn ymateb mor galed. Mae'n rhaid ei fod yn teimlo'r straen – cerydd gan Dilwyn Vaughan, ei gyd-weithwyr yn cael hwyl ar ei ben ac, yn waeth na dim, yr ymchwiliad yn araf lusgo i unman.

"Mae'n flin 'da fi, syr…"

Edrychodd Gareth yn syth ati, a golwg euog ar ei wyneb.

"Na, Mel, fi ddyle ymddiheuro. Bore ychydig yn anodd, ond sdim esgus. A gyda llaw, ymddiheuriadau hefyd am pwy nosweth. Dyna yw bywyd yn yr heddlu, mae'n debyg – pan chi'n meddwl am gael awr fach dawel yng nghwmni ffrind, mae rhywbeth yn torri ar draws. Roedd yn rhaid i rywun fynd â'r ferch 'na i'r ysbyty ac o leia ry'n ni wedi dal y *sex maniac* Lee Hodges 'na. Rywbryd eto, falle?"

Atebodd Mel yn ofalus, "Ie, rywbryd eto." Nid oedd wedi

anghofio am wahoddiad Gareth i'w fflat ond nid oedd chwaith am ymddangos yn orawyddus. Roedd ei theimladau'n gymysg; ar un olwg roedd y syniad o gyfeillgarwch gyda Gareth yn apelio, ond ar yr ochr arall gwyddai fod y fath beth o fewn yr heddlu yn medru bod yn anodd. Oriau gwaith a shifftiau gwahanol a siarad a sibrwd ymhlith ei chyd-weithwyr... Hei, ara bach, Mel, dywedodd wrthi'i hun. Paid â bod yn wirion, dim ond un gwahoddiad oedd e; ti'n ymddwyn fel rhyw groten un ar bymtheg ac yn cymryd llawer gormod yn ganiataol. Ceisiodd roi'r cyfan o'r neilltu ac fe'i tynnwyd yn ôl i'r presennol gan lais ei bòs.

"Nawr te, well i ni droi'n sylw at y cês. Rwy'n credu, Mel, y dylech chi fynd lan i Neuadd Glanymôr i weld a yw Catrin Beuno Huws wedi cyrraedd 'nôl eto. Ma'n rhaid i ni ddilyn trywydd y nodyn dienw 'na a ffeindio mas beth yn union ma Miss Huws yn gwybod am lofruddiaeth ei ffrind gore."

"Iawn, syr, fe a' i nawr."

Roedd Mel wrthi'n casglu'i phethau at ei gilydd pan agorodd drws y swyddfa a rhuthrodd Akers i mewn. Roedd gwên fawr ar ei wyneb a darn o bapur yn ei law.

"Briliant, blydi briliant, syr! Chi isie gwbod pwy ddanfonodd y nodyn am fynd ar ôl Catrin Huws? Wel, fe alla i ddweud wrthoch chi. Merfyn Morris, ie, Mr Merfyn Morris, un o'r tri sy lan am *criminal damage*. Pan gafodd e 'i gyhuddo'n ffurfiol am hwnnw, cymeron nhw 'i *fingerprints* e. Mae'r canlyniadau fforensig wedi dangos yr un dabs ar yr amlen a'r nodyn dderbynion ni. Beth chi'n feddwl o hynna, te?"

"Beth rwy'n feddwl o hynna, Akers," atebodd Gareth, "yw bod y datblygiad yn gofyn am ymateb syth a sydyn. Roedd Mel jyst ar ei ffordd i Neuadd Glanymôr i chwilio am Catrin Huws ond nawr rwy am i'r ddau ohonoch chi fynd. Ffeindiwch Merfyn Morris a dewch â fe lawr fan hyn ar unwaith. A tra bo chi yno, holwch pryd fydd Catrin yn ei hôl."

★ ★ ★

Distawrwydd a difaterwch, dyna oedd yr ymateb pan holwyd rhai o breswylwyr Glanymôr ble y gellid dod o hyd i Merfyn Morris. Roedd y newyddion am ei arestio wedi creu teimlad o warchod ei gilydd, ac amharodrwydd i gynorthwyo'r heddlu. Dywedodd ysgrifenyddes y Neuadd fod staff Adran y Gyfraith hefyd wedi bod yn holi amdano, gan gwyno am iddo fethu â chyflwyno gwaith a cholli darlithoedd. Gwellodd pethau ychydig pan ychwanegodd iddi ei weld y bore hwnnw yn gadael yng nghwmni criw o ffrindiau, a phawb yn sôn am fynd am *bender* i un o dafarnau'r dre. Pan holodd Akers ble, cafwyd yr ateb ar unwaith mai'r lle mwya tebygol oedd yr Hydd Gwyn.

Tafarn bychan ar un o strydoedd cefn Aberystwyth a lle hynod boblogaidd gan fyfyrwyr Cymraeg oedd yr Hydd Gwyn. Camodd Mel ac Akers i mewn trwy ddrws isel, ac er ei bod yn dal yn gynnar yn y dydd roedd y lle'n gymharol brysur. Tawelodd rhai o'r myfyrwyr wrth weld y ddau dditectif yn cerdded i mewn a chlywodd Akers y gair 'moch' yn cael ei sibrwd wrth iddynt basio. Roedd y bar ei hun yn llawn miri a chwerthin ac yn y gornel bella eisteddai Merfyn Morris gyda Tim Bowen a Stuart Bradley a chyfeillion eraill o'i gwmpas. Roedd y bwrdd o'u blaenau'n drwm gan wydrau peint o Guinness a *chasers* wisgi, ac yn ôl pob golwg roedd sawl rownd wedi cael ei llyncu'n barod. Aeth Akers yn syth atynt.

"Mr Morris, allen ni gael gair, os gwelwch yn dda?"

Edrychodd y criw myfyrwyr ar Akers ac yn y distawrwydd

sydyn atebodd Merfyn Morris yn herfeiddiol, "Na allwch, dwi mewn digon o helynt o'ch achos chi'n barod a dwi ddim yn mynd i godi bys bach i'ch ffycin helpu chi."

Cafwyd ton o guro dwylo a gweiddi gan ei ffrindiau ac roedd yn amlwg fod y ddiod yn rhoi hyder i'r criw. Sylweddolodd Akers y gallai'r sefyllfa droi'n hyll ond gan ei fod wedi cael gorchymyn gan Gareth i gyrchu'r myfyriwr i swyddfa'r heddlu, dyna lle y byddai'n mynd, doed a ddelo. Siaradodd yn dawel ond gyda phenderfyniad clir, "Mr Morris, chi mewn cryn drwbl yn barod. Nawr, 'sdim taten o ots 'da fi, gallwch chi ddod gyda ni nawr neu fe fydd Ditectif Sarjant Davies yn galw am gymorth ac fe gewch chi'ch arestio am wastraffu amser yr heddlu."

Ar hyn, cododd y criw ffrindiau fel un dyn a symudwyd y bwrdd yn drwsgl gan achosi i nifer o'r gwydrau lithro i'r llawr. Roedd yr awyrgylch yn troi'n fygythiol. Fel cyn-athrawes roedd Mel yn hen gyfarwydd â delio gyda chriw ifanc anystywallt a defnyddiodd y sgiliau hynny nawr. Mewn llais uchel, er mwyn i bawb yn y bar gael clywed dywedodd, "Chi'n cofio, y'ch chi, am lofruddiaeth Elenid Lewis? Neu falle'ch bod chi wedi anghofio'n barod am y modd erchyll y cafodd hi ei lladd? Wel, dy'n ni'n dau heb anghofio. 'Na pam ry'n ni am siarad â Mr Morris."

Disgynnodd ton o anesmwythyd dros y bar. Yna, yn araf ac yn benisel, cododd Merfyn Morris a cherdded allan o'r Hydd Gwyn.

★ ★ ★

Fel o'r blaen, aethpwyd â Merfyn Morris i stafell gyfweld lle roedd Gareth yn aros amdano. Roedd y ditectif ar fin cychwyn yr holi ond, gyda golwg sur ar ei wyneb, y myfyriwr ofynnodd y cwestiwn cyntaf.

"Beth chi'n feddwl, gwastraffu amser yr heddlu? Dwi ishws mewn digon o drafferth a nawr chi'n trial 'y nghyhuddo i o drosedd arall. Sai'n gwbod am beth chi'n siarad."

Dangosodd Gareth gopi o'r nodyn dienw iddo. "Chi wedi gweld hwnna o'r blaen, Mr Morris?" holodd.

Edrychodd y myfyriwr yn frysiog ar y neges. "Nagw, sa i erioed wedi'i weld e tan nawr, ac fel dwedes i, sai'n gwybod am beth chi'n siarad. Chi'n awgrymu mod i wedi gwastraffu amser yr heddlu, ond mae'n edrych i fi mai chi sy'n gwastraffu'n amser i."

"Felly, Mr Morris," gofynnodd Gareth unwaith eto, "chi'n dweud mai'r dyma'r tro cynta i chi weld y nodyn?"

"Odw."

"'Na ddigon o nonsens a chelwydd, rwy'n credu. Derbynion ni hwn rai dyddiau'n ôl. Fel chi'n gweld, does dim enw arno fe ond mae 'na gyfarchiad – 'yn meddwl amdanoch. J.M'. Pan gawsoch chi eich cyhuddo o achosi difrod troseddol fe gymerwyd eich olion bysedd. Mae profion fforensig wedi dangos yr un olion bysedd ar y nodyn. Felly 'sdim amheuaeth mai chi ddanfonodd hwn. Nawr, os mai jôc yw'r cyfan, fe fyddwn ni, fel dywedodd Cwnstabl Akers yn dod ag ail gyhuddiad yn eich erbyn, sef gwastraffu amser yr heddlu. Ar y llaw arall, os yw'r neges o ddifri, ry'n ni am wybod pam ddanfonoch chi fe, a beth sy gyda chi i ddweud am Catrin Huws."

Deallodd Merfyn Morris ei fod mewn twll ac nad oedd pwrpas bellach iddo wadu mai ef oedd awdur y nodyn.

"Olreit, ie, fi ddanfonodd hwnna. Catrin Huws wedodd wrthoch chi am fynd ar ôl Tim, ac yn dilyn hynny fe ges i a Stiw ein tynnu i mewn i'r holl fusnes. Do, fuon ni'n dwp i achosi'r difrod yn y Neuadd ond tase honna heb agor 'i cheg fawr fydde neb ddim callach. Gofynnwch i bawb yn Glanymôr am Catrin Huws ac fe gewch chi weld pa fath o berson yw hi. Hen ast yw hi, ac oherwydd 'i chlecs hi ma'r tri ohonon ni'n mynd o flaen ein gwell. Ma'n gyrfaoedd ni'n rhacs. Rodd hi'n ddigon parod i bwyntio bys at Tim. O'n i'n meddwl 'i bod yn hen bryd pwyntio bys ati hi."

"Dial, felly?" gofynnodd Gareth. Dim ateb. "Rwy'n credu bod mwy na hynny. Mae geiriad y nodyn yn eglur, 'Chi isie ffeindio mas pwy laddodd Elenid Lewis? Pam na holwch chi Catrin Beuno Huws'. Ma mwy na dial fan 'na. Chi'n awgrymu'n gryf y bydde Miss Huws yn gallu'n rhoi ni ar drywydd y llofrudd. Beth ma hi'n wybod, Merfyn, a pam hi?"

"Alla i byth â dweud beth ma hi'n gwbod, dwi ddim yn gallu darllen 'i meddwl hi a hyd yn oed tasen i'n gallu fydden i ddim isie. Pam hi? Wel, ma'r ateb i hwnna'n amlwg, on'd yw e? Hi oedd ffrind gore Elenid. O'n nhw wastad gyda'i gilydd. Ar noson y ddawns rodd Elenid gyda hi cyn iddi fynd allan gyda Tim a siaradodd hi 'da Elenid pan ddoth hi'n ôl mewn. Weles i a Stiw'r cyfan. Catrin Huws oedd y person ola i gael gair 'da Elenid cyn iddi ga'l 'i lladd. Dwi ddim yn gwybod lot am blismona, ond dwi 'di gweld digon o raglenni teledu."

Ystyriodd Gareth atebion y myfyriwr yn ofalus. Roedd hwn yn gwybod mwy – rhywbeth nad oedd wedi'i ddatgelu hyd yn hyn.

"Merfyn, rwy'n awyddus i wybod pa fath o berson oedd Elenid Lewis oherwydd rwy'n credu fod hynny'n ganolog i'r ymchwiliad. Sut o'ch chi'n ei gweld hi?"

Ychydig o oedi ac yna'n wyliadwrus, atebodd, "Rodd Elenid yn ferch ffein, yn ferch hyfryd a beth bynnag dwi a'r bois wedi'i wneud, ni'n hynod o drist am yr hyn ddigwyddodd iddi. Yn y flwyddyn gyntaf roedd hi'n lot o hwyl ond wedyn newidiodd hi. Rodd hi'n dal i fwynhau partïon a lysh, ond rodd rhywbeth wedi digwydd iddi. Rodd hi wedi pellhau oddi wrth 'i hen ffrindie ac fel dwedes i, Catrin Huws odd y ffrind newydd."

"A beth am y cyfeillgarwch rhwng Elenid a Catrin, sut fyddech chi'n ei ddisgrifio fe?"

"Dwi ddim am ddweud. Eich gwaith chi yw ffeindio hynna mas. Os nad y'ch chi am ddod â chyhuddiad yn fy erbyn i, ga i fynd? Er nad oes gen i fawr o siawns i ddod yn gyfreithiwr rhagor, dwi *yn* astudio'r gyfraith a dwi'n gwybod nad oes hawl gyda chi i nghadw i fan hyn oni bai bod gyda chi reswm digonol."

Roedd y sylw'n gywir. Felly, dywedwyd wrtho ei fod yn rhydd i fynd, ac roedd e hanner ffordd drwy ddrws y stafell pan ofynnodd Akers iddo, "Mae un peth dwi ddim yn deall. Merfyn Morris yw'ch enw chi, sef M.M., ond ma'r nodyn oddi wrth J.M. Pam?"

Am y tro cyntaf yn ystod y cyfweliad daeth gwên i wyneb y myfyriwr. "Wel, o'n i ddim yn mynd i roi'n enw'n hunan, o'n i? Sa' i cweit mor dwp â 'nna. Ga i fynd at un o'r cyfrifiaduron?"

Ac ar ôl gwasgu botwm neu ddau, gwelwyd y rhaglen prosesu geiriau ar y sgrin; botwm arall ac fe gafwyd y dewis o faint a siâp y llythrennau. Teipiodd Merfyn yn gyflym ac ymddangosodd y neges ddienw, yn union fel yr un wreiddiol:

Chi isie ffeindio mas pwy laddodd Elenid Lewis? Pam na holwch chi Catrin Beuno Huws?

"Dyna'r ffont ddefnyddies i i roi'r nodyn at 'i gilydd – Jokerman. Dyna'r llysenw ddefnyddies i, J.M. Mae'r jôc arnoch chi, Insbector, ond 'na fe, falle nad y'ch chi'n gallu gwerthfawrogi hiwmor!"

Pennod 13

AM DDEG Y bore canlynol derbyniwyd neges yn Swyddfa'r Heddlu fod Catrin Huws newydd ddychwelyd i Neuadd Glanymôr yng nghwmni ei rhieni. Aeth Mel ac Akers ar eu hunion i'r Neuadd ac ar ôl holi yn y swyddfa cyfeiriwyd hwy at stafell naw ym mhen blaen yr adeilad. Unwaith eto roedd y ddau'n ymwybodol o syllu ymholgar y myfyrwyr wrth iddynt gerdded o un coridor i'r llall. Akers oedd yn arwain – roedd e'n gwybod y ffordd gan ei fod eisoes wedi ymweld â'r stafell drws nesaf, sef stafell Elenid Lewis. Curodd Mel yn ysgafn ar y drws ac ar unwaith bron agorwyd ef gan Catrin Huws. Am eiliad edrychodd yn syn ar y ddau dditectif ond yna adfeddiannodd ei hun a gwahodd Mel ac Akers i mewn.

Hon, yn sicr, oedd un o stafelloedd gorau Neuadd Breswyl Glanymôr. Drwy'r ffenest helaeth gallech weld yr olygfa o riw Penglais, gyda thre Aberystwyth a Bae Ceredigion tu hwnt. Roedd y dodrefn yr un fath â'r hyn a ddarparwyd yn holl stafelloedd eraill y lle, ond yma roedd ychwanegiadau a chyffyrddiadau'n creu naws foethus – clustogau ethnig yr olwg, printiau a lluniau teuluol ar y welydd a theledu drud a pheiriant CD mewn un cornel. Ar y silffoedd llyfrau roedd casgliad o gyfrolau swmpus y gyfraith, ac ar y ddesg o flaen y ffenest, pentwr o nodiadau a gliniadur AppleMac drud.

Penderfynwyd ymlaen llaw mai Mel fyddai'n holi Catrin Huws.

"Miss Huws, Ditectif Sarjant Meriel Davies; rwy'n aelod o dîm yr ymchwiliad i lofruddiaeth Elenid Lewis. Ry'ch chi wedi cwrdd â Ditectif Gwnstabl Akers, rwy'n credu?"

Nòd gadarnhaol. "Fe hoffen ni gael gair gyda chi ynglŷn â'r ymchwiliad. Nawr, fe allwn ni gael y sgwrs fan hyn, neu fe allech chi ddod lawr i Swyddfa'r Heddlu."

Atebodd Catrin Huws yn syth. "Byddai'n well gen i ddod i'r stesion. Mae'n siŵr bod 'na rai myfyrwyr wedi'ch gweld chi'n dod a bydd eraill yn sbio arnoch chi'n gadal. Mae'r Neuadd yn lle ofnadwy am hel clecs. Dwi'n barod i wneud unrhyw beth i'ch helpu ond byddai'n well gen i wneud hynny ym mhreifatrwydd y stesion. Ydi hynny'n iawn efo chi?"

"Yn berffaith iawn, Miss Huws," atebodd Mel. "Ewn ni o'ch blaen chi, felly, a'ch gweld chi yno mewn rhyw chwarter awr?"

"Rhowch hanner awr i fi, os gwelwch yn dda. Dwi ddim ond newydd gyrraedd ar ôl treulio ychydig ddyddiau adre ac mae'n rhaid i fi fynd i'r Adran i roi traethawd i 'nhiwtor."

Yn y car ar y ffordd 'nôl i'r orsaf cafwyd sylw bachog gan Akers. "Glywoch chi, Mel? Yn gosod telerau o ran ble a phryd oedd yn gyfleus iddi *hi*. Ro'n i wedi cael hyd a lled honna o'r cychwyn cynta – *bossy boots* go iawn!"

Gwenodd Mel. "Clive Akers, ti'n rhy barod i dynnu llinyn mesur a mynd ar yr olwg gynta. Gwell cadw ar yr ochor iawn i Miss Catrin Huws – *bossy* neu beidio. Cofia bod gyda hi wybodaeth hanfodol, felly rhaid i ti roi dy ragfarne o'r neilltu, am nawr."

Roedd Akers ar fin protestio ond ailfeddyliodd. Pan fo merch yn beirniadu dyn am fod yn ragfarnllyd mae dyn call yn cadw'n dawel.

Yn unol â'i haddewid, cerddodd Catrin Huws i mewn i Swyddfa'r Heddlu hanner awr yn ddiweddarach. Tywyswyd hi i stafell gyfweld lle roedd Gareth, Akers a Mel yn aros amdani. Coffi i bawb cyn cychwyn; roedd Gareth am i'r awyrgylch fod yn anffurfiol gan obeithio y byddai hynny'n annog Catrin i ateb a thrafod yn rhydd ac esmwyth. Edrychodd Gareth arni a rhaid derbyn bod disgrifiad Akers ohoni'n agos at y gwir. Roedd Catrin Huws yn ferch dal gyda chorff ac wyneb cryf a phob ystum a symudiad yn cyfleu teimlad o benderfyniad a chlyfrwch. Gwisgai grys glas, dynol yr olwg, pâr o drowsus du ffasiynol a siaced ledr a sylwodd Gareth yn arbennig ar y freichled aur ar ei harddwrn. Roedd y cyfan y tu hwnt i boced y rhelyw o fyfyrwyr ac yn cario'r neges – 'rwy'n bwysig nawr ac fe fydda i hyd yn oed yn bwysicach yn y dyfodol'.

Glynwyd at y penderfyniad mai Mel oedd i holi ond cyn i'r ditectif gael cyfle i ddweud gair cafwyd cwestiwn gan Catrin: "O'n i'n deud bod Glanymôr yn lle ofnadwy am glecs a dwi wedi clywed y si nad oedd gan Tim Bowen ddim i'w wneud â llofruddiaeth Elenid a'i fod o wedi ca'l ei ryddhau. Pam?"

"Dyw Tim Bowen ddim yn hollol rydd, Miss Huws," atebodd Mel. "Falle'ch bod chi hefyd wedi clywed ei fod e a dau arall wedi'u cyhuddo o drosedd arall, ac mae rhan Tim yn y drosedd honno'n profi na alle fe fod wedi lladd Elenid."

"Do, glywais i am y fandaliaeth plentynnaidd. Wnaethoch chi'i holi am be ddigwyddodd tu allan i'r Undeb ar noson y ddawns? Pan ddaeth Elenid 'nôl i fewn, roedd hi wedi ypsetio'n arw. Gadawodd hi'r ddawns yn fuan wedyn ac ar y llwybr yn ôl i'r Neuadd mi gafodd hi ei lladd. Tim Bowen a neb arall oedd yn gyfrifol am hynny ac yn anuniongyrchol felly mae ganddo fo ran yn yr hyn ddigwyddodd i Elenid. Wel, Sarjant, wnaethoch chi'i holi o?"

Nid hyn oedd y cynllun o gwbl a phenderfynodd Mel fod yn rhaid gwyro'r cyfweliad yn ôl at y pwrpas gwreiddiol sef clywed fersiwn Catrin Huws o'r hyn ddigwyddodd ar noson y llofruddiaeth.

"Fyddech chi ddim yn disgwyl i fi ddatgelu'r trafodaethau

gyda Tim Bowen, fyddech chi, Miss Huws? Mwy na fydden i'n datgelu gair o'r drafodaeth hon i rywun arall."

Os oedd Catrin wedi cael ei bwrw oddi ar ei hechel, ni ddangosodd hynny. Aeth yn ei blaen. "Ma gan Tim Bowen gyfrifoldeb moesol, Sarjant, rhaid i chi gytuno."

"Dwi ddim yma i gytuno nac anghytuno, dwi ddim yma i drafod moesau ond rydw i yma i geisio canfod y gwir. Nawr, os gwelwch chi'n dda, yn eich geiriau eich hun, y manylion am y digwyddiadau cyn i Elenid fynd allan o'r ddawns, ar ôl iddi ddod 'nôl ac, yn arbennig, eich symudiadau chi am weddill y noson."

"Rwy'n dehongli'r sylw ola fel arwydd mod i dan amheuaeth. Os felly, fe ddylech chi fy hysbysu i o'm hawliau cyfreithiol."

Daeth Mel yn ôl fel bwled. "Ydy hynny'n golygu, Miss Huws, y dylen ni eich ystyried chi fel rhywun y dylid ei drwgdybio?"

"Nac ydy."

"Da iawn. I'ch atgoffa chi, ry'ch chi wedi dod yma o'ch gwirfodd ac fe ddywedoch chi wrth Gwnstabl Akers a finne'ch bod chi'n barod i wneud unrhyw beth i'n helpu. Y ffordd orau i wneud hynny yw mynd â ni 'nôl i noson y ddawns. Roeddech chi yno gyda Elenid a nifer o ffrindiau?"

Gyda'i hyder wedi'i dolcio rhywfaint, cychwynnodd Catrin Huws ar ei stori. "Oeddwn. Ro'n i a'r lleill yn mwynhau'r noson. Daeth Tim Bowen draw aton ni ac aeth e ac Elenid i ddawnsio."

"Oedden nhw'n edrych fel petaen nhw'n mwynhau bod gyda'i gilydd?" gofynnodd Mel.

Roedd y cwestiwn yn annisgwyl ac oedodd Catrin am eiliad cyn ateb yn dawel, "Wel, oedden mae'n debyg, oherwydd aeth y ddau allan yn fuan wedyn."

"Am faint fuon nhw allan?"

"Llai na deng munud. Daeth Elenid 'nôl ar ei phen ei hun ac roedd hi wedi ypsetio ac wedi bod yn crio. Holais a oedd hi'n iawn ac atebodd ei bod hi, ond iddi wneud camgymeriad gwirion a rhywbeth am byth drystio dynion. Gofynnais oedd rhywbeth wedi digwydd ac mi ddwedodd hi na a'i bod hi am anghofio am y ci brwnt 'na."

"Dyna'i hunion eiriau?"

"Ie, dyna'n union be ddwedodd hi. Doedd yr hwyl ddim yno wedyn, rywsut. Dwedodd Elenid fod ganddi gur pen a'i bod am droi am y Neuadd. Cynigiais fynd efo hi, ond na, doedd hi ddim eisio hynny." Ar ôl saib hir ychwanegodd Catrin, "A'r olygfa ohoni'n gadael yr Undeb oedd y tro ola i fi weld Elenid."

Roedd y fyfyrwraig yn amlwg dan deimlad ond roedd ei geiriau nesa'n arwydd clir fod y sbeit a'r caledi yno o hyd. "Chi'n gwybod, Sarjant, mor anodd yw colli ffrind o dan amgylchiada fel 'na? Falla na allwch *chi*, fel plismones, ddychmygu'r peth."

"Rwy'n mynd i anwybyddu'r sylw yna, Catrin. Fe *alla* i ddychmygu, fel mae'n digwydd, ac rwy'n gweld nad yw hyn yn hawdd i chi. Ond fel ei ffrind gore hi, ddylech chi fod yn fwy awyddus na neb i ddal y llofrudd."

Os oedd hyder Catrin wedi pylu roedd y penderfyniad yn dal yno. "Dylwn, chi'n hollol iawn. Es i o'r ddawns yn fuan ar ei hôl hi. Wedi gadael yr Undeb cerddais draw i gyfeiriad rhiw Penglais ac yna i lawr am Glanymôr. Es i drwy ddrws ffrynt y Neuadd a cherdded i fyny'n syth at fy stafell. Cnociais ar ddrws Elenid ond doedd dim ateb ac mi gymerais i'n ganiataol ei bod hi wedi mynd i'w gwely. Dyna beth 'nes inna hefyd ac er bod cryn dipyn o sŵn, mi lwyddais i gysgu. Chlywes i ddim am y llofruddiaeth tan y bore wedyn ac ar ôl dod dros y sioc daeth arwyddocâd y cyfnod pan aeth Tim Bowen allan gydag Elenid yn eglur. Ro'n i yn y cyfarfod yn y Lolfa Fawr pan oedd y Cwnstabl yn gofyn am help," edrychodd Catrin Huws ar Akers am eiliad, "ond do'n i ddim am ddweud yn gyhoeddus. Dyna pam es i a dwy ffrind draw i'r Stafell Gyffredin Hŷn i sôn am fy amheuon."

"Ond, Catrin, pam aeth Elenid allan yng nghwmni'i chyn-gariad, person nad oedd hi wedi cael cysylltiad ag e ers misoedd? Pam trystio bachgen oedd wedi achosi poen iddi yn y gorffennol? O'ch chi gyda Elenid cyn iddi fynd allan a gyda hi'n syth ar ôl iddi ddod mewn. Chi felly, yn fwy na neb, all daflu goleuni ar hyn i gyd."

Sylwodd y tri – Gareth, Akers a Mel – ar yr olwg o amheuaeth yn llygaid Catrin Huws ond diflannodd mor fuan ag y daeth ac atebodd yn bendant, "Does gen i ddim syniad, Sarjant. Mae'n ddrwg gen i."

Daeth Mel at bwynt allweddol. "Wrth i chi adael Undeb y Myfyrwyr, welsoch chi rywun amheus?"

"Naddo, neb. Dim ond myfyrwyr oedd o gwmpas."

"Wedyn, Catrin, cerdded i lawr rhiw Penglais a mynd i'ch stafell yng Nglanymôr. Wnaeth myfyrwyr eraill eich gweld chi. Fuoch chi'n siarad â rhywun?"

Roedd hyder Catrin yn ei ôl.

"Dwi'n gweld i lle mae hyn yn arwain – mae'n rhaid i mi roi alibi, oes? Wel, arhosodd fy ffrindiau yn y ddawns ac mi allan nhw dystio i'r amser 'nes i adael. Roedd pobl o gwmpas ond 'nes i ddim siarad efo neb. Yn y Neuadd, es yn syth i'm stafell, heb weld neb na siarad efo neb. Mae fy stafell i ar y pen blaen, yn agos iawn at y drws ffrynt. Felly, dydi hynny ddim rhyw lawer o help, i chi nac i mi."

Er bod Gareth wedi pwysleisio nad oedd am gael ei styrbio cafwyd cnoc ar y drws a daeth plismon i mewn. "Mae 'na rywun yma'n mynnu cael gair gyda chi, Insbector. Mae'n honni'i fod e'n bwysig ac yn ymwneud â'r llofruddiaeth."

Yng nghyntedd y Swyddfa safai gŵr a gwraig. Roedd e'n borthiannus o gorff, gyda wyneb cochlyd a mwstás bychan, wedi'i wisgo mewn siwt lwyd a hithau mewn ffrog flodeuog smart a chôt wlân glas tywyll. Roedd popeth yn eu cylch yn drewi o arian a chyfoeth. Camodd y dyn ymlaen i gyflwyno'i hun ac ysgwyd llaw. Ni allai Gareth beidio â sylwi fod yr ysgydwad llaw yn dynodi bod y dyn yn aelod o'r Seiri Rhyddion. Wel, os oedd yn disgwyl ymateb brawdgarol, cafodd ei siomi.

"Gruffydd Beuno Huws a Sybil Huws, Insbector Prior. Rhieni Catrin. Oes 'na rywle y gallwn ni fynd i gael gair preifat?"

Aeth y tri i mewn i swyddfa fechan a rhoddodd Gruffydd Huws ei gerdyn busnes i Gareth – cerdyn yn datgan ei fod yn fargyfreithiwr, yn Gwnsler y Frenhines ac yn brif bartner mewn Siambrau yng Nghaer. Wrth edrych ar ei rhieni deallodd Gareth o ble y cafodd Catrin ei hyder heb sôn am ei dillad drud, y freichled aur ar ei harddwrn, a'r offer yn ei stafell.

Heb oedi, dywedodd Gruffydd Huws, "Cefais wybod gan ysgrifenyddes Glanymôr fod Catrin yn cael ei holi ynglŷn â llofruddiaeth Elenid Lewis. Mae hi wedi bod adre efo ni am rai dyddiau oherwydd bod y cyfan wedi ei hysgwyd gryn dipyn. Dwi ddim yn sicr, a dweud y gwir, a oedd hi mewn cyflwr i ateb eich cwestiynau ac rwy'n mawr obeithio iddi gael ei hysbysu o'i hawliau cyfreithiol, ac yn arbennig yr hawl i gysylltu â'i theulu. Felly, Insbector Prior, byddwn i'n hoffi gweld Catrin yn cael ei rhyddhau ar unwaith."

Gorchymyn oedd y geiriau olaf, nid cais. Ond roedd Gareth yn ddigon saff o'i dir ac nid oedd am gael ei fwlio.

"Fe ddaeth eich merch yma o'i gwirfodd, Mr Huws. Dyw hi ddim wedi cael ei chyhuddo o unrhyw drosedd ac felly, doedd dim rhaid ei hysbysu o'i hawliau. Mae hefyd yn rhydd i adael yn ôl ei dymuniad, ond, fel oedolyn, yn ôl ei dymuniad *hi* fydd hynny, nid eich dymuniad *chi.*"

Roedd Gruffydd Huws ar fin protestio pan dorrodd ei wraig ar ei draws. "Diolch, Insbector. Mae'n dda gen i glywed hynny. Tybed a fyddech chi mor garedig â dweud wrth Catrin bod ei rhieni yma ac yn awyddus i gael gair efo hi?"

'Nôl yn y stafell gyfweld roedd Mel yn arwain y fyfyrwraig drwy fanylion amserau ei symudiadau ar noson y llofruddiaeth, ac Akers yn cymryd nodiadau. Pan ddaeth y cyfle dywedodd Gareth wrthi, "Catrin, mae'ch rhieni lawr stâr am gael gair, ac yn poeni amdanoch chi braidd. Rwy'n dweud wrthoch chi beth wedes i wrthyn nhw – ry'ch chi'n rhydd i fynd unrhyw bryd. Falle byddai'n well gyda chi gael toriad nawr a dod yn ôl nes mla'n neu fory, o bosib?"

Er mawr syndod i'r tri ditectif, roedd yr ateb yn negyddol. "Na, mae'n well gen i gario ymlaen am ychydig, beth bynnag. Dwedwch wrth Dad a Mam y bydda i'n cysylltu pan fydda i wedi gorffen."

Aeth Akers allan i roi'r neges i Gruffydd a Sybil Huws ac ailddechreuodd Mel ar yr holi. Roedd hi ar fin gofyn mwy am y cyfeillgarwch rhwng Catrin ac Elenid pan ddaeth y plismon at y drws unwaith eto.

"Dr Angharad Annwyl ar y lein, Insbector," dywedodd yn ymddiheurol. "Mae hi am siarad â chi ar unwaith."

Aeth Gareth i'w swyddfa a chodi'r ffôn.

"Insbector Prior? Angharad Annwyl sydd yma. Rwy'n sicr eich bod yn brysur ond mae'n fater reit bwysig. Tri pheth. Yn gyntaf, fe fydd adroddiad llawn y *post mortem* ar Elenid Lewis gyda chi nes ymlaen heddiw. Does dim llawer i'w ychwanegu, rwy'n ofni. Gyda llaw, y'ch chi wedi dod o hyd i rywbeth tebyg i'r arf a ddefnyddiwyd?"

"Naddo, dal i chwilio, Dr Annwyl."

"Yn ail – ac ro'n i'n meddwl y byddech chi'n hoffi cael gwybod – mae corff Elenid wedi cael ei ryddhau gan y Crwner, ac yn ôl yr hyn glywais i, bydd yr angladd ymhen ychydig ddiwrnodau."

"Diolch, Doctor."

"Yn drydydd, a dyma'r peth diddorol. Wrth wneud profion ar ddillad Elenid fe wnaethon ni ganfod olion persawr."

"Ie, pam mae hynny'n bwysig? Bydden i'n disgwyl i ferch ifanc fel Elenid ddefnyddio persawr."

"Dy'ch chi ddim yn deall, Insbector. Wrth gwrs ei bod hi'n defnyddio persawr ond roedd hwn yn bersawr gwahanol, ac nid yn unig o ran arogl. Mae ein profion yn dangos yn bendant bod y cyfansoddiad cemegol a'r fformiwla'n hollol wahanol."

Teimlodd Gareth ryw gynnwrf yn symud drwyddo. "Dr Annwyl, rwy am fod yn gwbl glir am hyn. Ydych chi'n dweud bod tebygolrwydd cryf fod yr olion persawr wedi dod oddi ar gorff neu ddillad yr un fu'n gyfrifol am ladd Elenid?"

"Mae hynny'n bosib, ydy. Gallai'r persawr fod wedi dod o sawl man. Rhywun oedd efo Elenid yn y ddawns, neu falle ei fod ar ei dillad hi ers amser, neu gallai fod yno oherwydd cyffyrddiad y llofrudd."

"Ydi hynny'n golygu mai dynes yw'r llofrudd?"

"Eto, mae'n bosib ond ddim yn bendant."

"Diolch Dr Annwyl, defnyddiol dros ben."

Roedd Gareth ar fin rhoi'r ffôn i lawr pan ofynnodd y meddyg, "Wel, dach chi ddim am wybod pa bersawr oedd o?"

"Be? Mae'n bosib dweud?"

Fel athrawes yn egluro hanfodion gwyddoniaeth i ddisgybl atebodd y meddyg, "Wrth gwrs. Mae fformiwla pob persawr modern i'w gael mewn bas data ym mhrif labordy'r gwasanaeth fforensig yn Llundain. Y cyfan oedd angen i ni ei wneud oedd bwydo manylion olion y persawr ar ddillad Elenid i'r gronfa ac fe gafwyd yr ateb. Yr un ry'ch chi'n chwilio amdano yw Chanel Number 19."

'Nôl yn y stafell gyfweld roedd Mel yn dal wrthi, ac Akers yn dal i gymryd nodiadau. Yna, pan ddaeth Gareth yn ôl i mewn, gofynnodd Catrin Huws, "Insbector, fe ddywedoch chi mod i'n rhydd i adael unrhyw bryd. Mae gen i seminar mewn awr a fi sydd i arwain. Felly, bydd raid i mi fynd rŵan, rwy'n ofni."

"Popeth yn iawn, Miss Huws. Fe ddown ni'n ôl atoch os bydd angen rhagor o wybodaeth. Un peth bach cyn i chi fynd, ga i ofyn, y'ch chi'n defnyddio persawr o gwbl?"

Edrychodd Catrin ar Gareth mewn rhyfeddod. "Cwestiwn od, Insbector. Fel y rhan fwyaf o ferched, ydw, dwi'n defnyddio persawr, sawl math a dweud y gwir – Chloe, Daisy, ac un gan fy rhieni yn anrheg Nadolig, Chanel Number 19."

Ar ôl i'r fyfyrwraig adael, aeth Gareth, Akers a Mel i'w swyddfa. Cyn i neb eistedd gofynnodd Mel, "Beth oedd y busnes 'na am bersawr? Dwi ddim yn deall."

Rhannodd Gareth yr wybodaeth a gafodd gan Dr Annwyl. Gan chwibanu'n isel dywedodd Akers, "Dyna ni, te. Persawr ar ddillad Elenid a'r un persawr yn cael ei ddefnyddio gan ei ffrind gore. Fel rwy'n gweld pethau, mae hynny'n rhoi Catrin Huws yn y ffrâm, nag yw e?"

"Yn rhannol ydi… mae 'na gysylltiad, ond dyw e'n profi dim. Sylwch iddi enwi tri phersawr. Shwt allwn ni ganfod pa un oedd hi'n defnyddio ar noson y llofruddiaeth? Ac mae un peth arall ddylen i ddweud. Mae tad Catrin yn fargyfreithiwr ac fe fydde fe a'i fath yn tynnu tystiolaeth fel 'na'n rhacs. Man cychwyn yw hyn, nid prawf. Akers, rwy am i chi ffeindio pob peth y gallwch chi am Catrin Huws a'i rhieni, am eu cartref yn yr Wyddgrug a'i bractis e yng Nghaer. Mel, sylw i Aber a Glanymôr, plîs – unrhyw wybodaeth newydd am Catrin, a chofiwch beth ddwedodd Merfyn Morris nad oedd neb yn hoff iawn ohoni a'i bod hi, yn ei eiriau e, yn hen ast. Ma'n rhaid mynd drwy'r cyfan â chrib fân ac fe allwn ni ddechre gyda hwn."

Estynnodd Gareth ddyddiadur Elenid oedd ar ei ddesg ond er iddo edrych eto ar y marciau croes ar rai penwythnosau ni chafodd 'run iot o ysbrydoliaeth. Roedd Mel yn bodio tudalennau'r ail beth a gafwyd yn stafell Elenid Lewis, sef y gyfrol o farddoniaeth Fictoraidd. Yn sydyn, dywedodd, "Syr, mae tudalen fan hyn wedi'i marcio gyda beiro ac mae pedair llinell gyntaf y gerdd wedi'u tanlinellu. Gwrandwch:

> 'Golden head by golden head,
> Like two pigeons in one Nest.'"

Cwblhawyd y dyfyniad gan Gareth:

> "'Folded in each other's wings,
> They lay down their curtained bed.'

'Goblin Market' yw'r teitl a Christina Rosetti yw'r bardd."

Edrychodd Mel ac Akers arno mewn rhyfeddod a rhyw

fath o barch newydd. Gofynnodd Akers, "Shwt o'ch chi'n gwbod hwnna i gyd?"

"Gwaith ymchwil yn y coleg. Mae'r gerdd yn cael ei chydnabod fel cerdd serch sy'n sôn am fath arbennig o gariad – cariad lesbiaidd. Mae hynny'n gosod perthynas Elenid Lewis a Catrin Huws mewn cyd-destun tra gwahanol, fyddech chi ddim yn cytuno?"

Pennod 14

ARCIODD AKERS o flaen Swyddfa'r Heddlu yn yr Wyddgrug ac ar ôl mynd at y dderbynfa gofynnodd am y Ditectif Sarjant Tom Watcyn. Gan fod trefniant wedi'i wneud ymlaen llaw, roedd Watcyn yn aros amdano ac awgrymodd y dylai'r ddau ohonynt fynd i dafarn y Royal gerllaw yn hytrach na thrafod yn y Swyddfa.

Tawel a thlawd oedd hi yn y Royal – y bar a'r yfwyr wedi gweld dyddiau gwell. Mewn corneli yma a thraw roedd un neu ddau yn araf sipian eu haneri ac yn syllu'n chwilfrydig a drwgdybus ar Akers. Cododd Watcyn peint o chwerw iddo'i hun a hanner o lagyr i Akers ac yn ôl cyfarchiad llawen y ddynes wrth y bar roedd yn amlwg fod Watcyn yn un o selogion y lle. Er nad oedd yn brysur yno, fe aeth y ddau i gornel ym mhen draw'r bar i sicrhau preifatrwydd.

"Croeso i'r local. Y gorau y gall yr Wyddgrug ei gynnig," dywedodd Watcyn, ac yna ychwanegodd gyda gwên, "wel, bron y gorau! Beth alla i neud i helpu?"

Roedd Akers wedi cael ei rybuddio gan Gareth i fod yn ofalus a pheidio â datgelu gormod. Fe'i siarsiwyd yn benodol i beidio sôn am y berthynas debygol rhwng Elenid Lewis a Catrin Huws ac felly agorodd y drafodaeth yn ddigon cyffredinol.

"Diolch am fod mor barod i 'ngweld i, Sarjant Watcyn. Rwy'n aelod o dîm llofruddiaeth y fyfyrwraig Elenid Lewis; falle'ch bod chi wedi clywed am yr achos?"

"Do, ond beth sy'n dod â chi yma i Sir y Fflint? Doedd hi ddim yn dod o'r De?"

"Ffrind gorau Elenid oedd merch o'r enw Catrin Huws ac mae'n hymholiadau'n ein harwain at y posibilrwydd ei bod hi'n gwybod rhywbeth allweddol am y mwrdwr. Mae Catrin yn ferch i Gruffydd Beuno Huws sy'n byw yma yn yr Wyddgrug. Rwy wedi dod i neud tamed bach o waith cefndir, i weld beth allwch chi ddweud wrtha i am Mr Huws."

Unwaith eto, daeth gwên i wyneb Tom Watcyn. "O, 'Gruff the Whiff', ia? Beth wyddoch chi am yr enwog Mr Huws?"

"Ni'n gwbod ei fod e'n fargyfreithiwr, yn QC, yn byw yma a bod ei swyddfa yng Nghaer. Ac yn ôl beth wedodd y bòs 'nôl yn Aberystwyth, mae e'n drewi o arian. Beth alwoch chi fe, 'Gruff the Whiff'?"

"Ia, dyna chi. Mae'r cyfan ddwedoch chi amdano yn gywir. Mae o'n fargyfreithiwr pwerus gyda phractis mawr yng Nghaer, ac yn gyfoethog. Ond yng nghanol yr holl lwyddiant mae 'na ddrewdod a dyna pam mae o wedi cael y llysenw 'Gruff the Whiff'. Sawl gwaith yn ystod ei yrfa mae Mr Huws wedi hwylio'n agos iawn at y gwynt ac wedi amddiffyn cymeriadau lliwgar. Yn amlach na pheidio mae o wedi eu hamddiffyn mor fedrus fel eu bod nhw wedi cerdded o'r llys yn ddynion rhydd. O ganlyniad, dydi o ddim yn boblogaidd gyda Heddlu Gogledd-Cymru. At hynny, mae o wedi bod yng nghanol *deals* reit amheus – cwmni adeiladu yn prynu darn o dir yn rhad, methu'n lân â chael caniatâd cynllunio, Gruff Huws yn dod yn gyfarwyddwr ac yna, fel petai rhywun wedi chwifio ffon hud, y caniatâd yn cael ei roi a'r cwmni adeiladu a Gruff Huws yn gwneud lot o bres. Dro arall, tŷ bwyta Tsieinïaidd yn Wrecsam – yr heddlu ar fin dod ag achos o *money laundering* ond ar y funud ola'n darganfod bod y busnes prin yn gwneud elw. Rai misoedd wedyn, cwmni buddsoddi'n agor swyddfeydd smart yng Nghaer, Orient

Properties, a Gruff Huws ar y Bwrdd. Unwaith eto, lot o bres, a dweud y gwir, pres y *money laundering*. Dyna'r dybiaeth am Mr Huws. Tybiaeth, ond dim prawf, mae'n llawer rhy glyfar i hynny. Dim ond *rhai* o'r straeon yw'r rheina. Falle rŵan, Cwnstabl, eich bod chi'n deall pam ein bod ni'n ei alw yn 'Gruff the Whiff'."

"Fyddai'n deg dweud nag y'ch chi'n lico'r dyn?"

"Yn hollol deg. Rydw i a sawl aelod o CID Gogledd Cymru wedi bod ar ei drywydd ers amser. Ond, mae o'n glyfar a hyd yn hyn, er y *shady deals*, mae o wedi llwyddo i gadw ar ochr iawn y gyfraith. Ond gyda dyfalbarhad ac amynedd rwy'n siŵr y bydd Mr Gruffydd Beuno Huws o flaen ei well rywbryd a bydd ei holl gyfeillion dylanwadol yn ddim cymorth o gwbl iddo fo bryd hynny."

"A'i wraig, Mrs Sybil Huws?"

"A, 'Sexy Sybil'. Tipyn o bishyn yn ei dydd, ac yn dal yn fenyw smart. Cam doeth ar ran Gruff Huws oedd bachu Sybil oherwydd trwy wneud hynny mi briododd mewn i ffortiwn. Mae hi'n ferch fferm – teulu cefnog iawn yn Nyffryn Clwyd. Dyna wraidd y cyfoeth a dydi Huws ddim wedi colli'r un cyfle ers y cam cyntaf hwnnw. Hyd y gwn i, mae'r briodas yn un hapus. Weithiau mae 'na sïon, ond dim byd mwy na hynny."

"A'r ferch, Catrin. Y'ch chi'n gwbod rhywbeth amdani hi?"

"Fel mae'n digwydd, ydw. Roedd fy mhlant yn yr ysgol uwchradd efo hi yma yn yr Wyddgrug. Fel ei thad, mae Catrin yn glyfar ac roedd yn ei gweld ei hun dipyn yn well na gweddill disgyblion ei dosbarth. Doedd hi ddim yn boblogaidd, ond doedd Catrin yn poeni 'run ffeuen am hynny. Cylch bach o ffrindiau, a Catrin bob tro yn arweinydd y criw. Un ffaith ychwanegol. Er bod Catrin yn mwynhau holl fanteision magwraeth freintiedig – dillad drud, gwersi marchogaeth, gwyliau tramor ac ati – mae fy mhlant wedi cael argraff gref ei bod hi wedi pellhau oddi wrth ei rhieni ers iddi fynd i'r Coleg yn Aberystwyth."

"Diolch, Sarjant, ma hyn i gyd yn lot o help. Ble mae Mr Huws yn byw? Bydden i'n lico cael golwg ar y lle."

"Mae ganddyn nhw dŷ mawr ar y ffordd i'r Clwb Golff yn Pantymwyn, ychydig filltiroedd y tu allan i'r Wyddgrug. Argoed yw enw'r lle, allwch chi mo'i fethu." Tynnodd lyfr nodiadau o'i boced ac ysgrifennu. "A dyma gyfeiriad y swyddfeydd yng Nghaer a hefyd cyfeiriad fflat sy gan y teulu yno. Falle y byddan nhw o rywfaint o help. A rŵan, Cwnstabl, rwy'n ofni bod raid i fi fynd yn ôl at fy ngwaith. Pob hwyl gyda'r ymholiadau."

Cododd Sarjant Tom Watcyn ar ei draed, ac roedd ar fin gadael pan bwysodd yn ôl at Akers a dweud, "Os dowch chi o hyd i rywbeth pendant am Gruff Huws, cofiwch roi gwybod. Mi faswn i wrth fy modd yn cael gafael ar y diawl!"

Wedi iddo gyrraedd pentref Pantymwyn, llwyddodd Akers i barcio mewn cilfach ar godiad tir a roddai olygfa berffaith iddo o Argoed. Fel yr awgrymodd Tom Watcyn, byddai'n anodd i chi basio heb sylwi ar y lle. Roedd yn dŷ modern, yn sefyll mewn gerddi helaeth gyda phob manylyn yn berffaith. Roedd y paent ar y waliau a'r gwaith coed tywyll yn ffres a newydd, y lawntiau'n stribedog, digonedd o lwyni a blodau o'i gwmpas, a'r dreif o raean golau yn arwain o'r gatiau i'r drws ffrynt a rownd i gefn y tŷ. Yno, gallai Akers weld mwy o adeiladau a edrychai'n debyg i stablau, ac mewn cae bychan y tu ôl roedd ceffylau'n pori'n dawel. Ar y dreif o flaen y drws ffrynt roedd dau gar – Porsche coch gyda'r rhif cofrestru GRU444D a Volvo ystâd gyda'r rhif SYB1L. Un i ti ac un i fi, meddyliodd Akers. Roedd Gruff Huws yn ddigon cyfoethog ac yn ddigon twp i wario ar blatiau personol. Er mwyn sicrhau na allai gael ei weld, symudodd Akers yn is yn sedd y car a pharatoi ei hun am arhosiad hir. Ond nid felly y bu. O fewn llai na deng munud gwelodd Gruff Huws yn dod allan o'r tŷ, camu i'r Porsche, agor y gatiau awtomatig a gyrru i gyfeiriad yr Wyddgrug. Heb wybod pam, penderfynodd Akers ei ddilyn gan obeithio y medrai gadw'n ddigon agos. Doedd dim rhaid poeni; roedd y rhan fwyaf o'r daith drwy bentrefi bach ac ynddynt atalfeydd cyflymder a sylwodd Akers fod Huws yn cadw'n ofalus iawn at y cyflymder cywir. O'r Wyddgrug aeth y Porsche i gyfeiriad Caer, ac er i Huws yrru'n gyflymach ar yr A55, roedd y traffig yn drwm a llwyddodd Akers i'w gadw o fewn golwg, ond dau neu dri char y tu ôl iddo, i osgoi gwneud ei hun yn amlwg.

Ymhen ychydig dros hanner awr roeddent ar gyrion dinas Caer, ac wrth agosáu at y canol gyrrodd Huws i mewn i faes parcio preifat o flaen tŷ mawr a drowyd ar un adeg yn swyddfeydd. Parciodd Akers ar y ffordd gyferbyn a gweld, ar y wal wrth ochr dde'r fynedfa, plât yn datgan mai yma roedd y Deva Victrix Chambers ac oddi tano res hir o enwau. Trwy ffenestri'r swyddfa gwelodd Huws yn dringo'r grisiau ac yn hytrach nag aros yn y car daeth Akers i'r casgliad y gallai gymryd risg – risg bychan ond risg, wedi'r cyfan. Croesodd y ffordd ac aeth i mewn i swyddfeydd Deva Victrix ac at y ferch wrth y dderbynfa.

"Yes? Can I help you?" holodd honno.

"I'd like to see Mr Gruffydd Huws, please," meddai Akers.

"I'm sorry, but Mr Huws is busy for the next two hours and for the remainder of the week. I can make an appointment for you to see one of the juniors, but we have nothing until next week. What was it about?"

"No, no, it's fine. I'll leave it, I think."

Roedd yr wybodaeth angenrheidiol ganddo a gwyddai na fyddai Gruff Huws yn symud o'r lle am o leia ddwy awr. Aeth i chwilio am yr ail gyfeiriad ar y darn papur a roddwyd iddo gan Tom Watcyn, sef y fflat gerllaw y siambrau. Cafodd Akers hyd i'r lle yn hawdd – bloc o'r enw Westminster Court ac wrth y drws roedd nifer o fotymau galw ac roedd cerdyn gyda'r enw Huws arno ar un ohonynt. Gwelodd hefyd fod botwm i'r Gofalwr, ac ar ôl iddo ei wasgu daeth dynes ganol oed at y drws. Dangosodd Akers ei gerdyn warant a chael mynediad ar unwaith.

"Excuse me, I'm Detective Constable Akers from Dyfed-Powys Police. We're investigating the theft of antiques from properties in this area which have then shown up in salesrooms in West Wales."

Daeth golwg ofidus i wyneb yr ofalwraig. "I don't think it's happened here. I keep a close watch on things, you know."

"I'm sure you do. Perhaps you could help me with a matter of identification which could possibly be linked to the burglaries."

Aeth Akers i'w boced a thynnu allan y llun o Elenid Lewis. "Do you recognise this person?"

"Why yes, of course, that's Miss Catrin's friend. They come here to spend to weekends together. But I'm sure they've got nothing to do with the antiques. Most respectable they are."

"Yes, must be my mistake. Just for the record, and so that we can eliminate her, you wouldn't happen to have the dates they were here?"

"No problem. As I said, I keep a close watch, and that includes a diary of visitors. Look, here it is and if it's any help you're welcome to note the weekends when Catrin and her friend were in the flat."

Nododd Akers y dyddiadau a cyn gadael ychwanegodd, "I think we should keep this conversation to ourselves, don't you? I've obviously made a mistake and we wouldn't want to alarm the other residents, would we?"

Gan fod ganddo awr dda i sbario, cymerodd Akers y cyfle i fynd am baned a phan ddychwelodd at ei gar, gwelodd fod y Porsche yn dal o flaen swyddfeydd Deva Victrix. Aeth i mewn i'w gar a rhoi ei sylw i dudalennau chwaraeon y papur a brynodd yn y dre. Roedd yn canolbwyntio'n llwyr ar helyntion un o sêr tîm rygbi Cymru pan glywodd gnoc ar ffenest y car. Cafodd ei gyfarch yn swta gan warden parcio.

"I'm afraid you can't park here, sir. Didn't you see the double yellow lines?"

Unwaith eto, dangosodd Akers ei gerdyn warant a dywedodd, "Investigating a spate of thefts of antiques in co-operation with Cheshire Police."

Roedd y ddau osodiad wrth gwrs yn gelwydd noeth. Ochneidiodd y warden a chyn cerdded i ffwrdd dywedodd, "OK then, but no more than an hour or it'll be more than my job's worth."

Trwy lwc, ymhen rhyw ddeugain munud daeth Gruff Huws allan o'r adeilad, tanio'r Porsche a gyrru allan i'r ffordd fawr. Paratôdd Akers i'w ddilyn, a chan ei bod erbyn hyn yn agos at bump o'r gloch tybiodd y byddai Huws yn dychwelyd adref. Ond na, trodd i'r dde yn hytrach na'r chwith ac ymuno â llif traffig y ddinas. Bu'n rhaid i Akers wthio i mewn yn reit ddigywilydd ac am eiliad ni allai weld y Porsche o gwbl, a rhyddhad oedd canfod y siâp isel coch rhyw dri char o'i flaen. Ar ddiwedd diwrnod gwaith roedd y traffig yn drwm, ac araf iawn oedd y daith allan o'r ddinas. Doedd gan Akers ddim syniad i ba gyfeiriad roedd yn mynd, ond yna sylwodd ar arwydd bychan yn dynodi un o faestrefi Caer. Gyrrodd Huws i mewn i stad o dai lle roedd y traffig yn ysgafnach, cymerodd amryw o droadau ac yna parciodd yn sydyn o flaen teras o dai digon di-nod yr olwg. Efallai ei fod yn mynd i weld cleient, tybiodd Akers, ond eto roedd hyn yn annhebygol gan fod y gymdogaeth yn edrych yn dlawd ac amheus – yn sicr, nid y math o ardal lle gallai'r trigolion fforddio talu ffïoedd breision Mr Gruffydd Huws. Erbyn hyn roedd wedi nosi, a chan osgoi golau y lampau stryd, dilynodd Akers ef ar droed. Ar ôl rhyw ddeng munud o gerdded daethant allan i ffordd letach, gydag ychydig o siopau a thafarn ar y gornel. Croesodd Huws y ffordd a mynd i mewn i adeilad a edrychai fel rhyw hanner tŷ byw, hanner busnes. Wedi iddo ddiflannu, croesodd Akers at y lle ac ar unwaith gwelodd arwydd uwchben y drws, Blue Orchid, ac oddi tano y geiriau Oriental Massage. Wel, wel, dyma ddarganfyddiad, meddyliodd y plismon. Y bargyfreithiwr pwerus yn mynychu puteindy, ond wedyn, nid fe oedd y cyntaf ac nid fe fyddai'r olaf i wneud hynny. Beth bynnag, roedd gan Akers damaid blasus dros ben i'w adrodd wrth Tom Watcyn a phwy a ŵyr, mae'n bosib y gallai'r wybodaeth arwain at rwydo Mr Gruff Huws yn y pen draw.

Torrwyd ar draws ei fyfyrdod pan ddaeth cwsmer allan o'r Blue Orchid a bu raid i Akers groesi'r stryd yn gyflym a chuddio y tu ôl i fwth ffôn cyfleus. Oddi yno roedd ganddo olwg glir o'r parlwr tylino, ac yn ystod yr awr a hanner sylwodd ar nifer o ddynion yn mynd a dod. Roedd yn dechrau teimlo'r oerfel pan welodd Gruff Huws yn dod allan. Cadwodd Huws ei ben yn isel, i osgoi tynnu sylw ato'i hun a dechrau cerdded i gyfeiriad ei gar. Yn hytrach na dilyn, croesodd Akers 'nôl i'r ochr draw. Er ei fod e naw deg naw y cant yn sicr o natur y lle roedd yn rhaid bod yn siŵr. Aeth at ddrws y Blue Orchid a chanu'r gloch. O focs siarad bychan wrth ymyl y gloch clywodd lais dynes yn gofyn, "Good evening, would you like the pleasure of our company?"

"Yes, I would," atebodd Akers, 'and I believe you have some special massage facilities available?"

Agorwyd y drws yn electronig a chamodd Akers i gyntedd y lle. Roedd y golau'n isel – ni fyddai'r cwsmeriaid yn orawyddus i adnabod na chydnabod ei gilydd – ac mewn cornel ar ochr dde'r fynedfa roedd desg fechan gyda merch ddwyreiniol yr olwg yn eistedd mewn cadair esmwyth gerllaw.

"Good evening, sir and welcome to the Blue Orchid. How can I be of assistance – a drink perhaps, or something *else*?"

"You've been recommended by a friend," atebodd Akers. "Do you have details of what's on offer?"

"Naturally, sir."

Pasiwyd taflen iddo yn cynnwys lluniau o ferched dwyreiniol mewn dillad isaf, ac yna restr o'r gwasanaethau oedd ar gael, a'r prisiau. Cynigid *shoulder and neck massage* am bum punt ar hugain, *back massage* am yr un pris ac yna, gan ddod yn agosach at wir fusnes y lle, *Special Massage and Relief* am ganpunt.

"Unfortunately, sir, all our hostesses are busy at the moment," dywedodd y ferch. "But maybe you'd like to wait?"

Dyma'r cyfle i ddianc, meddyliodd Akers.

"What you have looks very attractive, but just now I'm a bit pushed for time. I can see that I should've made a booking. But I'll be back, I can assure you. May I take a card?"

"Of course, sir, and we look forward to welcoming you soon at the Blue Orchid."

Gadawodd Akers a cherdded yn gyflym at ei gar. Bu ei ymweliad â'r Gogledd yn fuddiol tu hwnt; roeddent yn awr yn gwybod mwy am Catrin Huws ac roedd yn amlwg fod dyddiadau ymweliadau Catrin ac Elenid â'r fflat yn Westminster Court yn allweddol. Cryfhawyd y tebygolrwydd bod carwriaeth rhwng Catrin ac Elenid ac yn fonws gwerth chweil, canfuwyd nad oedd Mr Gruffydd Beuno Huws ddim cweit mor strêt â'i ddelwedd gyhoeddus. Byddai ganddo stori ddifyr iawn i'w hadrodd wrth Gareth a Mel.

Pennod 15

Y CAM NESAF oedd cynnal cyfarfod o'r tîm yn Swyddfa Heddlu Aberystwyth i drafod adroddiad Mel o'r Neuadd ac i glywed yr hyn oedd gan Akers i'w ddweud am ei ymweliad â'r Wyddgrug. Ar wahoddiad Gareth, Mel gychwynnodd.

"Bues i'n holi nifer o fyfyrwyr, bechgyn a merched. I gychwyn, syr, ma'n edrych yn debyg bod disgrifiad Merfyn Morris o Catrin Huws fel 'hen ast' yn agos iawn at y gwir. Fe wnaeth sawl un ddefnyddio'r union eirie yna wrth siarad amdani. Ma gan Catrin gylch dethol o ffrindie, merched i gyd, a hi yw arweinydd y cylch. Ma pawb o fewn y cylch yn driw iawn iddi, hyd yn oed y rhai sy'n ei gweld yn *bossy* ac yn drahaus. Ma'n nhw'n byw yn agos at ei gilydd ar yr un coridor, yn eistedd gyda'i gilydd yn y ffreutur ac yn cymdeithasu o fewn yr un cylch. Ddylen ni ddim gwneud gormod o'r peth oherwydd ma patrymau fel hyn yn gyffredin ar draws y Neuadd. Dyna fel odd hi pan o'n i yn y coleg a 'sdim llawer 'di newid ers hynny.

Ond, ma criw Catrin, os ga i eu galw nhw'n hynna, yn mynd ymhellach na'r patrwm arferol. Ma'n nhw'n glîc ar wahân ac yn tueddu i ystyried eu hunain yn well na'r lleill a dyna wraidd yr amhoblogrwydd. Tu allan i'r cylch, prin fod gan neb air da i ddweud amdani. Ma hi wedi croesi cleddyfau gyda nifer o'r myfyrwyr eraill a staff y Neuadd. Dwi ddim am ddweud ei bod hi'n trin y glanhawyr a staff y gegin fel baw ond ma gyda hi agwedd bendant – 'rwy'n talu am fy lle ac felly mae gen i hawl i feirniadu'. Ma Catrin Huws yn glyfar, fel clywson ni. I fod yn deg, ma hyd yn oed ei gelynion yn cydnabod ei bod hi'n ferch beniog ac yn debyg o ennill gradd dosbarth cyntaf. Mae'n barod wedi ennill lle hyfforddi gyda chwmni o gyfreithwyr yn Wrecsam, gyda help ei thad, mae'n siŵr. Ond un peth yw bod yn glyfar, peth arall yw ystyried eich hun ben ac ysgwydd uwchben pawb arall. Dyw Catrin ddim yn berson hawdd cymryd ati. Oes, ma gyda hi gylch bach o ffrindie ond ma gyda hi llawer mwy o elynion. Nid ei bod hi ei hun yn poeni taten am hynny."

"A beth am y berthynas gyda Elenid?" gofynnodd Gareth.

"Wel, sylwch taw dim ond merched sy yn y cylch. Gwnewch beth fynnoch chi o hynny. Bues i'n ofalus i beidio awgrymu nad oedd dim mwy na chyfeillgarwch rhwng y ddwy ac ar y cyfan doedd neb yn tybio bod dim byd allan o'r cyffredin. Un neu ddau o fechgyn, gan gynnwys, gyda llaw, Tim Bowen a Merfyn Morris, yn gwneud sylwadau homoffobaidd. Gweld unrhyw ferch sy'n treulio amser yng nghwmni merch arall fel 'lesbi' – eu gair nhw, nid fy ngair i. Dy'n nhw ddim yn gwbod beth ma'n nhw'n golli a rhyw nonsens tebyg. Felly, os odd 'na fwy na chyfeillgarwch rhyngddyn nhw rodd y ddwy wedi bod yn hynod o garcus. Fel dwedodd Catrin Huws ei hun, mae Neuadd Glanymôr yn lle neilltuol am glecs ond soniodd neb air am garwriaeth lesbaidd."

"Diolch, Mel. Akers, ddaethoch chi ar draws unrhyw beth diddorol yn yr Wyddgrug?"

Cyflwynodd Akers y manylion yn llawn a chafodd flas arbennig wrth ddweud hanes yr ymweliad â'r Blue Orchid.

Methodd Mel â gwrthsefyll y demtasiwn. "Lle neis, odd e, Clive?!"

"Do'n i ddim 'na am fwy na phum munud, Mel. Mewn a mas, 'na i gyd!"

Daeth pwff o chwerthin gan Gareth a Mel, ac Akers druan yn dychwelyd at ei stori, er mwyn adfer ei hunan-barch. "Roedd Tom Watcyn yn help mawr, syr, a nawr rwy'n credu y dylen i wneud ffafr â fe drwy drosglwyddo'r wybodaeth am Mr Huws."

"Cytuno, Akers, ond gadewch hynny i Heddluoedd Gogledd Cymru a Swydd Caer. Unrhyw oleuni pellach am Catrin?"

"Oes, syr. Roedd plant Tom Watcyn yn yr ysgol gyda Catrin Huws ac roedd y darlun ges i ohoni'n agos iawn at yr ymateb gafodd Mel. Gweld ei hunan yn well na phawb arall, yn dipyn o snob, a rhyw deimlad ei bod hi wedi pellhau oddi wrth ei rhieni ers iddi ddod i Aber."

Goleuodd llygaid Mel. "Dyna'n union beth wedodd y Parch Luther Lewis am Elenid, chi ddim yn cofio, syr?" Nodiodd Gareth. "Ma'r cyfan yn ffitio, on'd yw e? Dwy ferch yn dod yn ffrindiau yn y coleg, un yn cael ei siomi gan ei sboner a'r cyfeillgarwch yn datblygu'n garwriaeth. Y ddwy'n troi eu cefnau ar eu cartrefi a'u teuluoedd, ac Elenid yn cefnu ar ei magwraeth sych-Dduwiol."

"Mae'n edrych fel 'na, on'd yw hi? Akers, oes rhywbeth 'da chi am y berthynas rhwng Elenid a Catrin?"

"Oes. Ddwedes i ddim gair wrth Tom Watcyn ond ces i fanylion gan rywun arall sydd, rwy'n credu, yn cryfhau'r tebygolrwydd o berthynas. Mae gan yr Huwsiaid fflat yng Nghaer, jyst rownd y gornel i swyddfeydd Gruff Huws. Mae e'n defnyddio'r lle yn ystod achosion yn llysoedd Caer. Bues i'n siarad â'r ofalwraig a phan ddangosais lun o Elenid Lewis iddi fe wnaeth hi ei hadnabod ar unwaith a'i disgrifio fel 'Miss Catrin's friend' a dweud bod y ddwy wedi treulio penwythnosau yn y fflat. Llwyddes i gael y dyddiadau ac mae angen edrych eto ar ddyddiadur Elenid i weld a yw'r marciau yn hwnnw'n cyfateb i'r rhestr sy gyda fi."

Estynnodd Gareth am y dyddiadur a throi at y tudalennau perthnasol. Gwelwyd ar unwaith fod y dyddiadau'n cyfateb, a'r unig ganlyniad posib oedd bod y marciau croes yn nodi'r cyfnodau a dreuliodd Elenid yng nghwmni Catrin yn y fflat yng Nghaer.

"Dyna'r dirgelwch 'na wedi'i ddatrys," dywedodd Gareth. "Mae'n rhaid holi Catrin Huws ymhellach."

Cymerodd Mel y dyddiadur oddi wrtho a bodio'r tudalennau am yr eildro. "Cytuno, ond drychwch, mae dau benwythnos sy ddim yn cyfateb. Croes ar y dyddiadur, ond dim byd ar restr Akers."

Edrychodd Gareth. "Chi'n iawn, Mel, ma hynny'n rheswm arall i holi Catrin. Mae gyda hi gryn dipyn o waith egluro i'w wneud. Felly lan â chi i Neuadd Glanymôr a dewch â hi'n ôl yma. Dim dadlau. Os oes rhaid, arestiwch hi."

Os oedd un peth yn gyson am Glanymôr, prinder lle i barcio oedd hwnnw. Unwaith yn rhagor bu'n rhaid i Akers a Mel adael y car o flaen y garej; nesa atynt roedd Volvo ystâd gyda'r rhif SYB1L.

"Un o geir yr Huwsiaid," dywedodd Akers. "Rwy'n credu y dylen ni fod yn barod am brotestiadau, yn arbennig os yw'r parchus Mr Huws yma."

Aethant yn syth i stafell Catrin a churo ar y drws. Daeth Catrin i'w ateb a gwelwyd fod y ddau riant yno. Os oedd Catrin yn poeni, ni ddangosodd hynny o gwbl. "Dewch i mewn, rwy'n credu eich bod chi wedi cwrdd â Dad a Mam."

Gyda phum person yn y stafell roedd y lle'n orlawn, a phenderfynodd Mel mai'r cam calla fyddai dod yn syth at y pwynt. "Catrin, ma'n ymholiadau ni'n parhau ac fe fydden ni'n ddiolchgar petaech chi'n dod gyda ni i Swyddfa'r Heddlu i ateb mwy o gwestiynau."

Yn union yn ôl y disgwyl, gwrthwynebodd Gruff Huws. "Na, Sarjant, fydd fy merch ddim yn dod efo chi. Ry'ch chi wedi cael digon o gyfle i'w holi'n barod ac rwy'n sicr nad oes ganddi ddim i'w ychwanegu. Mae hi wedi cael ei ypsetio'n arw ac mae Sybil a minnau'n benderfynol na fydd dim byd arall yn dod i dorri ar ei thraws rhwng rŵan a'i harholiadau gradd."

"Dad, plîs…"

"Na Catrin, dwyt ti ddim yn deall. Mae'n nhw wedi dod atat ti oherwydd methiant eu hymholiadau hyd yn hyn. Ac yn lle bod allan yn chwilio am y llofrudd maen nhw'n gwastraffu amser ac yn ceisio dy dynnu di i mewn i'r holl friwes."

"Mr Huws, ma Catrin yn oedolyn ac felly'n berffaith rydd i benderfynu drosti hi'i hunan," atebodd Mel. "Ac o ran chwilio am y llofrudd, dyna pam ry'n ni yma. Ma pawb yn awyddus i gael gafael ar y person laddodd Elenid a neb yn fwy na Catrin ei hun fydden i'n tybio. Felly, Catrin, ddewch chi gyda ni, os gwelwch yn dda?"

Dyma pryd y dangosodd Gruff Huws yn glir nad oedd, mewn gwirionedd, yn ddim mwy na bwli.

"Faint o weithiau sy'n rhaid dweud wrthoch chi, Sarjant? Ydach chi'n dwp neu be? Dydi Catrin ddim am ddod a dyna'r gair ola ar y mater."

Doedd Mel ddim yn hoffi agwedd y dyn, a'r un mor bendant atebodd, "Does gen i ddim dewis felly, Mr Huws, ond arestio eich merch ac wedyn fydd ganddi hi ddim dewis ond dod i'r Stesion."

"A beth fydd y cyhuddiad, felly?"

"Rhwystro'r heddlu wrth gyflawni'u dyletswyddau. Celu

gwybodaeth mewn ymchwiliad i lofruddiaeth. A gwastraffu amser yr heddlu – dy'n ni ddim wedi anghofio am Tim Bowen, Catrin. Ydi hynna'n ddigon?"

Chwarddodd Gruff Huws. "Ry'ch chi hyd yn oed yn dwpach nag o'n i'n feddwl, Sarjant. Mi fyddach chi'n methu efo pob un o'r rheina mewn achos llys."

"Falle, syr, ond fel y gwyddoch yn iawn, fe all Catrin ddod gyda ni nawr neu fe allwch chi a hi gymryd y risg o weld y cyfan yn dod gerbron llys." Trodd Mel at y fyfyrwraig. "Catrin, beth wyt ti am neud, dod gyda ni o dy wirfodd neu gael dy arestio?"

Yn gwbl hunanfeddiannol, atebodd y ferch, "Mi ddo i efo chi rŵan."

Edrychodd Gruff Huws fel petai ar fin ffrwydro. Mewn ymgais i dawelu pethau, dywedodd Sybil Huws, "Sarjant, gadewch i Gruff neu fi ddod efo Catrin. Rydach chi'n gwybod bod y gyfraith yn rhoi'r hawl hynny iddi."

"Na, Mam, mae'n well gen i fynd ar fy mhen fy hun."

Aeth Mel ac Akers at y drws a dilynodd Catrin. Ni allai Gruff a Sybil Huws wneud dim ond syllu ar eu merch yn gadael yng nghwmni'r plismyn, ac am unwaith gwyddai'r bargyfreithiwr ei fod wedi cael ei drechu.

★ ★ ★

Yn Swyddfa'r Heddlu tywyswyd Catrin i stafell gyfweld ac aeth Akers i mewn ar ei hôl. Roedd Gareth ar fin dilyn pan dynnwyd e i'r naill ochr gan Mel.

"Syr, un peth cyn cychwyn. Roedd Catrin yn bendant nad oedd am i'w rhieni fod yn bresennol. Ma hynny'n awgrymu nad y'n nhw'n gwbod dim am y berthynas rhyngddi hi ac Elenid."

"Ma'n siŵr eich bod chi'n iawn. Reit, fel yn y cyfweliad

cyntaf, gewch chi wneud y rhan fwya o'r holi a ddo i i mewn os bydd angen. Dim gwastraffu amser, Mel. Ewch yn syth at y pwynt."

Cyn i'r blismones gael cyfle i ofyn dim, cafwyd sylw a chwestiwn gan y fyfyrwraig. "Mi glywais i chi fod yn holi amdana i yn y Neuadd. Roedd yn rhaid gwneud hynny, mae'n debyg, a dwi'n gwybod bod gen i fwy o elynion na ffrindiau yno. Rŵan, dwi ddim yn cytuno efo popeth ddwedodd Dad, ond wn i ddim sut alla i helpu. Mi ddwedais y cyfan oedd gen i'w ddweud yn y cyfweliad cynta."

Yr un hyder, yr un pendantrwydd.

Atebodd Mel, "Rwy'n credu taw ni ddyle farnu ar hynna, Catrin, nid chi. Ga i ofyn eto am y cyfeillgarwch rhyngddoch chi ac Elenid. Beth yn union oedd natur y berthynas?"

"Dwi ddim yn gwbod be dach chi'n feddwl. Dwi ddim yn deall y cwestiwn."

Geiriau digon cryf, ond roedd goslef y llais yn dangos bod y ferch ar ei gwyliadwriaeth.

"Dewch, Catrin, mae'r cwestiwn yn ddigon syml. Oeddech chi'n ffrindiau agos, neu oedd gyda chi gylch mawr o gyfeillion?"

"Roedd ganddon ni gylch o ffrindiau yn y Neuadd. Mae'n debyg mai fi oedd ei ffrind gorau hi."

"Pryd ddaethoch chi'n ffrindiau?"

"Yn agos at ddiwedd yr ail dymor yn y flwyddyn gyntaf."

"Tua'r un amser ag y daeth y garwriaeth rhwng Elenid a Tim Bowen i ben, felly?"

Atebodd Catrin yn ddi-hid, "Ia, mae'n debyg. Wnes i erioed feddwl am y peth fel 'na, chwaith."

"Ac fel ffrindiau, sut o'ch chi'n cymdeithasu? Partïon, dawnsfeydd, mynd allan fel criw i'r dre, pethau felly, ie?"

"Ia. Ond yn ystod y flwyddyn ddwetha doedd dim llawer o amser i gymdeithasu. Roedd y ddwy ohonon ni'n anelu at gael gradd dosbarth cyntaf, ac roedd mynd i'r ddawns Gŵyl Ddewi'n eithriad."

"Rwy am gael hyn yn glir yn fy meddwl, Catrin. Mwynhau a chryfhau eich cyfeillgarwch mewn gweithgareddau a digwyddiadau coleg yn Aber. Dyna shwt oedd hi, ie?"

"Ia."

"Catrin, ma gyda ni restr o ddyddiadau a thyst annibynnol sy'n profi i chi dreulio penwythnosau yng nghwmni Elenid yn fflat eich rhieni yng Nghaer." Edrychodd Mel ar ddarn o bapur o'i blaen. "Rhif Wyth, Westminster Court. Ydi hynna'n gywir, Catrin?"

Roedd Catrin Huws yn amlwg wedi cael sioc, ac am eiliad ni ddywedodd air. Yna'n dawel, "Ydi. Ond beth os wnaethon ni, dyna beth fyddai ffrindiau'n wneud, ia?"

"Ie, debyg. Catrin, ga i ofyn unwaith eto, pa fath o berthynas oedd rhyngddoch chi ac Elenid Lewis? Cyfeillgarwch arferol rhwng dwy fyfyrwraig, neu oedd e'n fwy na hynny?"

"Dwi ddim yn gwybod am be dach chi'n sôn."

Dyna pryd y torrodd Gareth ar draws yr holi:

> "'Golden head by golden head,
> Like two pigeons in one nest
> Folded in each other's wings
> They lay down their curtained bed.'

Nabod y geiriau, Catrin? Ffeindion ni lyfr o farddoniaeth yn stafell Elenid ac roedd y dyfyniad yna wedi ei farcio a'i danlinellu. Ma'r gerdd a'r darn yn sôn am fath arbennig o gariad, cariad rhwng dwy ferch. Nawr, gadewch i ni ofyn am y trydydd tro, beth oedd natur y berthynas rhyngddoch chi ac Elenid?"

Rhoddodd Catrin ei phen yn ei dwylo a thybiodd Gareth am eiliad ei bod ar fin torri i lawr. Ond na, doedd person fel Catrin Huws ddim yn crio ac ar ôl tynnu anadl ddofn cododd ei golygon i edrych unwaith eto ar y plismyn.

"Chi'n gwbod, mae'n amlwg, felly does dim pwynt i mi wadu'r peth. Roedd Elenid a fi'n gariadon, ac wedi cynnal perthynas hoyw ers rhyw flwyddyn. Dechreuodd y cyfan fel cyfeillgarwch arferol. Roedd Elenid wedi cael ei brifo'n arw gan Tim Bowen ac mi wnaeth hi gyfaddef hynny wrtha i. Mewn amser byr iawn roedd 'na fwy na chyfeillgarwch ac wel, dwi ddim am ddweud mwy. Buon ni'n hynod o ofalus. Dydi Glanymôr ddim yn lle mor eangfrydig â hynny a byddai'r ddwy ohonon ni wedi cael ein labelu fel 'lesbis' a 'dykes'. Dyna pam roedden ni'n dianc i'r fflat yng Nghaer. Roedd 'na risg wrth gwrs ond doedd Elenid a fi ddim yn hidio llawer. Ro'n ni'n dwy'n fodlon cymryd y risg er mwyn treulio ychydig o amser yng nghwmni'n gilydd."

Ry'n ni gam mawr ymlaen nawr, dywedodd Mel wrthi'i hun, ond rhaid cael mwy o wybodaeth. "Catrin, ry'n ni wedi holi Tim Bowen ac rwy eisoes wedi gofyn y cwestiwn nesa i chi, ond hyd yn hyn dy'n ni ddim wedi cael ateb. Pam aeth Elenid allan o'r ddawns gyda Tim?"

"Fi oedd yn gyfrifol am hynny, ac mae'r cyfrifoldeb wedi gwasgu ar fy nghydwybod byth ers hynny. Roedd Elenid a fi wedi cael ffrae ddiwrnod cyn y ddawns. Ro'n i am gydnabod ein perthynas yn gyhoeddus ar ddiwedd ein cyfnod yn y coleg − dod allan, fel maen nhw'n ddeud. Dwedodd Elenid fod yn rhaid iddi sortio problemau teuluol gynta. Doedd hi ddim yn siŵr beth fyddai ymateb ei thad ac roedd hi'n poeni am beth fyddai pobl yn ddeud, a nonsens tebyg. 'Nes i ei chyhuddo hi o fethu â chymryd ein perthynas o ddifrif, aeth pethau o ddrwg i waeth ac yn y pen draw mi wnaeth Elenid fygwth dod â'r cyfan i ben. Mi ddwedais i bethau digon cas yn ôl – 'Pam nad ei di'n ôl i chwilio am gysur efo diawliaid fel Tim?' A dyna'n union wnaeth hi, mynd allan o'r ddawns mewn tymer i fy sbeitio i. Ac mi dalodd am hynny efo'i bywyd."

"Oherwydd yr hyn wnaeth hi, oeddech chi mewn hwyliau drwg?" gofynnodd Mel.

Roedd Catrin Huws yn ddigon hirben i weld pen draw'r cwestiwn. "Do'n i ddim yn hapus, ond dim byd mwy na hynny."

"Chi'n siŵr?"

"Yn hollol siŵr. Pam dach chi'n gofyn?"

Roedd yn bryd dod at wraidd y mater. "Dyma fel rwy'n gweld y cyfan ar hyn o bryd, Catrin. Chi a'ch cariad yn y Ddawns Gŵyl Ddewi wedi cwmpo mas, chi mewn hwyliau drwg a'ch perthynas yn simsanu. Chi'n gorfod gwylio Elenid yn mynd allan yng nghwmni Tim Bowen ac yn dod yn ôl wedi ypsetio. Ymhen ychydig wedyn mae Elenid yn sôn am ben tost ac yn gadael. Mae'ch cariad wedi'ch sarhau'n gyhoeddus a plîs peidiwch â dweud nad oedd neb wedi sylwi. Dyna'r union fath o beth sy'n tynnu sylw, a falle fod rhai yn Glanymôr yn gwybod bod Elenid a chithe'n gariadon. Chi'n gadael mewn hwyliau drwg, yn dilyn Elenid ar hyd y llwybr i'r Neuadd ac er mwyn dial arni am y twyll, am wneud ffŵl ohonoch chi'n gyhoeddus ac yn fwy na dim, ei bygythiad, ry'ch chi'n ei tharo ac yn ei lladd. Dyna beth ddigwyddodd, ontefe Catrin?"

"Na, dim o gwbl. Sut allwch chi feddwl y fath beth?"

Unwaith eto daeth Gareth i mewn. "Gallwn ni feddwl hynna am sawl rheswm, Catrin. Ceisioch chi daflu'r bai am y llofruddiaeth ar berson arall, Tim Bowen, gyda'r canlyniad i ni wastraffu llawer o amser. Yn ail, roeddech chi mewn hwyliau gwael ar noson y ddawns, wedi'ch digio gan Elenid ac yn ddigon posib yn edrych yn ffŵl. Yn drydydd, ry'n ni wedi gorfod gwasgu i gael y ffeithiau. Fyddech chi ddim wedi dweud gair wrthon ni am y berthynas gydag Elenid oni bai am y rhestr dyddiadau. Os oeddech chi'n barod i guddio hynny i gyd falle'ch bod chi'n barod i guddio llawer mwy. Does gyda chi ddim unrhyw fath o alibi. Yn y cyfweliad cyntaf dwedoch i chi gerdded o'r ddawns i lawr rhiw Penglais ac yna ychwanegu, a dyma'r geiriau, 'roedd pobol o gwmpas ond wnes i ddim siarad â neb'. Od, bydde ymateb rhai, cyfleus bydde fy ymateb i. Doeddech chi heb weld neb a neb wedi'ch gweld chi. A fydde neb wedi'ch gweld, fydde fe, Catrin, os dychweloch chi i'r Neuadd ar hyd y llwybr y cerddodd Elenid yn hytrach nag i lawr rhiw Penglais? A beth am dystiolaeth a chanlyniadau'r profion fforensig? Canfuwyd persawr ar ddillad Elenid Lewis, persawr Chanel Number 19, yr union bersawr ry'ch chi'n ei ddefnyddio. Ydych chi'n deall nawr pam ma gyda ni resymau cryf iawn dros amau'ch fersiwn chi o ddigwyddiadau noson y ddawns?"

Y tro hwn roedd y dagrau'n agos, ac mewn ymgais i chwalu ensyniadau Gareth tarodd y fyfyrwraig 'nôl yn filain.

"Dwedwch un peth wrtha i, Insbector, gan eich bod chi mor glyfar. Pam ar y ddaear fyddwn i'n lladd y person ro'n i'n ei charu'n fwy na neb?"

Cyn i Gareth gael cyfle i ymateb clywyd cynnwrf wrth ddrws y stafell gyfweld a llais yn gweiddi, "Gadewch fi'n rhydd! Mae gen i bob hawl i fod yn bresennol!"

Agorodd y drws a mynnodd Gruff Huws ddod i mewn er gwaetha'r ffaith fod dau blismon yn ceisio'i rwystro. Dilynwyd ef gan ei wraig, Sybil. Roedd y bargyfreithiwr wedi gwylltio'n gacwn.

"Insbector Prior, mae eich ymddygiad chi a'r lleill yn

warthus ac rwy am wneud cwyn swyddogol i'r Prif Gwnstabl. Catrin, paid â deud gair pellach wrth y cnafon hyn. Dwi wedi trefnu cyfreithiwr i ti a bydd o yma toc. Tan hynny, Insbector, dwi'n mynnu, yn mynnu, sylwch, eich bod yn cyhuddo Catrin yn ffurfiol neu'n ei rhyddhau a gadael iddi ddod efo ni."

Safodd y ddau blismon yn stond i ddisgwyl gorchymyn. Amneidiodd Gareth ac aeth y ddau allan o'r stafell.

"Mr Huws, fel yr esboniodd Sarjant Davies, mae Catrin yn ein cynorthwyo ni gyda'n hymholiadau i lofruddiaeth ei ffrind, Elenid Lewis. Nawr mae'n bosib…"

"Ffrind, Insbector? Ffrind? Doedd hi ddim yn ffrind go iawn i Catrin. Dim ond rhyw eneth gyffredin oedd hi, merch i ryw weinidog di-ddim o'r De. Fyddai Catrin byth yn cydnabod person fel yna yn ffrind."

A hithau ar ben ei thennyn, nid oedd ymateb Catrin Huws yn annisgwyl. "Dad, am unwaith yn eich bywyd, caewch eich ffycin ceg, 'newch chi? Peidiwch chi, o bawb, â meiddio dweud gair yn erbyn Elenid. Roedd hi'n llawer mwy na ffrind, roedden ni'n dwy'n gariadon. Deall, Dad? Ro'n i'n cael perthynas rywiol efo hi a does dim gwahaniaeth gen i pwy sy'n gwybod. Os na fedrwch chi a Mam dderbyn hynny, wel tyff, eich ffycin problem chi ydi hynny."

Syllodd Gruff a Sybil Huws yn syfrdan ar eu merch. Roedd y distawrwydd a'r tensiwn yn llethol. Torrwyd ar draws yr anesmwythyd pan ganodd y ffôn. Gareth atebodd, ac ar unwaith adnabu'r llais a'r acen.

"Insbector Prior, Dr Johanna Wirth, Prifathro Prifysgol Aberystwyth. Rwy newydd dderbyn galwad brys gan Mr Gruffydd Beuno Huws yn protestio eich bod yn holi ei ferch yn groes i'w dymuniad. Wyddoch chi fod Mr Huws yn aelod o Gyngor y Coleg? Felly, Insbector, os nad oes gyda chi reswm da iawn bydden i'n gofyn i chi roi terfyn ar yr holi a gadael i Catrin ddychwelyd at ei theulu."

"Mae'ch galwad yn hynod o amserol, Brifathro. Mae Mr Gruffydd Huws a'i wraig a Catrin yn y stafell gyda fi nawr. Rwy'n credu mai'r cam doetha fyddai i chi gael gair gyda Mr Huws ei hun." Estynnodd Gareth y ffôn ato. "Mr Huws, Dr Johanna Wirth, Prifathro Aberystwyth. Rwy'n credu mai chi, syr, yw'r person gorau i egluro'r datblygiadau diweddaraf."

Edrychodd Gruff Huws ar y ffôn fel petai'n neidr wenwynig. Ysgydwodd ei ben.

"Dr Wirth, Gareth Prior yma eto. Yn anffodus, mae'n ymddangos nad yw Mr Huws yn awyddus i siarad ar hyn o bryd. Yn y cyfamser, ga i awgrymu'n garedig y dylech chi ganolbwyntio ar redeg y Brifysgol a gadael datrys llofruddiaeth Elenid Lewis i ni?"

Pennod 16

ROEDD Y PRIF Gwnstabl, Dilwyn Vaughan, wedi teithio i Aberystwyth ar berwyl arall ac wedi manteisio ar y cyfle i gael pawb at ei gilydd i drafod y posibiliadau yn dilyn y datblygiadau diweddaraf yn yr achos. Ar un ochr y bwrdd eisteddai Gareth, Mel ac Akers gyda'r Prif Arolygydd Sam Powell a Vaughan ar yr ochr arall, a buan y sylweddolodd Gareth fod y rhaniad yn symbol o'r ddwy agwedd wahanol tuag at yr ymchwiliad. Roedd Powell a Vaughan yn awyddus i symud at ganlyniad buan, a bellach yn gweld Catrin Huws fel y prif darged.

"Ddylech chi ddim fod wedi'i gadael hi fynd ar ôl yr ail sesiwn o holi, Prior," dywedodd Powell. "Chi'n gwbod yn iawn beth yw fy agwedd i – arestiwch y diawlied, holwch nhw'n galed ac wedyn fe ddaw'r gwir mas."

"Gyda phob parch, syr, 'na'r dacteg drion ni gyda Tim Bowen a'r canlyniad oedd gwastraffu amser a ninnau 'run cam yn nes mla'n," atebodd Gareth.

Doedd Powell ddim am ildio mor hawdd â hynny. "Gawson ni fe a'i fêts ar gyhuddiad arall, naddo fe? Roedd hynny'n rhywbeth – yn fwy na'r hyn ry'ch chi a'ch tîm wedi'i gyflawni hyd yn hyn."

"Os ga i ddweud, syr, ma hynna'n annheg…"

"Gyfeillion, plîs," dywedodd Vaughan. "Nid cynnal dadl yw pwrpas y cyfarfod. Dyw cecru fel 'na ddim yn helpu neb. Powell, rwy am eich atgoffa chi fod yn rhaid edrych ar yr holl bosibiliadau, ac yn bendant dwi ddim am weld ailadrodd ffiasco Tim Bowen. Do, fe gafodd e a'i ffrindiau eu cyhuddo o achosi difrod troseddol, ond, Prior, ry'n ni nawr yn ail wythnos yr ymholiad a phrin y gellid dweud eich bod chithe ddim nes at ddod o hyd i'r llofrudd. Mae swyddogion y Brifysgol, gan gynnwys y Prifathro, ar fy ngwar i, a gyda llaw Prior, yn ôl yr alwad ffôn ddiweddara dderbynies i oddi wrth Dr Wirth, ry'ch chi wedi llwyddo i godi gwrychyn honna unwaith eto. Mae'r cyfryngau'n pwyso byth a hefyd – pryd gewn ni wybodaeth bendant, pam na newch chi gynnal cynhadledd i'r wasg a beth sy'n ca'l ei guddio? Mae gyda ni resymau cryf dros ddrwgdybio Catrin Huws ac felly, Insbector, ewch drwy'r dystiolaeth amdani'n gyflym ac eglurwch sut y daethoch chi i'r penderfyniad i beidio â'i chyhuddo?"

"Iawn, syr. Yn gyntaf, y ffaith iddi fwy neu lai enwi Tim Bowen fel y llofrudd. Ar y naill law gallai hynny fod yn dacteg i'w chadw hi mas o'r cyfan; ar y llaw arall roedd ganddi resymau dilys dros amau ei gymhellion. Yn ail, y dystiolaeth fforensig am y persawr, ond ma sawl rheswm posib pam fod hwnnw ar ddillad Elenid. Yn drydydd, y berthynas hoyw rhwng y ddwy – gallai honno fod yn ddadl dros ac yn erbyn Catrin. Ond a fyddai hi'n debygol o ladd yr union berson roedd hi'n ei charu? Y person roedd hi'n ei gweld fel cymar bywyd? O ran y ddadl yn erbyn Catrin, roedd hi wedi cwmpo mas gyda'i chariad, wedi teimlo cywilydd wrth wylio Elenid yn gadael yng nghwmni Tim, ac yn ei thymer mae'n gadael y ddawns ac yn dial trwy ladd mewn gwaed oer. Y berthynas hoyw – fe fuodd Catrin yn ofalus tu hwnt i'w chuddio oddi wrth bron pawb yn y Neuadd ac oni bai am waith trylwyr Akers yng Nghaer fydden ni'n gwybod dim am y peth. Os oedd hi mor gelfydd yn cuddio'r ffeithie yna, wel fe allai fod yn cuddio llawer mwy. Does gyda Catrin ddim math o alibi; mae'n honni iddi gerdded i Glanymôr i lawr rhiw Penglais, ond dyw hi ddim wedi gallu dod ag un tyst i gadarnhau ei stori. Ond yn y pen draw, rwy'n gweld y cyfan yn *circumstantial* ac er bod 'na rwyg yn nheulu'r Huwsiaid, rwy'n hollol sicr y byddai ei thad yn cael y bargyfreithiwr gorau yn y wlad i amddiffyn ei ferch, fyddai hwnnw fawr o dro yn tynnu'r holl dystiolaeth yn rhacs. Y ffaith nad oes gyda Catrin alibi, er enghraifft. Petaen ni'n ei chyhuddo gallwch chi fentro y byddai 'na chwilio gyda chrib fân i ddod o hyd i rywrai i gefnogi ei fersiwn hi o'r daith yn ôl i'r Neuadd."

"Yn yr un modd, Insbector," dywedodd Powell, "os byddai'r chwilio am dyst neu dystion yn fethiant, bydde Catrin Huws mewn twll dyfnach nag erioed, a'i stori am gerdded lawr y rhiw yn ddim mwy na chelwydd."

"Ma'n rhaid derbyn bod hynny'n bosib ond rhaid dod yn ôl at y pwynt canolog," atebodd Gareth, "sef a fyddai Catrin yn lladd ei chariad, a'r ateb bob tro yw na."

Glynodd Powell at ei safbwynt. "Beth am *crime of passion*? Rwy wedi arwain ymholiadau i ddwsinau o lofruddiaethau ac, ar ddiwedd y dydd, cariad neu dwyll mewn cariad oedd y motif bron bob tro."

Cytunodd Vaughan. "Mae Powell yn iawn, Insbector, ond rwy'n gallu gweld bod gwendidau yn y dystiolaeth yn erbyn Catrin Huws. Felly rwy am i chi a'ch tîm ddal ati i gryfhau'r dystiolaeth a chael y gwir am y marciau yn nyddiadur Elenid nad oedd yn cyfateb i restr yr ymweliadau â Chaer. Os nad oedd hi gyda'i chariad yn y fflat yn Westminster Court ar yr adegau hynny, ble roedd hi? Ewch ar ôl yr wybodaeth yna, plîs. Yna, rhaid gofyn, os nad Catrin, pwy? Pwy arall sy'n cael ei amau o'r drosedd ac, yn benodol, beth fydd cyfeiriad yr ymchwiliad o hyn allan?"

"Digon teg, syr. Rwy'n teimlo fod yr ateb rywle yng nghefndir a bywyd teuluol Elenid Lewis. Pan ro'n holi Catrin yr ail dro fe ddwedodd hi rywbeth dadlennol. Roedd hi'n awyddus i sefydlu perthynas agored gydag Elenid ar ddiwedd eu cwrs coleg, ond doedd Elenid ddim mor barod. Un rheswm am ei amharodrwydd oedd bod raid iddi sortio rhyw broblem deuluol yn gyntaf. Beth oedd y broblem honno? Hefyd ar derfyn y sgwrs ges i gyda Gwenno Lewis, chwaer Elenid, ddwedes wrthi mod i wedi galw i weld ei modryb Ceridwen. Er na ddwedodd Gwenno 'run gair, roedd hi'n hollol amlwg fod rhywbeth yn pwyso ar ei meddwl. Ma'r teulu'n cuddio rhywbeth, rwy'n siŵr."

Rhoddodd Powell ebychiad dirmygus ac roedd ar fin anghytuno'n groch pan dorrodd Dilwyn Vaughan ar ei draws.

"Iawn, Prior, mae'n bosib fod rhywbeth yn eich dadansoddiad chi. Ond, ac mae e'n ond mawr, rwy'n dal i ddisgwyl canlyniad buan. Daliwch ati gyda Catrin Huws felly ac mae gyda chi rai dyddiau i hel pac y Lewisiaid. Y cam cyntaf i ddysgu mwy am y teulu yw i chi ac un aelod arall o'r tîm fynd i angladd Elenid Lewis, sy'n cael ei gynnal fory, yn ôl pob sôn."

★ ★ ★

Yng Nghapel Ramoth, Rhydaman, y cynhelid yr angladd a chyrhaeddodd Gareth a Mel mewn da bryd i sleifio i'r seddau cefn. Buan y llanwodd y lle, ac wrth i'r dyrfa lifo i mewn sylwodd y ddau ar ambell wyneb cyfarwydd. Roedd Dr Myfyr Lloyd Williams, Warden Glanymôr, yno ac wrth ei ochr eisteddai rhai o ffrindiau Elenid o'r Neuadd. Doedd dim golwg o Catrin Huws ond mewn sedd gerllaw eisteddai Tim Bowen, Stuart Bradley a Merfyn Morris, y tri'n benisel ac yn teimlo gwasgfa'r achlysur. Ychydig o'u blaenau roedd Gwyn Daniel a'i wraig, y diacon y cyfarfu Gareth ag e yng Nghapel y Ton, Aberaeron. Am y gweddill, aelodau Ramoth

oedd wedi dod i dalu teyrnged i ferch eu gweinidog oedd
y mwyafrif ohonynt, ac yn eu plith gwelodd Gareth ei Anti
Lil a'i gŵr. Roedd y tair rhes blaen wedi'u cadw ar gyfer
aelodau'r teulu ac wrth i bawb ddisgwyl roedd yr organydd
yn ddistaw chwarae'r darn 'Going Home' allan o Symffoni'r
Byd Newydd gan Dvorak − cerddoriaeth a oedd bob amser
yn dwyn Gareth yn ôl i'w blentyndod a'r hysbyseb deledu am
fara Hofis. Edrychodd ar y daflen angladdol syml a moel.

ELENID LEWIS
1987 − 2007
Merch i Luther a Rhiannedd Lewis a chwaer i Gwenno
A dorrwyd i lawr ym mlodau ei dyddiau Mawrth 1af 2007

Wel, dyna un ffordd o'i ddweud e, meddyliodd Gareth.
Prin y byddai ei gyd-weithwyr yn disgrifio llofruddiaeth yn
yr un modd.

Cychwynnodd yr organydd ar ddarn arall ac roedd y
gwasanaeth ar fin dechrau. Yna, agorodd y drws gyferbyn a
daeth gŵr yn ei chwedegau hwyr i mewn a chymryd yr unig
sedd gefn oedd yn wag. Er bod pawb wedi'u gwisgo'n syber
roedd hwn yn wahanol − côt ddu â choler felfed, crys claerwyn
a thei streipiog coch a du, militaraidd yr olwg. Roedd ei holl
osgo a'i ymarweddiad yn filwrol ac er nad oedd bellach yn
ifanc, roedd rhywbeth cadarn a chryf yn ei gylch.

Ar arwydd o gefn y capel gofynnodd un o'r gweinidogion
yn y sedd fawr i'r gynulleidfa sefyll. Cariwyd yr arch i mewn
gan y trefnwyr angladdau − basged wiail yn hytrach na'r pren
arferol ac arni un blethdorch o rosynnau gwyn. Dilynwyd yr
arch gan yr orymdaith deuluol − Luther Lewis dan deimlad
yn cael ei gynnal gan ei wraig, yna Gwenno Lewis gyda'r
newyddiadurwr, Sion Curran, yn cyd-gerdded â hi. Nid

oedd Ceridwen Leyshon yn bresennol ond mae'n bur debyg nad oedd ei hiechyd yn caniatáu iddi ddod. Wedyn, rhyw ddwsin o aelodau eraill o'r teulu, pob un ohonynt yn ddieithr i Gareth. Edrychai Luther Lewis fel dyn wedi heneiddio rhyw ddegawd o fewn wythnos ond roedd ei wraig mor oeraidd a dideimlad ag erioed.

"Eisteddwch, os gwelwch yn dda," gwahoddodd y gweinidog. "Gyfeillion, yr ydym wedi dod ynghyd i gyflwyno ein hannwyl chwaer, Elenid Lewis, i ddwylo Duw hollalluog, ein Tad nefol. Yn wyneb angau mae gan Gristnogion sail sicr i obaith a hyder, ie, i lawenhau am fod yr Arglwydd Iesu Grist, a fu byw a marw fel dyn, wedi atgyfodi, gan orchfygu angau ac yn byw byth. I gychwyn ein gwasanaeth canwn yr emyn cyntaf ar y daflen:

> Un cam bach ar hyd y byd yr af,
> Ar y daith o hyd dy gwmni gaf;
> A thrwy bob yfory ddaw,
> Gad i minnau afael yn dy law
> Ac wrth fynd o ddoe i'r fory newydd draw,
> Gad i minnau afael yn dy law."

Ar ochr arall y capel, edrychodd y gŵr militaraidd yr olwg yn syth yn ei flaen ac er bod taflen yn ei law doedd e ddim yn canu nodyn. Ar ddiwedd yr emyn, camodd un o'r gweinidogion eraill ymlaen i roi'r darlleniad: "Pumed bennod Efengyl Matthew, adnodau un i ddeuddeg, Y Gwynfydau:

Gwyn eu byd y rhai sy'n dlodion yn yr ysbryd, oherwydd eiddynt hwy yw teyrnas nefoedd. Gwyn eu byd y rhai sy'n galaru, oherwydd cânt hwy eu cysuro. Gwyn eu byd…"

Gan ddilyn y drefn arferol cyrhaeddwyd y darn pwysicaf i'r rhan fwyaf o'r gynulleidfa, sef y deyrnged.

"Daethom heddiw i ddiolch am fywyd byr un a oedd yn

annwyl gan bawb sydd yma, sef Elenid Lewis. Fe'i cymerwyd oddi wrthon ni yn greulon ac yn alaethus o gynnar…"

Crwydrodd meddwl Gareth, a chofiodd am ei dad yn dychwelyd o angladdau i'r Mans yng Nghwm Gwendraeth. Weithiau, ar ôl y gwasanaeth ar lan y bedd mewn tywydd garw, byddai'n wlyb at ei groen a gallai Gareth glywed llais tyner ei fam, "Dewch nawr, Defi, tynnwch y dillad 'na a dewch at y tân neu fe ddalwch chi ddos arall o annwyd." Aelodau'r capel yn meddwl bod cynnal gwasanaeth angladd yn hawdd, ac yn gwybod dim am y straen a'r boen a achosai'r cyfan i'w dad. Y straen o orfod dweud rhywbeth, unrhyw beth, am berson na thywyllodd y capel ers blynyddoedd. Y straen o geisio dweud rhywbeth addas am y godinebwyr a'r twyllwyr. A'r straen fwyaf un sef ymdrechu i wneud cyfiawnder â'r ychydig rai fu'n driw ac yn ffyddlon. Pob un yn disgwyl angladd barchus ac yn diolch i'w dad am ddweud pethau neis. Deuai'r geiriau'n hawdd ond roedd Gareth wedi sylweddoli dros y blynyddoedd bod llawer mwy i deyrnged ddiffuant na geiriau. Llifodd yr atgofion i'w feddwl ond yna'n sydyn, wrth i Mel roi pwt iddo, fe'i tynnwyd yn ôl i'r presennol.

"Terfynwn ein gwasanaeth drwy ganu'r emyn olaf ar y daflen:

> Pererin wyf mewn anial dir,
> Yn crwydro yma a thraw,
> Ac yn rhyw ddisgwyl bob yr awr
> Fod tŷ fy Nhad gerllaw."

Wrth i seiniau'r alaw Americanaidd 'Amazing Grace' lenwi'r capel, ymunodd y gynulleidfa mewn uniad rhyfedd o lawenydd a thristwch. Agor gyda'r modern ac ymadael yn sŵn yr hen, synhwyrodd Gareth. Ac fel mewn cannoedd o wasanaethau angladdol eraill, geiriau Williams Pantycelyn oedd y clo ar y cyfan. Cyhoeddwyd y fendith, ac wrth i'r teulu ddilyn yr arch yn araf i fyny'r eil, edrychodd Gareth draw eilwaith ond roedd y gŵr dierth eisoes wedi diflannu.

Tu allan i'r capel, roedd nifer dda yn cymryd y cyfle i gydymdeimlo â Luther Lewis a'i wraig. Safodd Gareth a Mel ychydig o'r neilltu, ac yna sylwodd y ddau fod Sion Curran yn sefyll wrth eu hymyl. Roedd hwnnw wedi adnabod y ditectif, ac roedd ar fin dweud rhywbeth, ond bachodd Gareth ar y cyfle.

"Dim camerâu teledu heddi, Mr Curran? Mae gyda chi rywfaint o safonau, felly."

Edrychodd Curran yn syn arno. "Dwi ddim yn gwybod am beth chi'n siarad."

"Dewch nawr. Ry'ch chi'n gwbod yn iawn. Fy ymweliad â swyddfa eich partner, Miss Gwenno Lewis, a cha'l fy ffilmio wrth adael y lle. Twyll oedd y cyfan. Dim byd ond ymgais i bedlera stori tsiêp. Gair o rybudd, Mr Curran, dwi ddim wedi anghofio."

"Ydi hynna'n fygythiad, Insbector? Os yw e, mae'n fater difrifol iawn ac, fel chi, fydda i ddim yn anghofio. Pam ry'ch chi yma, beth bynnag? Bydden i'n meddwl bod gyda chi bethau pwysicach o lawer i'w gwneud na dod yma i dresbasu ar alar Mr a Mrs Lewis a Gwenno."

I atal Gareth rhag ymateb, rhoddodd Mel ei llaw ar ei fraich. "Syr, na. Nid dyma'r lle na'r amser."

Ar hynny daeth Gwenno Lewis draw atynt. "Insbector Prior," meddai, "diolch am ddod, er mae'n rhaid i fi gydnabod mod i'n synnu braidd wrth weld y ddau ohonoch chi yma. Ydy hi'n arferol i blismyn fynychu angladdau fel hyn? Ond dyna fe, mae'n siŵr fod gyda chi reswm – sbecian ar deulu mewn galar, falle?"

Roedd Gwenno Lewis yn llygad ei lle ond prin y gallai Gareth gyfaddef hynny. "Ry'n ni yma, Miss Lewis, i gydymdeimlo, ac mae'n presenoldeb yn arwydd o barch tuag at eich chwaer."

"Hmm, bydden i'n hoffi'ch credu chi, Insbector." Trodd Gwenno at ei chariad. "Sion, dere, ma'r teulu'n gadael am yr amlosgfa."

Dechreuodd fwrw'n drwm wrth i'r hers a'r ceir adael a theneuodd y dorf y tu allan i'r capel. Teimlodd Gareth rywun yn tynnu ar lawes ei got a throdd i weld ei Anti Lil a'i gŵr, Ifor.

"Gareth bach, neis dy weld ti eto mor glou. Whare teg i ti am ddod, a chithe hefyd, Sarjant Davies."

"Diolch, Anti Lil, o leia ma *rhywun* yn gwerthfawrogi'n presenoldeb. Chawson ni ddim lot o groeso gan Gwenno Lewis na'i chariad."

"Paid â phoeni amdanyn nhw, Gareth bach. Dewch draw am baned, a hastwch mas o'r glaw 'ma."

Fel o'r blaen, cafwyd croeso mawr, ac ar ôl dwy baned a darn o gacen ffrwythau dechreuodd Gareth holi.

"Anti Lil, chi'n cofio pan o'n i 'ma o'r bla'n i fi ofyn am Mr a Mrs Lewis? Wel, ers hynny rwy wedi bod yn gweld chwaer Mrs Lewis, Ceridwen, a siarad â Gwenno. Wedoch chi mai llysfam oedd Mrs Lewis, a'i bod hi'n dod o deulu cefnog. O's unrhyw wybodaeth bellach 'da chi am gefndir Mr neu Mrs Lewis?"

"Beth ti'n feddwl, bach?" atebodd ei fodryb. "Sa i cweit gyda ti nawr."

"Wel, oes 'na sgandal teuluol neu ryw hanes amheus?"

Edrychodd ei fodryb ar ei gŵr. "Ifor, wyt ti'n cofio rhywbeth? Fi'n gwbod i fi weud bod Mrs Lewis yn snob, ond dyw hynna ddim yn sgandal, yw e?"

Meddyliodd ei gŵr am funud, yna, meddai, "Alla i ddim meddwl am unrhyw sgandal am y Parchedig Lewis. Fel ti'n gwbod, Gareth, mae e'n dod o Aberaeron ac fe gollodd ei wraig gynta ar enedigaeth Elenid. Derbyniodd e alwad i Gapel Ramoth ac fe briododd Mrs Lewis yn reit glou ar ôl hynny – Rhiannedd Leyshon o'dd hi cyn priodi. Y Leyshons oedd teulu pwysica'r ardal 'ma. Dim yn fyddigions ond nhw o'dd â'r arian a nhw o'dd y meistri gwaith. Cartre'r teulu odd Plas y Baran jyst tu allan i'r dre a fan'na gafodd Rhiannedd a Ceridwen eu magu. O's, ma 'na rywbeth, 'fyd. Flynyddoedd yn ôl cafodd Ceridwen ddamwain yn y plas, cwmpo lawr stâr neu rwbeth. Ddylet ti gofio fod y Leyshons yn deulu dylanwadol iawn ac fe gadwyd y cyfan yn dawel. Ond ma pawb yn gwbod un peth – fuodd Ceridwen druan byth 'run peth ar ôl y ddamwain ac ma hi wedi treulio gweddill ei bywyd mewn cartrefi gofal. Erbyn hyn, prin ei bod hi'n cofio dim nac yn nabod neb, yn ôl beth glywes i."

"Diolch, Wncwl Ifor. Diddorol. O's gyda chi awgrym shwt allen ni gael mwy o wybodaeth am y ddamwain?"

"Wel, fel wedes i, Gareth, ddath dim lot o fanylion mas ac ma'r cyfan wedi bod yn ddirgelwch byth ers hynny. Ond dere nawr, ti yw'r ditectif. Ma siŵr o fod ffordd gyda bois fel chi i ga'l at y gwir. Rodd sôn am y peth yn y papur lleol ar y pryd."

"Gareth Prior, fydde gyda dy dad a dy fam g'wilydd!" dywedodd ei fodryb. "Ma'n bryd i ti ddefnyddio dy frêns. Ti wedi ca'l coleg a sen i'n dy le di, fydden i'n mynd i'r Llyfrgell Genedlaethol lan fan 'na yn Aberystwyth a dechre mynd drwy'r papure lleol. Er bod y Leyshons wedi trial claddu'r cyfan, ti'n siŵr o ffindo rhywbeth."

Roedd y ddau dditectif ar eu ffordd allan o'r tŷ pan gofiodd

Gareth holi am y gŵr yn y capel. "O ie. Weloch chi ddyn yn eistedd yng nghefn y capel, yr un ochr â chi? Roedd golwg filwrol arno fe – côt ddu â choler felfed a thei streip. O'ch chi'n ei nabod e?"

Edrychodd ei fodryb ar ei gŵr ac ysgydwodd hwnnw ei ben. "Ma'n flin 'da ni, Gareth, allwn ni ddim dy helpu di fan'na. Roedd Ramoth yn orlawn, on'd oedd e? Druan o Elenid, ond 'na fe, gafodd hi angladd parchus."

Ie, angladd parchus, meddyliodd Gareth. Yn y pen draw, dyna'r llinyn mesur terfynol.

Pennod 17

ER NAD OEDD Catrin Huws wedi cael ei chyhuddo, gofynnwyd iddi adael ei manylion cysylltu gyda'r heddlu. Tra bod ei fòs a Mel yn yr angladd, roedd Akers wedi cael gorchymyn i geisio cael y fyfyrwraig i daflu goleuni ar y marciau croes yn nyddiadur Elenid nad oedd yn cyfateb i'r ymweliadau â'r fflat yng Nghaer. Os oedd modd, roedd Akers i drefnu cyfarfod Catrin ar ei phen ei hun, yn ddigon pell o ddylanwad ei rhieni neu unrhyw gyfreithiwr. Fe'i rhybuddiwyd i fod yn boléit, gyda Gareth yn ei atgoffa o ddymuniad Vaughan i ddod at y gwir a bod y cyfan yn dibynnu ar gydweithrediad Catrin. Deialodd Akers rif ei ffôn symudol, ac ar ôl caniad neu ddau clywodd lais Catrin ei hun yn ateb.

"Miss Huws?" gofynnodd. "Ditectif Gwnstabl Akers. Ma 'na un neu ddau o bethau ddim yr hoffwn eu trafod gyda chi. Allen ni drefnu i gwrdd heddi?"

"Mae nhad wedi deud wrtha i am wrthod unrhyw drafodaeth oni bai bod cyfreithiwr yn bresennol."

Fel o'n i'n disgwyl, tybiodd Akers.

"Ond dwi ddim mor barod bellach i dderbyn ei gyngor. Iawn, dwi'n ddigon parod i gyfarfod. Dwi ar fin mynd i ddarlith a fedra i ddim siarad rŵan, ond ga i awgrymu'n bod ni'n cwrdd yng Nghaffi'r Wylan mewn rhyw ddwyawr?"

★ ★ ★

Bwyty syml oedd Caffi'r Wylan, ar ben pella'r prom. Yn yr haf roedd yn gyrchfan i ymwelwyr ond a hithau'n dal yn fis Mawrth, roedd y lle'n dawel. Aeth Akers at y cownter i archebu *espresso* dwbl – arfer gwael a dyfodd yn arfer cyson ers iddo dreulio gwyliau yn yr Eidal rhyw ddwy flynedd yn ôl. Eisteddodd wrth un o'r byrddau ac ymhen rhyw bum munud cerddodd Catrin Huws i mewn.

"Miss Huws, diolch am ddod. Hoffech chi baned? Coffi, efallai?"

"Gymera i *latte*, os gwelwch yn dda."

Daeth y weinyddes â'r coffi i'r bwrdd, a heb wastraffu mwy o amser gofynnodd Catrin, "Sut alla i helpu? Rydach chi'n deall, gobeithio, mod i'n awyddus i weld llofrudd Elenid yn dod o flaen ei well, a hynny am ddau reswm. Byddai'n golygu nad ydach chi bellach yn fy amau i, ac fel rydach chi'n deall erbyn hyn, roedd Elenid yn ferch arbennig iawn. Felly, Cwnstabl?"

"Un peth, Miss Huws. Ry'ch chi'n gwybod bod gyda ni restr o ddyddiadau pryd roeddech chi ac Elenid yn y fflat yng Nghaer a'u bod nhw'n cyfateb i farciau yn nyddiadur Elenid. Ond mae dau benwythnos sy ddim yn cyfateb – wedi'u nodi yn y dyddiadur, ond ddim ar y rhestr. Tybed o's gyda chi unrhyw wybodaeth ynglŷn â ble roedd Elenid ar y penwythnosau hynny?"

Pasiodd Akers gopi o'r dyddiadau i Catrin ac estynnodd hithau am ei dyddiadur ei hun.

"Ar y ddau benwythnos yna aeth Elenid i weld ei modryb yng Nghaerdydd a dwi'n credu iddi gwrdd â'i chwaer yn ystod un o'r ymweliadau."

"Ei Modryb Ceridwen, chwaer Mrs Lewis?"

"Ia. Falla'ch bod chi'n gwbod ei bod hi wedi ffwndro braidd ac mewn cartref preswyl."

Nodiodd Akers, a chan gofio am y pwyslais ar yr agwedd deuluol yn yr ymchwiliad gofynnodd, "Sylwoch chi ar rywbeth neilltuol yn ymateb Elenid ar ôl yr ymweliadau?"

"Wel, do, fel mae'n digwydd. Ar ôl yr ymweliad cyntaf roedd Elenid wedi ypsetio. Yn dilyn yr ail roedd hi'n dal yn anesmwyth ond fel petai hi wedi dod i benderfyniad. Ro'n i'n credu mai cyflwr ei modryb oedd wrth wraidd hynny. Doedd Elenid ddim yn orawyddus i siarad am y peth, a wnes i ddim holi."

"O's prawf gyda chi o hyn?"

"Wrth gwrs. Drychwch." Pwyntiodd Catrin at dudalennau'r dyddiadur. "Dyma'r penwythnosau roedd Elenid a fi yng Nghaer, a dyma'r penwythnosau aeth hi adref. Alla i sgwennu'r dyddiadau i chi ar ddarn o bapur."

"Ie, bydde hynny'n ddefnyddiol iawn. Diolch."

★ ★ ★

Trannoeth, rhoddodd Akers adroddiad llawn o'i gyfarfod gyda Catrin. Gwrandawodd Mel a Gareth yn astud ac yna dywedodd Gareth:

"Fel o'n i'n tybio, mwy o wybodaeth am y teulu. Reit, rwy am i'r ddau ohonoch chi tsieco fersiwn Catrin o ble roedd Elenid ar y ddau benwythnos yna. Cysylltwch â'r cartref preswyl yng Nghaerdydd – Plasgwyn yw'r enw – mae e gerllaw llyn y Rhâth. Enw'r rheolwraig yw Mrs Meirwen Lloyd ac fe ddyle hi gofio mod i wedi galw yno rhyw wythnos yn ôl. Ma'n nhw'n cadw cofnod o bob ymwelydd a dylai fod yn hawdd felly i gael cadarnhad. Holwch am yr ymweliadau – a ddigwyddodd unrhyw beth anghyffredin, beth am gyflwr Ceridwen Lewis ar y dyddie hynny, ac a sylwodd Mrs Lloyd fod Elenid yn anhapus neu'n anesmwyth mewn unrhyw ffordd? Aeth Elenid yno ar ei phen ei hun neu oedd ei chwaer Gwenno gyda hi? Ni'n gwbod i Elenid fynd yno ddwywaith – oedd 'na rywbeth yn wahanol rhwng yr ymweliad cyntaf a'r ail? Cofiwch, y rheswm roddodd Elenid am wrthod gwneud ei pherthynas gyda Catrin yn gyhoeddus oedd bod raid iddi sortio problemau teuluol. Beth oedd y broblem honno, a pha aelodau o'r teulu sy ynghlwm â hyn i gyd? Ond meddwl agored plîs. Deall, Akers?"

Am eiliad ni ddywedodd y ditectif air ac yna tarodd y bwrdd gydag ergyd nerthol. "Rwy newydd gofio rhywbeth am y sgwrs ges i gyda Catrin. Fe gynigiodd hi sgwennu'r dyddiadau ar ddarn o bapur." Aeth Akers i'w boced. "Dyma'r rhestr. Roedd Catrin yn sgwennu gyda'i llaw chwith."

"Ie? Beth am hynny?" gofynnodd Mel.

"Chi ddim yn cofio? Pan o'n ni gyda Dr Annwyl dangosodd hi x-ray o ben Elenid Lewis ac fe ddwedodd hi bod llwybr yr ergyd yn dangos mai person llaw dde oedd y llofrudd."

Edrychodd y ddau arall arno gyda chymysgedd o ryfeddod a syndod. Gareth wnaeth y pwynt amlwg.

"Cywir, Akers, hollol gywir. Ac ma hynny'n golygu bod Catrin Huws yn dweud y gwir. Nid hi oedd y llofrudd. Rheswm arall i droi at y teulu, felly. Peidiwch ag anwybyddu neb, fel dwedes i. Meddwl hollol agored. Rwy'n mynd lan i'r Llyfrgell Genedlaethol i wneud ychydig o ymchwil."

★ ★ ★

Roedd gan Gareth docyn darllenydd i'r Llyfrgell ers ei ddyddiau coleg ac roedd yn weddol gyfarwydd â'r lle. Yn dilyn ymholiad byr fe'i cyfeiriwyd at un o'r stafelloedd darllen a gofynnodd am rifynnau *South Wales Guardian* o'r pum degau cynnar. O fewn dim, llwythwyd rholyn o ffilm meicro ar y peiriant o'i flaen. Gan nad oedd unrhyw fath o fynegai, yr unig ddewis i Gareth oedd palu drwy'r tudalennau rifyn wrth rifyn gan obeithio y byddai'n taro ar rywbeth berthnasol. Sylweddolodd yn fuan mai ailadroddus oedd y cynnwys –

adroddiadau o achosion llys, cyfarfodydd cyngor, a straeon di-ben-draw am enedigaethau, priodasau a marwolaethau. Nid oedd rhyw lawer i ennyn ei ddiddordeb, a'r hwya i gyd yr eisteddai Gareth yn araf droi olwyn y peiriant, mwya i gyd y suddai ei obaith o ddod o hyd i ddim byd o werth. Gan fod y Leyshons yn deulu pwysig a dylanwadol yn yr ardal roedd yna ddigonedd o wybodaeth amdanynt, ond dim un cyfeiriad at y sgandal y soniodd ei Wncwl Ifor amdani. Gwraig y teulu, Mrs Rosemary Leyshon, yn agor *sale of work*, cyfeiriadau cyson at y gŵr a'r penteulu, Mr G.W.R. Leyshon fel Cadeirydd y Fainc yn cosbi mân droseddwyr, a llun o'r ddau yn cyflwyno offerynnau newydd i Fand Pres Rhydaman. Tomen o newyddion da am deulu parchus.

Bu Gareth wrthi am yn agos i ddwy awr heb ddim i ddangos am ei lafur ac yn sgil yr holl syllu ar y sgrin fechan teimlai fod ei ben yn hollti. Cymerodd hoe a mynd am baned a llyncu dwy barasetamol. Dychwelodd at y peiriant a'r ail rolyn o ffilm ond er troi a syllu nes bod ei lygaid yn dyfrio ni welodd ddim a allai fod o help. Felly, gydag ochenaid, daeth i'r casgliad fod dylanwad y Leyshons wedi llwyddo i gadw'r wybodaeth am y ddamwain o'r papur.

Holodd y cynorthwyydd wrth y ddesg ef, "Dim lwc?"

"Na, dim rwy'n ofni," atebodd Gareth. "Rwy wedi bod drwy ddwy flynedd o rifynnau a does dim golwg o'r eitem berthnasol. Ma'n bosib nad aeth e i mewn i'r papur o gwbl. Beth bynnag, diolch i chi am eich help."

Roedd Gareth ar fin gadael pan alwodd y cynorthwyydd yn dawel ar ei ôl. "Chi'n sylweddoli bod dau bapur yn cylchredeg yn Rhydaman ar yr adeg yna? Roedd yr *Amman Valley Chronicle* i'w gael hefyd. Fyddech chi'n am weld hwnnw?"

Derbyniodd Gareth y cynnig yn ddiolchgar, ond heb

lawer o obaith, ac aeth ati eto i syllu ar y print mân. Roedd y *Chronicle* yn llwydach, y colofnau'n gul a'r lluniau'n brin. Nid y math o bapur a roddai sylw i sgandal, meddyliodd Gareth, tan iddo droi olwyn y peiriant a gweld y pennawd:

TRAGIC ACCIDENT AT PLAS Y BARAN

Police were called to a tragic accident at Plas y Baran, the home of local businessman and dignitary, Mr G.W.R. Leyshon. It is understood that one of Mr Leyshon's daughters, Ceridwen, had fallen down the stairs of the family home and sustained serious injuries. Neither Mr Leyshon nor his wife Mrs Rosemary Leyshon were in the house at the time of the accident, but we understand that Ceridwen's sister, Miss Rhiannedd Leyshon, was present. Miss Ceridwen Leyshon was recently engaged to Michael Llewelin, the son of the prominent Swansea industrialist, Sir Victor Llewelin.

It is believed that an ambulance arrived at Plas y Baran. and Constable Sylvanus Davies of Ammanford Police Station attended the scene of the accident. Carmarthenshire Constabulary have informed us that they have no further comment to make on the matter.

Trodd Gareth yn frysiog at rifynnau'r wythnosau canlynol, ond doedd dim cyfeiriad pellach. Y Leyshons wedi mygu'r stori, mae'n siŵr. Roedd y ffeithiau angenrheidiol ganddo, ac roedd cael enw cariad Ceridwen Lewis a'r plismon yn fonws ac yn gwneud yr holl chwilio a'r pen tost yn werth chweil.

Rhuthrodd yn ôl i'r stesion i wneud galwad ffôn, ond roedd Mel ac Akers yn aros amdano.

"I bob pwrpas, syr, mae'r wybodaeth gawson ni gan Catrin Huws yn gywir," dywedodd Mel. "Buon ni'n siarad â Meirwen Lloyd yng nghartref Plasgwyn a do, fe wnaeth

Elenid ymweld â'i modryb ar y ddau benwythnos yna. Yn ystod yr ymweliad cyntaf cafodd Mrs Lloyd ei galw i stafell Ceridwen am fod yr hen wraig wedi cynhyrfu. Pan ofynnodd Mrs Lloyd beth oedd yn bod, dywedodd Elenid fod ei modryb wedi ypsetio am nad oedd hi'n gwybod ble roedd hi a'i bod am fynd adref. Roedd hi'n mwmblan am Blas y Baran drwy'r amser. O dipyn o beth llwyddwyd i'w thawelu ond sylwodd Mrs Lloyd fod Elenid yn anesmwyth a'i bod yn crio wrth adael Plasgwyn. Yr ail waith, roedd Ceridwen ac Elenid yn ddiddig a'r ddwy'n mwynhau paned o de yng nghwmni'i gilydd. Ond nid dyna ddiwedd y stori – roedd Elenid eto'n crio wrth adael ac wrth y drws fe ddywedodd wrth Meirwen Lloyd nad oedd hi am adael i'r cyfan basio a bod ei modryb wedi dioddef digon yn barod."

"Beth ar y ddaear yw ystyr hynna? Lwyddodd Mrs Lloyd i gael eglurhad?" holodd Gareth.

Cydiodd Akers yn y stori. "Yn y bôn, naddo. Fe ofynnodd a oedd 'na broblem gyda gofal ei modryb, ac fe atebodd Elenid fod y teulu'n gwbl hapus gyda threfniadau Plasgwyn. Ychwanegodd ei bod o dan bwysau yn y coleg a'i bod wedi gorymateb i broblem deuluol. Dim byd mwy na hynny. Bu raid i staff Plasgwyn fynd at Ceridwen sawl gwaith y noson honno. Roedd hi'n llefen drwy'r amser, ac yn holi'n ddi-bendraw am ei thad a'i mam. Y diwrnod canlynol fodd bynnag, doedd yr hen wraig yn cofio dim am yr helynt."

Dangosodd Gareth allbrint o'r stori yn y *Chronicle* i Mel ac Akers. "O'r diwedd, llygedyn o oleuni. Cofiwch am y ffeithiau sy gyda ni hyd yn hyn. Catrin Huws yn dweud bod Elenid yn poeni am broblem deuluol, ac wedi cynhyrfu ar ôl mynd i weld ei modryb. Ma hyn i gyd, a'r stori yn y papur, yn arwain at Ceridwen Lewis."

"Ond chewch chi ddim byd o fan'na," meddai Akers.

"Dyw hi ddim yn cofio beth sy'n digwydd o un diwrnod i'r llall, heb sôn am flynyddoedd yn ôl."

"Dwi ddim mor siŵr, Akers. Ma mwy nag un ffordd o gael at y gwir. Rwy am i'r ddau ohonoch chi ffeindio mas pwy yw'r Michael Llewelin 'ma. Ma'r stori yn y *Chronicle* yn fan cychwyn. Fe a' i ar ôl y plismon, Sylvanus Davies."

Aeth Gareth i'w swyddfa i roi caniad i Orsaf Heddlu Rhydaman. "Insbector Gareth Prior o Swyddfa Heddlu Aberystwyth sy 'ma. Alla i siarad â phrif swyddog y CID, plîs?"

Cleciadau ac oedi ond yna clywodd Gareth lais cryf ar y lein. "Insbector Des Evans yma. Beth yw'r broblem?"

Cyflwynodd Gareth ei hun gan ddweud mai ef oedd yn arwain yr ymchwiliad i lofruddiaeth Elenid Lewis. Torrodd Des Evans ar ei draws, "Ie, rodd y groten yn dod o'r ardal. Ei thad yn weinidog 'ma."

Cadarnhaodd Gareth y ffeithiau ac yna daeth at wir bwrpas yr alwad. "Insbector Evans, rwy ar drywydd agwedd i'r ymchwiliad ac ar hyn o bryd dwi ddim yn gwbod a yw e'n berthnasol neu beidio. Rwy'n trial ca'l gafael ar berson oedd yn arfer gweithio yn Swyddfa Heddlu Rhydaman. Cwnstabl Sylvanus Davies."

"Faint yn ôl, o's syniad 'da chi?"

"Wel, rhyw ddeugain mlynedd, falle mwy."

"Jiw, jiw, gymaint â hynna. Alla i byth â'ch helpu chi, sori – dwi ond wedi ca'l shifft fan hyn o Gaerfyrddin ers blwyddyn. Arhoswch funed, gofynna i i 'mhartner nawr. Jac, ti'n nabod rhyw Sylvanus Davies, arfer gwitho 'ma flynydde 'nôl…? Chi'n lwcus, Insbector. Ma Jac yn cofio Syl Davies yn dda. Ma fe wedi riteiro, wrth gwrs, ac yn byw yn Lland'ilo. Mae'r cyfeiriad a'r rhif ffôn 'da fi fan hyn. Beiro 'da chi?'

Bloc o fflatiau i'r henoed ym mhen ucha tre Llandeilo oedd
Gerddi Cennen, a phan ganodd Gareth y gloch wrth y fynedfa
daeth gofalwr i ateb. Roedd y cyn-blismon yn byw yn fflat
22 a dringodd Gareth y grisiau i'r ail lawr. Curodd ar y drws
a chan fod Gareth wedi ffonio ymlaen llaw roedd Mr Davies
yn ei ddisgwyl.

"Dewch miwn, dewch miwn. Sai'n ca'l lot o fisitors y
dyddie hyn, yn arbennig fisitor o'r ffors. Insbector Prior,
ontefe? Mowredd, ma bois yn ca'l mynd yn insbectors yn glou
heddi, yn wahanol i'r amser pan o'n i ar y bît. Ond 'na fe,
Insbector, fi'n siŵr 'ych bod chi wedi haeddu'r promosiwn!"

Gwenodd Gareth ac edrychodd ar Syl Davies. Roedd
yn cyfateb i'r dim i'r ddelwedd o blismon pentre erstalwm
– ysgwyddau llydan, corff cryf a thros chwe throedfedd o
daldra. Gallai Gareth ei weld nawr yn rhoi clipsen i grwtyn
am fân drosedd gyda'r rhybudd, "Paid â neud e 'to neu mi
weda i wrth dy dad!" – ymateb a gâi effaith bryd hynny pan
oedd tad yn barod i ddisgyblu. Er bod y fflat yn fechan, roedd
y lle fel pìn mewn papur. Ar y dodrefnyn ger un wal roedd
rhes o luniau – mab a merch mewn dillad priodas, lluniau o
wyrion ac, yn y canol, ffoto o Syl Davies yn sefyll yn ymyl
gwraig eiddil yr olwg.

"'Na fi a Mair yn dathlu'i phen-blwydd ola hi. Buodd hi
farw'n fuan ar ôl tynnu'r llun. Canser. A 'na'r mab Iwan a'r
ferch Delyth ac wedyn eu plant nhw. Ma'n nhw'n byw bant
nawr, Iwan yn Llunden a Del yn America. Ma'n nhw'n dod
pan allan nhw... Rwy'n siŵr byddech chi'n lico dishgled,
Insbector? Pan o'n i yn y ffors rodd pawb yn yfed galwyni o
de!"

Wrth i Syl Davies fynd ati yn y gegin drws nesa, cafodd
Gareth y teimlad cryf o hen ŵr yn gorfod dygymod ag

unigrwydd. Ei gyn-gyfeillion yn marw o un i un, ei blant ymhell ac yn llawn eu prysurdeb eu hunain, a'i wyrion yn cofio am dad-cu bob pen-blwydd a Nadolig. A'r gwacter creulonaf – dim cymar i rannu sgwrs a llanw blynyddoedd olaf bywyd.

"'Co chi, dishgled go gryf. Alla i byth â diodde rhyw hen stwff gwan fel piso cath! Nawr te, fel wedes i, sai'n ca'l ymweliadau o'r ffors yn amal, felly ma'n rhaid bod e'n bwysig. Bant â chi – beth y'ch chi isie gwbod?"

Tynnodd Gareth yr allbrint o'r *Amman Valley Chronicle* o'i boced a'i basio i Syl Davies. Aeth hwnnw i nôl ei sbectol a darllen. "'Machgen bach i, chi'n mynd 'nôl yn bell nawr."

"Rwy'n credu bod cysylltiad rhwng y digwyddiad yna a llofruddiaeth rwy'n ymchwilio iddi ar hyn o bryd. Ma'r erthygl yn 'ych enwi chi, Mr Davies. Chi'n cofio'r achlysur, yn cofio mynd i Blas y Baran?"

"Cofio, odw glei. Falle bod 'yn llyged i ddim cweit fel o'n nhw, ond sdim byd yn bod ar y cof. Arhoswch chi nawr. Ie, mis Mawrth odd hi – amser hyn o'r flwyddyn. Dath galwad frys miwn o Blas y Baran i'r stesion yn Rhydaman a fi ath draw yno. Petai'r bosys yn gwbod beth odd wedi digwydd, falle bydden nhw wedi hela rhywun mwy *senior*, ond fi ath."

"Pwy odd wedi galw'r heddlu?"

"Y forwyn. Pan es i miwn drwy'r drws ffrynt o'n i'n gallu gweld pam. Rodd un o'r merched, Miss Ceridwen, ar ei hyd ar waelod y stâr a'r ferch arall, Miss Rhiannedd, yn sefyll uwch ei phen. Do'n i ddim yn gwbod lot o *first aid* ond o'n i'n gwbod digon i bido symud Ceridwen, a wedes i hynna wrth y whâr a'r forwyn. Rodd y forwyn hefyd wedi ffono am ambiwlans a wedes i y bydde'r bois 'na yn gwbod beth i neud. Gofynnes i beth odd wedi digwydd, a wedodd Rhiannedd bod ei whâr wedi cwmpo lawr stâr – dal ei thro'd yn y carped ne rywbeth.

Odd y forwyn yn dweud dim, dim gair, jyst plethu'i dwylo 'nôl a mla'n ac edrych yn ofidus o un whâr i'r llall. Tra o'n i'n aros am yr ambiwlans wedes i fod rhaid cymryd *statement* ac ar unwaith wedodd Rhiannedd nad odd hi am weud dim nes bod ei thad a'i mam yn cyrradd. Nawr, Insbector, o'n i'n gwbod yn iawn pwy odd eu tad. Rodd e'n J.P. – boi â lot o ddylanwad. Es i ddim i ddadle, o'n i'n gweld bod y sefyllfa'n lletwith a odd well 'da fi whare'n saff. O dipyn i beth, glywon ni gloch yr ambiwlans ac ath y bois at Miss Ceridwen odd yn dal ar waelod y stâr. Yn reit glou ar ôl hynny tynnodd car lan a dath Mr a Mrs Leyshon miwn. Edrychodd e arna i ac wedyn ath e a Rhiannedd i stafell arall lle buon nhw'n siarad yn dawel am sbel. Dath hi mas, galwodd e fi miwn i'r stafell – a ma beth odd yn od. Odd Mr Leyshon yn dal y ffôn yn ei law ac fe wedodd e bod y Prif Gwnstabl ar y lein isie siarad â fi. Wel, fel gallwch chi ddeall, ces i lond twll o ofon. Do'n i 'riod wedi siarad â'r Chief ond odd ei neges e'n fyr ac yn bendant. O'n i fod i adel Plas y Baran ar unwaith a chymryd y cyfan fel damwain. Pan wedes i rywbeth am *statement* ath y Chief off 'i ben – 'chi wedi ca'l ordyr, Cwnstabl, a 'na beth chi fod i neud a dim byd arall'. Pwy o'n i i ddadle – dyn pwysica'r ardal yn sefyll wrth 'yn ochor i a'r Chief yn gweiddi arna i ben arall y lein."

"Ond do'ch chi ddim yn hapus, Mr Davies?" gofynnodd Gareth.

"Nag o'n, myn diawl. Do'n i ddim yn hapus pryd 'nny ac rwy wedi gofyn sawl gwaith a 'nes i fistêc? A nawr, hanner can mlynedd yn ddiweddarach, a weda i wrthoch chi, rwy'n dal i feddwl bod rhywbeth yn rong."

"O's unrhyw beth arall chi'n gofio am y noson, Mr Davies?"

"O's ma 'na. Rodd rhywun arall wedi bod ym Mhlas y

Baran — wedi bod ac wedi mynd. Pan ges i 'ngalw at y ffôn rodd y stafell yn drewi o fwg sigârs ac fe sylwes i ar stwmpyn sigâr mewn ashtrê. Nawr, dodd y merched ddim yn smoco. Felly, Insbector Prior, pwy odd y fisitor? Fisitor odd 'na pan gwmpodd Miss Ceridwen i lawr stâr, a fisitor odd wedi hen adel cyn i fi ddod yn agos at y lle."

Pennod 18

"**M**A'N RHAID I fi gyfaddef, syr. Ma un peth yn wir amdanoch chi – chi'n gwbod shwt i dynnu pobol bwysig miwn i'r ymchwiliad."

Akers wnaeth y sylw, a nodiodd Mel i gytuno. O flaen y ddau roedd copi agored o *Who's Who* a thomen o bapurau a nodiadau, ffrwyth eu hymchwil i Michael Llewelin. Edrychodd Gareth dros ysgwyddau'r ddau i ddarllen y cofnod yn *Who's Who*.

LLEWELIN, Sir Michael

Born Swansea, 2 September 1938; s of Sir Victor Llewelin and Moira Llewelin; m 1963 Winifred Broughton (d 1991) d of late Lt Col George Broughton; one s one d.

EDUCATION

Christ College, Brecon; University College of Wales, Aberystwyth; Merton College, Oxford.

CAREER

Commissioned Royal Regiment of Wales 1962, saw service in Northern Ireland, mentioned in dispatches 1969. Entered Metropolitan Police Force 1970 on rank of Inspector. Promoted Chief Inspector 1973 and personally responsible for establishing Serious Crimes Unit 1975. Assistant Commander Specialist Operations, 1980, Commander Protection Command Unit, 1988. Assistant Head UK Border Security 1996 at rank of Commander. Seconded SIS 1998 – 2002. Retired 2002. Queen's Police Medal 1979. Knighted for services to UK Border Surveillance 2004.

CLUBS

Atheneum, Cardiff and County.

HOBBIES

Sailing, Bridge, Military History.

Chwibanodd Gareth yn isel. "Diddorol iawn. Mae cyngariad Ceridwen Leyshon wedi dringo'n uchel. Mel, beth sy gyda chi i'w ychwanegu?"

Trodd y Sarjant at y pentwr o nodiadau. "Ma digon o wybodaeth amdano fe yn y Met. Achosion enwog a'r ffaith iddo dderbyn Medal y Frenhines yn 1979 am wynebu terfysgwr arfog tu allan i Lysgenhadaeth Libya. Yn dilyn hynny aeth i mewn i Adran SO y Met, Specialist Operations, gyda chyfrifoldeb am ddiogelwch pob llysgenhadaeth yn Llundain. Dyrchafiad oddi yno i ranc Commander yn y Protection Unit gyda chyfrifoldeb am warchod y teulu brenhinol. Wrth i'r bygythiad terfysgol gynyddu rhoddwyd y dasg o gryfhau a gweinyddu polisïau diogelwch ffiniau ynys Prydain i Michael Llewelin ac oddi yno, fel mae'r darn yn *Who's Who* yn dweud, fe'i secondiwyd i'r SIS, Secret Intelligence Services, ac yn benodol MI5. Dy'n ni ddim yn gwybod beth oedd ei brîff yno, ond gyda'i gefndir a'i brofiad bydden i'n tybio'i fod e rywbeth i wneud â'r un maes, sef diogelwch ffiniau. Ac wrth gwrs, dyna'r rheswm sy'n cael ei roi am ei ddyrchafu'n Syr."

"Ma'n siŵr 'ych bod chi'n iawn, Mel. Unrhyw beth arall?" gofynnodd Gareth.

"Oes, syr. Er bod gyda ni'r holl stwff 'ma, sdim un llun o Michael Llewelin. Dim fan hyn nac ar y we, er bod Clive a finne wedi whilo'n ddyfal ar bob math o wefannau gan gynnwys gwefan y Met. Ac un peth arall, 'sdim cyfeiriad."

"Dyw hynny ddim yn syndod, odi e? Bydde dyn fel 'na'n brif darged i derfysgwyr a prin y bydde fe'n rhoi cyfeiriad, yn arbennig wrth symud i weithio i'r heddlu cudd ar ddiwedd ei yrfa. Ond ma wastad ffordd i ga'l at wybodaeth a gan fod ein parchus Brif Gwnstabl, Dilwyn Vaughan, wedi dod aton ni o'r Met, ma siawns dda ei fod e'n nabod Michael Llewelin. Galwad i Gaerfyrddin, rwy'n credu. Mel, daliwch ati i weld beth arall allwch chi ffeindio am Llewelin, yn arbennig llun ohono fe. Akers, rwy am i chi gysylltu â Syl Davies yn Llandeilo i weld a yw'r forwyn oedd yn dyst i'r ddamwain ym Mhlas y Baran yn dal ar dir y byw. Unrhyw gwestiwn?"

Mel atebodd. "Oes, syr. Y'ch chi'n meddwl bod angen edrych eto ar rôl y teulu yn hyn i gyd – yn arbennig alibis Luther, Rhiannedd a Gwenno Lewis?"

"Pwynt teg, Mel, ewch drwy'r cyfan gyda chrib fân ac os oes rhyw fan gwan yn eu datganiadau, bydd raid eu holi unwaith eto."

Heb air ymhellach, gadawodd y ddau i fynd at eu tasgau. Deialodd Gareth rif y pencadlys yng Nghaerfyrddin a chael ei drosglwyddo i Swyddfa'r Prif Gwnstabl. Disgwyliai'r ateb arferol, sef bod Vaughan mewn cyfarfod pwysig ond, drwy lwc, roedd y dyn ei hun wrth ei ddesg.

"Bore da, Prior. Falch 'ych bod chi wedi ffonio. *Update* ar yr achos, os gwelwch yn dda. Mae'r wasg ar fy ngwar i a Phrifathro Aberystwyth yn cwyno byth a hefyd. Beth yw'r datblygiadau diweddaraf?"

"Ma 'na ddatblygiadau addawol, syr, a dyna lle rwy isie help. Rwy'n trial cael gafael ar rywun allai fod yn gyn gyd-weithiwr i chi yn y Met, Syr Michael Llewelin.'

"Mickey Llewelin? Beth sy 'da fe i neud â hyn i gyd?"

"Ma'r cyfan braidd yn gymhleth ond mae e'n ganolog i drywydd ry'n ni'n dilyn ar hyn o bryd. Ydy hi'n bosib cael ei gyfeiriad a'i rhif ffôn, syr?"

"Rwy'n gobeithio 'ych bod chi'n gwbod beth chi'n neud, Prior. Cyn iddo fe ymddeol roedd Mickey Llewelin yn un o swyddogion uchaf y Met. Dyn sy wedi cael *knighthood* am ei wasanaeth i'w wlad. Chi'n hollol siŵr o'ch ffeithiau?"

Amynedd, amynedd meddyliodd Gareth. "Odw, syr, yn gwbl sicr; fydden i ddim yn gofyn oni bai bod rhaid."

"Ga i weld beth alla i neud. Ffonia i'n ôl mewn rhyw awr i weld a yw'r manylion ar gael. Ond dwi ddim yn addo, cofiwch."

Gwenodd Gareth wrth gloi'r sgwrs. Gwyddai'n iawn fod uchel swyddogion y Met yn adnabod ei gilydd yn dda a bod rhwydwaith *old boy* y sefydliad yn un cryf. Yn fwy na thebyg roedd cyfeiriad a rhif ffôn Michael Llewelin eisoes yn nyddiadur Dilwyn Vaughan, ond roedd yn rhaid iddo chwarae'r gêm wrth beidio ymddangos yn rhy awyddus i ddatgelu manylion preifat. Ond roedd Gareth yn weddol ffyddiog y byddai'r wybodaeth ganddo ymhen yr awr.

Felly y bu. Cafodd Gareth rybudd gan Vaughan fod y cyfan yn gyfrinachol ac i beidio â datgelu'r manylion i unrhyw un arall. Edrychodd ar y cyfeiriad – Flat 6, Merrion Court, 56 Radnor Avenue, Chelsea. O ganlyniad i'w gyfnod fel myfyriwr yn Llundain roedd gan Gareth adnabyddiaeth weddol o'r ddinas ac ar ôl cip sydyn ar yr *A-Z* gwelodd fod Radnor Avenue yn arwain o'r Kings Road i lawr i gyfeiriad y Tafwys. Edrychodd ar ei oriawr – hanner awr wedi naw – a gwnaeth benderfyniad i adael am Lundain ar unwaith. Galwodd i mewn ar Mel a Akers i sôn am ei fwriad, aeth at y Merc a chychwyn ar ei siwrne.

★ ★ ★

O gofio am broblemau parcio a'r *congestion charge*, penderfynodd Gareth mai'r cynllun gorau fyddai gyrru i orsaf Bristol

Parkway a dal y trên cyntaf oddi yno i Paddington. Drwy lwc roedd y ffordd dros Bumlumon i Langurig yn wag o lorïau a llwyddodd i gyrraedd yr orsaf mewn ychydig dros ddwy awr a hanner. Roedd lwc ar ei ochr unwaith yn rhagor – roedd trên Abertawe i Lundain yn tynnu i mewn, a neidiodd Gareth i mewn i gerbyd dosbarth cyntaf. Roedd y cerbyd yn gymharol dawel ac felly cafodd gyfle i feddwl am yr achos.

Roedd Mel yn iawn – roedd yn rhaid rhoi ystyriaeth bellach i'r agwedd deuluol. Roedd Elenid wedi gwrthod bod yn agored am ei pherthynas â Catrin Huws, gan roi problem deuluol fel rheswm. Ymweliadau Elenid a'i modryb ym Mhlasgwyn, wedyn, ac Elenid yn dweud bod ei modryb wedi dioddef digon. Oedd gan Gwenno Lewis ran yn hyn i gyd? Mae'n wir fod honno wedi dweud wrtho'n blaen am ei chariad at ei chwaer, a'i bod yn awyddus i weld y llofrudd yn cael ei ddal. Roedd wedi dweud hynny ond a ddylid ei chredu? Roedd Gwenno Lewis ei hun wedi cyfaddef ei bod yn berson caled. Tybed a oedd hi'n ddigon caled i ladd ei chwaer ar sail cweryl deuluol? A beth am deulu agosa Elenid – ei thad a'i llysfam? Roedd y ddau'n anhapus gyda bywyd ac ymddygiad eu merch yn y coleg ond prin fod hynny'n rheswm dros ei lladd. Ac er bod yr alibis yn swnio'n ddigon saff, roedd angen mynd yn ôl ac edrych eto ar ddatganiadau Luther, Rhiannedd a Gwenno Lewis.

A beth am y gŵr lliwgar roedd Gareth yn teithio i'w weld, Syr Michael Llewelin? Sut roedd e'n ffitio i mewn i'r darlun? Gŵr oedd ar fin priodi Ceridwen Leyshon, chwaer Rhiannedd Lewis, tua hanner canrif yn ôl, ond ar ôl y ddamwain ym Mhlas y Baran mae e'n diflannu i bob pwrpas, yn priodi rhywun arall, yn dringo i fod yn un o ddynion mwya pwerus y Met a'r MI5 ac yn gorffen ei yrfa fel Marchog. Ai fe oedd y dyn a aeth ar ffo o'r Plas ar noson y ddamwain gan adael, yn ôl tystiolaeth Syl Davies, dim mwy na llwch a mwg sigâr ar ei ôl? Oedd, roedd digon o gwestiynau ond prinder dybryd o atebion.

Pan arafodd y trên, camodd Gareth ar y platfform gyda'i gyd-deithwyr a cherdded ar draws cyntedd eang Paddington i'r Tube, dilyn yr arwyddion am y Circle Line ac ymhen llai nag ugain munud roedd ar y grisiau symud yn esgyn i orsaf Sloane Square. Trodd i'r chwith a cherdded i lawr y Kings Road gyda'i siopau dillad drudfawr a'r rhes arferol o fariau coffi Cafe Nero a Starbucks. Dyma hafan y trendis, yn sipian *machiatto* a gliniadur o'u blaen er mwyn ymddangos yn brysur. Daeth at dafarn y Chelsea Potter a throi i'r chwith eto i Radnor Walk; yn ystod ei ddyddiau coleg byddai Gareth yn dod yma'n bur aml gyda'i gyd-Gymry i'r gwasanaethau yng Nghapel yr Annibynwyr. Gwelodd fod y capel yno o hyd, ond nid oedd llawer o lewyrch ar y lle ac roedd yr hysbysfwrdd yn wag heb unrhyw fanylion am oedfa na gweinidog.

Arweiniai Radnor Avenue yn syth o Radnor Walk, ac ar ddwy ochr y ffordd roedd blociau o fflatiau solet mewn brics coch a adeiladwyd yn y tri degau, coed ceirios yma ac acw ar y palmentydd, a gardd fechan gloëdig yn y canol yn rhannu'r stryd. Popeth yn lân a chymen ac arlliw cyfoeth sylweddol ar y fflatiau a'r ceir a barciwyd yn llecynnau'r preswylwyr o flaen pob bloc. Cyrhaeddodd Merrion Court, dringo'r grisiau a chanu'r gloch ger drws derw ac iddo gwarelau gwydr trwchus. Atebwyd y drws gan ofalwr a oedd, mewn gwirionedd, yn edrych yn debycach i drefnwr angladdau nag i ofalwr. Roedd yn amlwg na fyddai neb yn cael mynediad heb ei ganiatâd.

"Can I help you?" gofynnodd yn llyfn.

"Yes, I've come to see Sir Michael Llewelin, Flat 6," atebodd Gareth.

"Sir Michael is expecting you? You have an appointment?"

holodd y dyn ymhellach, yn fêl i gyd.

Gan ffrwyno'i amynedd, dangosodd Gareth ei gerdyn warant. "No, he's not expecting me, but I'm here on official business." Ac yna ni allai ymatal rhag ychwanegu, "a murder enquiry as a matter of fact. So, if you don't mind…"

Camddeallodd y gofalwr. "Oh, I see now. One of Sir Michael's colleagues from the Met. Flat 6 is on the second floor. I'll phone up to say you're on your way. I didn't catch your name?"

"I didn't give it," atebodd Gareth yn swta wrth ddringo'r grisiau a orchuddiwyd â charped trwchus. Ar ddrws fflat chwech roedd cloch fechan mewn cylch pres ac, uwchben, plât pres yn dal cerdyn gyda'r un gair, Llewelin. Canodd Gareth y gloch ac atebwyd y drws ar unwaith gan forwyn Ffilipino.

"Good afternoon," dywedodd yn gwrtais. "Sir Michael is expecting you. Would you please follow me."

Roedd y carped yma'n fwy trwchus ac o liw hufen golau a fyddai'n dangos pob smotyn. Roedd yma ddodrefn hynafol ac ar y waliau luniau olew a dyfrlliw drud yr olwg. O'i flaen roedd drws caeedig, ac wrth i'r forwyn nesáu ato clywodd Gareth y smic lleiaf y tu ôl iddo. Trodd yn sydyn i weld cysgod a rhyw fath o symudiad; wrth iddi sylwi ar ei edrychiad tuag at yn ôl, brysiodd y forwyn i agor y drws a'i arwain i'r ystafell o'i blaen.

"Sir Michael, your guest," cyhoeddodd y forwyn.

Cododd y dyn o'i gadair esmwyth i gyfarch Gareth a sylweddolodd y ditectif ar unwaith ei fod wyneb yn wyneb â'r dieithryn militaraidd yr olwg a sleifiodd yn hwyr i angladd Elenid Lewis. Dyma, felly, gyn-ddyweddi Ceridwen Leyshon, a ddringodd i uchelfannau'r Met a'r Heddlu Cudd, ond gŵr a oedd, ym marn Gareth, yn prysur sefydlu ei hun fel unigolyn a chanddo gyfrinach fawr yn ei orffennol.

Yn hytrach na'r Saesneg coeth disgwyliedig, roedd y cyfarchiad yn Gymraeg. "Croeso, Ditectif Insbector Prior. Rwy wedi bod yn eich disgwyl."

Roedd e'n amlwg wedi cael mwy o rybudd na galwad y gofalwr yn unig ac roedd ganddo syniad pwy oedd ei ymwelydd wedi'r cyfan, meddyliodd Gareth. Dilwyn Vaughan wedi ffonio a rhwydwaith *old boy* y Met wedi dangos ei rym. Synhwyrodd hefyd ei fod yn delio gyda meistr. Nid oedd Syr Michael Llewelin yn dangos gronyn o ofid na phryder; yn wir, roedd ei ymarweddiad yn union fel petai ymweliad gan dditectif yn gwbl arferol. Bydd angen i mi gymryd gofal, meddyliodd Gareth. Ar hyn o bryd mae'r cardiau i gyd yn fy nwylo i, ond bydd raid eu chwarae'n gelfydd.

"Thank you, Imelda, that will be all."

Aeth y forwyn allan o'r stafell a thywyswyd Gareth at gadair. Roedd y stafell yn helaeth – nenfwd uchel, dwy ffenest yn edrych allan dros yr ardd yn y stryd, a phob peth ynddi o'r ansawdd gorau – dodrefn hynafol unwaith eto ac arnynt ddarnau o grochenwaith cain, llestri Abertawe yn ôl pob golwg. Ffotograffau teuluol mewn fframiau arian a rhagor o baentiadau gyda'r pwyslais ar dirluniau. Yn argraff bennaf oedd na phrynwyd dim o'r trysorau hyn. Na, roedd y cyfan wedi'u hetifeddu, ac os oedd ôl a sglein arian ar y cynnwys, hen arian oedd hwnnw.

Wedi i'r ddau eistedd, meddai Syr Michael, "Insbector, dy'n ni ddim wedi cyfarfod o'r blaen a dwi ddim yn siŵr sut alla i fod o gymorth?"

Chwaraeodd Gareth ei gerdyn cyntaf. "Na, dy'n ni ddim wedi cyfarfod yn ffurfiol. Ond roeddech chi, fel fi, yn angladd Elenid Lewis, merch y Parch Luther a Mrs Rhiannedd Lewis.

Fe welais i chi'n cyrraedd yn hwyr ac yn mynd o'r capel yn gynnar."

Os oedd Syr Michael wedi cael sioc, ni ddangosodd hynny o gwbl. "Digwyddiad trist, Insbector, ac roedd yn fraint cael bod yno gyda'r gynulleidfa luosog i fod yn rhan o'r galaru am ferch ifanc."

"Rwy'n arwain yr ymchwiliad i lofruddiaeth Elenid – falle'ch bod chi'n gwybod hynny'n barod?"

Dim ymateb. Cerdyn arall. "A bod yn blaen, Syr, ga i ofyn i chi pam oeddech chi yn yr angladd?"

"Rwy wedi adnabod y teulu ers blynyddoedd, Insbector, a phan fo trychineb fel yna'n digwydd, y peth naturiol yw cofio am hen gyfeillion a bod yno i gydymdeimlo."

"Ers pryd ry'ch chi'n adnabod y teulu, Syr, a sut ry'ch chi'n eu hadnabod?"

Daeth yr awgrym lleiaf o ddicter i lygaid Llewelin, ond diflannodd ar unwaith.

"Dwi ddim yn nabod Mr Lewis, ond roedd Nhad a Mam yn gyfeillion agos i rieni Mrs Lewis ac felly mae'r cysylltiad yn ymestyn nôl dros nifer dda o flynyddoedd."

Y trydydd cerdyn. "Ga i awgrymu, Syr, eich bod yn adnabod un aelod o'r teulu'n dda iawn, sef Miss Ceridwen Leyshon, chwaer Mrs Lewis, a'ch bod chi a hithau wedi dyweddïo ar un adeg? Mae hynny'n mynd â ni 'nôl i'r pum degau, rwy'n credu."

"Gan eich bod chi, fel pob plismon da, wedi gwneud eich ymchwil, Insbector, does dim pwynt i mi wadu. Roedd Miss Leyshon a minnau wedi dyweddïo, ond pan ymunais i â'r fyddin daeth y berthynas i ben. Er hynny, roedd y cysylltiad teuluol yn dal yn gryf. Yn ôl fy magwraeth i, Insbector, dy'ch chi ddim yn anghofio hen ffrindiau."

Llefarwyd y geiriau olaf gyda thinc o feirniadaeth, a'r ensyniad clir oedd bod Syr Michael Llewelin yn well person na Gareth Prior – wedi ei fagu ac wedi troi yn y cylchoedd gorau ac yn gwybod sut i ymddwyn yn gywir. Falle wir ond, yn y bôn, dywedodd Gareth wrtho'i hun, dwyt ti ddim llawer gwell na snob. Wel, gewn ni weld pa mor sicr wyt ti, a thithau newydd ddweud dy gelwydd cyntaf.

"Rwy'n credu, Syr, i'ch perthynas â Miss Ceridwen Leyshon ddod i ben nifer o flynyddoedd cyn i chi ymuno â'r fyddin a hynny dan amgylchiadau amheus."

"Mae'n flin gen i, Insbector, dwi ddim cweit yn eich deall chi nawr."

Pedwerydd cerdyn. Estynnodd Gareth i boced ei gôt, tynnu allan yr allbrint o'r *Amman Valley Chronicle* a'i estyn i Syr Michael.

"Gan eich bod chi'n gyfaill mor agos i'r teulu fe fyddwch chi'n ymwybodol o'r digwyddiad. Miss Ceridwen yn syrthio ar y grisiau ym Mhlas y Baran ac yn dioddef anafiadau a olygodd ei bod wedi treulio'i bywyd byth ers hynny'n ffwndrus mewn cartrefi preswyl. Roeddech chi'n gwybod hynny, mae'n siŵr."

"Ry'ch chi wedi bod yn brysur, Insbector. Wrth gwrs mod i'n gwybod bod Ceridwen wedi'i hanafu ac er i mi obeithio y byddai'n gwella fe ddaeth yn glir nad oedd hynny'n debygol. Bu'n rhaid i mi wynebu realiti a sylweddoli bod ein perthynas ar ben. Fel y dywedais, fe ymunais â'r fyddin a phriodi rhywun arall."

Gofal nawr. "Ga i awgrymu, Syr, eich bod chi'n bresennol ar noson y ddamwain ym Mhlas y Baran, a bod ganddoch chi ran yn yr hyn ddigwyddodd i Miss Ceridwen Leyshon?"

Unwaith eto, roedd yr ateb yn llyfn a hyderus. "Cyhuddiadau

difrifol, Insbector. Nawr, mae'r ddau ohonom yn gyfarwydd â phrosesau'r heddlu, er i mi ddringo gryn dipyn yn uwch na chi, Prior. Felly, o fewn fframwaith y prosesau arferol, Insbector, mae gyda chi brawf o'r cyhuddiadau?"

Anwybyddodd Gareth y sarhad. Trodd i edrych ar flwch pren tywyll a thaniwr sigaréts ar fwrdd bychan gerllaw cadair Syr Michael.

"Rwy'n gweld eich bod yn smocio sigârs. Ers pryd?"

"Alla i byth â gweld sut mae hynny'n berthnasol. Gan i chi holi, rwy'n smocio sigârs ers blynyddoedd ac yn dal i fwynhau gwneud hynny. Mae'r doctor, wrth gwrs, yn dweud y dylwn i roi'r gorau iddi, ac rwy'n cyfyngu fy hun i un neu ddwy y dydd. Pam y cwestiwn rhyfedd?"

Y pumed cerdyn. "Mae gen i dyst, Syr, y plismon sy'n cael ei enwi yn yr erthygl, Sylvanus Davies. Fe gafodd ei alw i Blas y Baran noson y ddamwain, a'i ddanfon oddi yno'n ddiseremoni gan ei Chief. Neb wedi rhoi *statement* a theulu dylanwadol y Leyshons wedi mygu'r hanes. Hyd heddiw, mae Syl Davies yn amau bod y digwyddiad yn y Plas yn fwy na damwain. Ac mae e'n cofio un peth neilltuol – bod stafell yn y Plas yn drewi o fwg sigârs ac fe sylwodd ar stwmpyn sigâr mewn ashtrê. Yn ei eiriau fe'i hunan, roedd fisitor wedi bod ym Mhlas y Baran y noson y cwympodd Miss Ceridwen Leyshon i lawr y stâr a'i fod wedi hen adel cyn iddo ddod yn agos at y lle. Rwy'n credu, Syr, mai *chi* oedd yr ymwelydd hwnnw."

Chwarddodd Syr Michael Llewelin yn drahaus. "A dyna'ch prawf chi? Hanner can mlynedd yn ddiweddarach, dim byd mwy na gwynt mwg ac un stwmpyn mewn ashtrê? Machgen bach i, mae gyda chi lawer i ddysgu os y'ch chi am lwyddo fel ditectif. Rwy'n credu, Insbector Prior, mod i wedi gwastraffu hen ddigon o amser yn gwrando ar y nonsens hyn."

Gwasgodd fotwm ar y bwrdd, agorwyd drws yr ystafell a daeth y forwyn i mewn.

"Imelda, the gentleman is leaving…"

"Cyn i fi fynd, Syr Michael, ga i ofyn ble roeddech chi ar y noson y lladdwyd Elenid Lewis, y cyntaf o Fawrth?"

Roedd yr ateb yn oeraidd ac yn bendant. "Ro'n i yma yn y fflat."

"Oes unrhyw un allai gefnogi hynny, Syr."

"Imelda, on the night of the first of March, I think you prepared a light supper for me and then it was your night off, if I remember correctly."

"Yes, Sir.'

"Felly, Insbector, tu hwnt i hynny, does neb all gefnogi'r alibi. Rwy'n ofni y bydd raid i chi gymryd fy ngair i." Trodd eilwaith at y forwyn. "Imelda, as I said, the gentleman is leaving. Would you show him out, please?"

Gorchymyn oedd hwn, nid awgrym. Cododd Gareth a pharatoi i ddilyn y forwyn. Edrychodd yn ôl ar Syr Michael Llewelin ond roedd y gŵr eisoes wedi troi ei gefn ac yn edrych allan drwy un o'r ffenestri. Iawn, meddyliodd Gareth. Ti enillodd y rownd yna. Wnes i ddim chwarae'r cardiau'n ddigon celfydd wedi'r cyfan. Ond, bydd yn ofalus, *Syr*, dwi ddim wedi gorffen eto.

Pennod 19

TRA OEDD EU bòs yn Llundain, bu Akers a Mel wrthi'n brysur. Cysylltodd Akers â Syl Davies yn Llandeilo a chael gwybod yn fuan bod y forwyn oedd yn dyst i'r ddamwain ym Mhlas y Baran wedi hen farw. Methiant hefyd fu ymdrechion Mel i ddod o hyd i lun o Syr Michael Llewelin. Tasg nesa'r ddau oedd edrych eto at ddatganiadau Luther, Rhiannedd a Gwenno Lewis o'u symudiadau adeg y llofruddiaeth a tsieco i weld a oedd y cyfan yn dal dŵr. Gwaith diflas, ond roedd yn rhaid sylwi ar bob manylyn, gan ailgysylltu â'r rhai a gefnogodd yr alibis yn y lle cyntaf.

Agorwyd drws y swyddfa a chamodd y Prif Arolygydd Sam Powell i mewn.

"Davies, Akers, falch o weld 'ych bod chi wrthi'n ddyfal. Insbector Prior o gwmpas?"

"Nag yw, syr," atebodd Mel yn ofalus.

"Ble mae e, Sarjant?"

"Yn Llunden, syr."

"Yn Llunden? Beth ar y ddaear mae e'n neud fan'na?"

Gyda'r un gofal ychwanegodd Mel, "Dwi ddim cweit yn siŵr, syr, ond mae'n ymwneud ag achos Elenid Lewis."

Roedd yn glir nad oedd Sam Powell yn hapus. "Jolihoetian, 'na i gyd ma Prior yn ei wneud. Caerdydd i ddechre a nawr Llunden. Y tro nesa y bydd e'n ein bendithio ni â'i bresenoldeb, dwedwch mod i am ei weld e ar unwaith."

Dychwelodd y ddau at eu tasgau ac yna gofynnodd Mel, "Clive, odi rhif ffôn y diacon yna yn Aberaeron ar dy restr di?

Mae ei enw fe fan hyn, Gwyn Daniel, ond dim rhif ffôn am ryw reswm."

Edrychodd Akers ar ei restr. "Dim byd, bydd raid 'i ga'l e o'r llyfr ffôn, rwy'n ofni."

Ochneidiodd Mel ac yna ychwanegodd Akers, "Mae e'n frawd i Tom Daniel, nag yw e? Ma Tom ar *duty* lawr stâr, ac ma'n siŵr bod y rhif gyda fe."

Aeth Mel i lawr i'r cyntedd. Doedd dim golwg o Tom Daniel ond wrth y ddesg safai Miss Meri Hannah Thomas a oedd yn adnabyddus i bawb yn y Swyddfa am ei chlecs a'i chwyno parhaus. Roedd ei hymweliadau'n gyson a hirfaith, ac o'r herwydd roedd holl blismyn y lle yn ei hosgoi fel pla'r Aifft. Dyna'r rheswm am ddiflaniad Tom, meddyliodd Mel. Rhoddwyd y dasg o ddelio â Miss Thomas i gadét ifanc a oedd, heb lawer o lwyddiant, yn ceisio gwneud synnwyr o lifeiriant geiriol y wraig.

"A be chi wedi neud am y gang 'na yn y *bus shelter*? Defnyddio iaith ofnadw a wherthin arna i pan 'nes i gwyno. A beth am y graffiti ar ochr y *shelter*? Alla i byth â dechre dweud beth odd 'na, wrth grwt ifanc fel chi."

Estynnodd y cadét am bapur a beiro, "Enw a chyfeiriad?" gofynnodd yn amyneddgar.

"Chi'n gwbod yn iawn beth yw'n enw i a nghyfeiriad i. Rwy 'ma'n ddigon amal."

"Os y'ch chi am wneud cwyn swyddogol, Madam, ma'n rhaid i fi gael enw a chyfeiriad."

"Meri Hannah Thomas, 10 Erwau Gleision, Waunfawr, Aberystwyth."

"Mrs neu Miss?"

Ni ellid fod wedi taflu sarhad mwy difrifol. Edrychodd Meri Hannah Thomas ar y cadét gyda dirmyg. "*Miss*, wrth gwrs, beth sy'n bod arnoch chi, grwt?"

Wrth wrando ar hyn, sylweddolodd Mel nad oedd gobaith ganddi o weld Tom Daniel. Mwy na thebyg ei fod yn cuddio'n ofalus yn y swyddfa y tu ôl i'r dderbynfa. Doedd dim amdani ond dychwelyd ar ôl i Miss Thomas adael.

Roedd honno wedi ailgydio yn y rhestr o gwynion a methiannau'r heddlu. "A beth y'ch chi'n mynd i neud am y dyn rhyfedd 'na weles i nos Sadwrn cyn dwetha? Dyn tal mewn côt hir ddu, cap du ac yn gwisgo trenyrs. Wedes i nosweth dda wrtho fe, dim gair 'nôl, a miwn â fe i'r car 'ma a dreifo bant. Odd e'n edrych yn *suspicious*. *Up to no good*, amser 'na o'r nos.'

Rhewodd Mel wrth y grisiau. Cofiodd am farc y trenyrs wrth ymyl corff Elenid Lewis, ac i Tim Bowen sôn am ryw fath o gysgod du pan oedd e ac Elenid y tu allan i Undeb y Myfyrwyr. Trodd Mel yn ei hôl a chyflwyno'i hun.

"Miss Thomas, Ditectif Sarjant Davies; falle hoffech chi ddod gyda fi i'r adran CID, er mwyn i ni edrych yn fwy gofalus ar eich cwynion?"

Edrychai'r cadét ar Mel fel petai wedi colli'i synhwyrau ond fe'i anwybyddwyd. Gafaelodd Mel yn ysgafn ym mraich Miss Thomas a'i harwain lan lofft.

"Miss Thomas, dyma'r Ditectif Gwnstabl Clive Akers ac mae e'n mynd i wneud paned o goffi i chi, on'd wyt ti Clive?" Roedd golwg syn ar wyneb Akers ond fe ufuddhaodd, ac ymhen ychydig funudau roedd yn ei ôl gyda'r coffi a bisgedi. Roedd Meri Hannah Thomas yn mwynhau ac yn falch bod rhywun – y CID cofiwch! – o'r diwedd yn cymryd ei chwynion o ddifri.

"Nawr te, Miss Thomas, dwedwch wrthon ni am yr hyn weloch chi rai nosweithiau'n ôl?" dywedodd Mel.

"Beth, am y *bus shelter* a'r graffiti?"

"Nage, am y gŵr rhyfedd weloch chi'n mynd at ei gar."

Gan fwynhau'r holl sylw, cynhesodd Miss Thomas at ei stori. "Wel, o'n i am fynd i'r gwely, bydden i'n dweud ei bod hi tua chwarter i un, ond roedd Modlen yn dal mas. Y gath yw Modlen. O'n i wedi trial 'i cha'l hi miwn sawl gwaith a hwn odd y trydydd tro. Odd Modlen ar y dreif a wnes i sylwi ar gar wedi parco jyst tu fas. O'n i'n gweld hyn yn od achos rwy'n nabod ceir y cymdogion i gyd. Car dierth odd hwn, 'sdim dowt. O'n i a Modlen yn troi am ddrws y tŷ pan weles i rywun yn dod at y car. Rodd e wedi gwisgo'n od – cap du, côt hir ddu, a trenyrs am ei dra'd. 'Na beth dynnodd 'yn sylw i, y trenyrs. Wedes i 'nos da' ond wedodd e ddim gair – miwn â fe i'r car a dreifo bant."

"Rhywbeth arall, Miss Thomas – taldra, ei wyneb, lliw gwallt?"

"O, naddo, bach, do'n i ddim am fynd yn rhy agos. Gafaeles i yn Modlen a miwn â fi i'r tŷ."

"Chi'n siŵr taw dyn oedd e?"

"Yn hollol siŵr."

Er iddynt guddio'u cynnwrf, roedd y ddau dditectif yn sylweddoli bod siawns dda mai'r person a welwyd gan Miss Thomas oedd y llofrudd. Cam mawr ymlaen ond trueni nad oedd y disgrifiad yn llawnach. Heb rhyw lawer o hyder, gofynnodd Akers, "Sylwoch chi ar rywbeth arall, Miss Thomas?"

"Wrth gwrs, Cwnstabl. Y car – Volkswagen Golf gwyn."

"Unrhyw siawns eich bod chi wedi gweld y rhif – y *number plate*?" Dim gobaith caneri, tybiodd Akers.

"Cwnstabl, rwy'n codi rhife ceir yn rheolaidd – mae 'na lot ohonyn nhw'n mynd yn rhy gyflym ar stad Erwau Gleision.

A do, wrth i'r Golf yrru o dan un o'r lampau stryd fe weles i'r rhif yn glir – LZ51 JDK."

Cafwyd trafferth i gael gwared ar Miss Thomas ond ar ôl i Mel addo iddi bod yr wybodaeth a roddodd yn gymorth sylweddol mewn ymchwiliad pwysig ac y byddai'r Prif Gwnstabl yn falch o glywed am ei chyfraniad, gadawodd y wraig yn fodlon. Heb oedi, aeth Akers at y cyfrifiadur i gysylltu â gwefan y DVLA yn Abertawe. Teipiodd y cyfrinair a roddai fynediad i gronfa gaeedig, yn cynnwys yr holl rifau cofrestru ceir ym Mhrydain. Bwydodd y rhif LZ51 JDK i mewn, ac ar y sgrin ymddangosodd yr wybodaeth:

> **Volkswagen Golf, White** – first registered 10th September 2001.
>
> **Registered Keeper** – Miss Wendy Taylor, 13 Chalfont Street, East Finchley, EF22 6BB. Tel: 020 808361 65576.
>
> This keeper sold vehicle 08.02.07. No information on new keeper.

Ffoniodd Akers linell uniongyrchol yr heddlu yn y DVLA i holi am y diffyg gwybodaeth am y perchennog newydd. Cafodd yr ateb fod hyn yn ddigon arferol, y prynwr yn anghofio cwblhau'r ffurflen a'i danfon i Abertawe. Wedi'r cyfan, cwta fis oedd ers i'r car newid dwylo.

Roedd asesiad Mel ac Akers o'r sefyllfa'n dra gwahanol. O feddwl bod y Golf bron yn siŵr wedi cael ei ddefnyddio gan y llofrudd, prin y byddai'r perchennog newydd am ddatgelu'r ffeithiau i'r DVLA na neb arall. Er i'r car gael ei weld ar gyrion campws y coleg ar y noson y lladdwyd Elenid a bod ganddynt led-ddisgrifiad o'r gyrrwr, nid oedd ganddynt syniad ble roedd y Golf erbyn hyn, nac yn wir a oedd y car yn bodoli o gwbl. Gallai'r perchennog fod wedi'i roi ar dân, ei yrru i mewn i chwarel neu'i ddympio.

"Beth newn ni nesa, Mel?"

"Ma Gareth yn Llundain, on'd yw e? Dylen ni 'i ffonio fe, trosglwyddo'r wybodaeth am Wendy Taylor ac wedyn geith e siarad â hi i weld beth ma hi'n gofio am brynwr y car."

★ ★ ★

Wedi iddo gael ei dywys yn ddiseremoni o'r fflat yn Merrion Court, cymerodd Gareth y cyfle i fachu cinio hwyr yn nhafarn y Chelsea Potter. Ei gynllun oedd mynd oddi yno i Paddington, dal trên a gyrru wedyn yn ôl i Aber. Diwrnod hir a blinedig, ac roedd agwedd ffroenuchel Syr Michael wedi ei adael mewn hwyliau drwg. Doedd dim digon o dystiolaeth i rwydo'r barwnig balch ar hyn o bryd ond roedd Gareth yn sicr iddo chwarae rhan yn y ddamwain ym Mhlas y Baran. Wrth gwrs, roedd profi hynny a chlymu'r cyfan â llofruddiaeth Elenid Lewis yn fater cwbl wahanol.

I ddilyn y *lasagne* a'r gwydraid o win coch, roedd wedi archebu *cappucino* ac roedd ar fin blasu hwnnw pan ganodd ei ffôn.

"Helô, Insbector Gareth Prior."

"Syr, Mel yn siarad. Ma 'na ddatblygiadau, a'r rhieni'n addawol."

Soniodd Mel am ymweliad Miss Thomas a'i disgrifiad o yrrwr y Golf a welwyd ar stad Erwau Gleision nid nepell o gampws y coleg, ar noson y llofruddiaeth. Fel ei sarjant, cofiodd Gareth ar unwaith am ôl troed y trenyrs gerllaw corff Elenid a sylw Tim Bowen am ffigwr tywyll yn llechu yn y cysgodion.

"Odd Miss Thomas yn siŵr mai dyn welodd hi?"

"Odd, syr, roedd hi'n bendant am hynny."

"Pam mae hi wedi aros tan nawr i sôn am y dyn 'ma?"

"Roedd hi wedi bod yn aros gyda'i chwaer yn Birmingham."

"Reit Mel, rwy'n mynd am y trên nawr. Bydda i 'nôl cyn gynted ag y galla i."

"Na, syr, gwrandwch," ac aeth Mel yn ei blaen i sôn am y sgwrs gyda'r DVLA a'r diffyg gwybodaeth am berchennog newydd y car. "Ond mae enw a chyfeiriad y cyn-berchennog gyda ni ac ma hi'n byw yn Llundain. Falle y dylech chi gysylltu â hi i ffeindio pwy brynodd y Golf."

Cydsyniodd Gareth, ac wedi iddo gael y manylion ffoniodd Wendy Taylor ar unwaith. Ar ôl i'r ffôn ganu sawl gwaith cafodd ei drosglwyddo i rif ffôn symudol. Unwaith eto, cafwyd sawl caniad ac roedd Gareth ar fin anobeithio pan glywodd lais yn ateb. Roedd cryn sŵn yn y cefndir a'r derbyniad yn wael. O'r herwydd, bu'n rhaid i Gareth godi'i lais.

"I'm a police officer, Inspector Gareth Prior, and I'm phoning about a car you've just sold."

Sylwodd Gareth fod nifer o yfwyr y Chelsea Potter yn clustfeinio ar y sgwrs, ac felly symudodd i goridor tawel.

"Miss Taylor, are you still there? I'm having difficulty hearing you."

"Yes I'm here. I work in a shop and I'm busy at the counter. Give me your number and I'll ring you back in a minute."

Glynodd Wendy Taylor at ei haddewid ac ymhen llai na munud canodd y ffôn.

"Inspector Prior, sorry about that. As I said, it was a busy moment in the shop but I'm in the back room now and the reception's better here. Now then, about the Golf. I'm very glad you've phoned, I didn't expect someone as senior as you. How can I help?"

"Obviously we have your name, Miss Taylor, but though we've been in contact with the DVLA in Swansea they have no trace of the new owner of the Golf. Do you have any information on how you came to sell the car, where you sold it and any details about the buyer?"

Daeth tinc o ofid i lais Wendy Taylor. "Oh dear. I can assure you I was most careful with the documentation. Well, I wanted to buy a new car and I thought I would try to sell the Golf privately. So I put an add in the local paper, *The Finchley News*, and after a few time wasters I had a call on my mobile from this man who said he was really interested. He came to the house – I didn't let him in, you've got to be careful these days, haven't you? He had a quick look at the car and he said yes, he wanted to buy. I expected him to haggle about the price, but he didn't, he paid me in cash there and then. I was a bit surprised and also that he refused a test drive. So as I said, I gave him his section of the documentation, he gave me the money, drove off and that was that."

"Do you remember anything about him, Miss Taylor? Did he give a name?"

"Yes he did, he said his name was Smith. I found that odd, because he didn't look like a Smith to me."

"How do you mean?"

"Well, he was foreign, Inspector, didn't I say? But there, foreigners can be called Smith, can't they?"

"When you say foreign, can you be more specific?"

"He had dark skin, but he wasn't Indian or Pakistani or anything like that."

Ochneidiodd Gareth yn dawel ond yna aeth Wendy Taylor

yn ei blaen. "Wait a minute, there was one thing. He was exactly like the waiters on the cruise I went on with a friend last year. He looked the same and he spoke the same."

Mewn fflach, cofiodd Gareth am y forwyn Ffilipino yn y fflat yn Merrion Court. Cofiodd hefyd am y teimlad o bresenoldeb rhywun arall wrth iddo gael ei dywys at Syr Michael a hast y forwyn i'w gyflwyno. A nawr Wendy Taylor yn cymharu'r dyn a brynodd ei char i staff gweini ar fordeithiau, a Gareth yn ymwybodol o'r ffaith bod rhan helaeth o staff felly yn Ffilipinos. Ma'n rhaid bod cysylltiad.

"You're sure about that, Miss Taylor?"

"Yes, absolutely."

"You've been most helpful. We may need to contact you again. But for now, thank you."

"One thing, Inspector, before you go. What about the speeding fine?"

"The speeding fine? I'm not quite with you now, Miss Taylor."

"Oh, I thought that's why you were phoning and that's why I said I didn't expect someone so senior. You see, about a week after I sold the car I got a speeding notice which said that the Golf had been doing seventy-five miles an hour in a restricted section of the M4 near Cardiff. But I'd already sold the car by then. So I don't quite know what to do, Inspector."

Wedi iddo sicrhau Wendy Taylor y byddai mater y gosb am oryrru'n cael ei ddatrys, ffoniodd Gareth ar ei union i Aberystwyth.

"Akers, chi sy 'na?" Cafwyd cadarnhad. "Gwrandwch, rwy wedi cael rhywfaint o wybodaeth am brynwr y car. Bydd raid i fi aros yn Llundain tan ddiwedd heddiw o leia. Ma

Wendy Taylor wedi datgelu un ffaith allweddol arall. Tua wythnos ar ôl iddi werthu'r car cafodd hi lythyr oddi wrth Heddlu De Cymru yn rhybuddio bod camerâu ar ddarn o'r M4 ger Caerdydd yn dangos fod y Golf wedi cael ei ddal yn sbîdio. Ma'n amlwg mai'r perchennog newydd oedd yn gyrru. Felly, Akers, wnewch chi a Mel gysylltu gydag Adran Heddlu De Cymru sy'n danfon allan y rhybuddion a chael amser a lleoliad y drosedd. Holwch yn arbennig os oes gyda nhw lun digon da o'r gyrrwr. Yna, cysylltu eto â Heddlu De Cymru a gofyn iddyn nhw ddosbarthu *all car alert*. Os yw'r Golf rywle yng nghyffiniau Caerdydd, ma 'na siawns y daw e i'r golwg. Iawn, Akers?"

"Iawn, syr. Beth amdanoch chi – y'ch chi am i ni gysylltu os bydd unrhyw ddatblygiadau?"

"Ydw, unrhyw ddatblygiadau, ffoniwch fi. Rwy'n mynd i ailymweld â fflat Syr Michael Llewelin. Hwyl."

★ ★ ★

Unwaith eto dringodd Gareth y grisiau i Merrion Court, ac unwaith eto daeth y gofalwr yn y siwt angladd i'r drws. Safodd yn yr unfan gan wrthod cyfle i Gareth i groesi'r rhiniog.

"Back so soon? Wasted journey, I fear. Sir Michael is out," meddai, a pharatôdd i gau'r drws.

Roedd Gareth wedi cael hen ddigon ar ymarweddiad y bwbach hunanbwysig. Rhoddodd ei droed yn erbyn gwaelod y drws a gwthio heibio i'r gofalwr i mewn i'r cyntedd. Croesodd at ddesg fechan a gafael mewn ffôn. Fel ar ei ymweliad cyntaf dangosodd Gareth ei gerdyn warant.

"As I said when I was here earlier, I'm the investigating officer on a murder enquiry, an enquiry that has direct links with Sir Michael Llewelin. We can do this two ways, I don't mind. You can prevent me from gaining access to the flat upstairs and I will use this phone to call for assistance from the Metropolitan Police. Within five minutes this place will be crawling with police cars and I will have you arrested for obstructing a police officer in the execution of his duty. That will look good in the papers, won't it? Or you can let me pass and I will make my way quietly and discreetly to Flat 6. Now, what's it to be?"

Gwelwodd y dyn. "If you put it like that, sir…"

"I do put it exactly like that."

Sylwodd Gareth fod y cyfarchiad 'Sir' wedi ymddangos yn sydyn yng ngeirfa'r gofalwr. Cododd o'r ddesg a mynd am y grisiau. Wrth edrych yn ôl gwelodd y gofalwr yn estyn am y ffôn.

"Don't ring to say I'm on my way."

Pwysodd Gareth ar gloch fflat rhif chwech, ac agorwyd y drws gan y forwyn.

"I'm afraid Sir Michael is out."

"I know that. It's not Sir Michael that I've come to see, it's you. Imelda, isn't it? May I come in?"

Camodd y forwyn i'r naill ochr mewn braw. Arhosodd y ddau yn y coridor ac yna gyda'r cwrteisi arferol ond yn dawel iawn, gofynnodd y forwyn, "I don't understand, sir, I don't know how I can help you? I know nothing of Sir Michael's affairs. I am only the maid."

"How long have you worked for Sir Michael?"

"Four years, sir."

"You work here alone?"

Eto yr olwg o fraw, ond roedd yr ateb yn bendant, "Yes, sir, quite alone."

"This is a big flat for one person to clean, and I'm sure you cook for Sir Michael as well?"

"I manage, sir."

"Imelda, do you have a husband?"

Erbyn hyn roedd ei phryder yn amlwg ond llwyddodd y forwyn i fagu digon o hyder i ateb. "No, sir, I do not have a husband."

"But you wear a wedding ring?"

"What I mean, sir, is that my husband is…"

"Imelda, I think now that the best plan would be for you to come with me to the police station so that we may check on your work permit, to see that all is in order. Please fetch your permit and then we can go together."

"That will not be necessary."

Trodd Gareth i weld dyn yn sefyll yn nrws y gegin. Dywedodd yr eilwaith, gyda phwyslais, "That will not be necessary. I am Imelda's husband, Jerome, and our work permits are all in order, sir."

"I'm sure they are. Now why don't we all go into the kitchen? Imelda, you can make us a cup of tea and I'll explain why I'm here."

Daeth rhywfaint o ryddhad i wynebau Imelda and Jerome. Wedi iddynt eistedd o gwmpas bwrdd y gegin soniodd Gareth am ei sgwrs gyda Wendy Taylor.

"Now I believe, Jerome, that you were the buyer of the car and that you were acting on the orders of your boss here, Sir Michael Llewelin. I'm right, am I not?"

"I have nothing to say."

"Let me make matters clear. I'm investigating the murder of a student at Abersytwyth, a seaside town in West Wales. We believe that the car that you bought, the Golf, was used by the murderer to get to Aberystwyth and as a get-away vehicle."

Dechreuodd Imelda feichio crio, ac yn ei dagrau gwaeddodd ar ei gŵr, "Jerome, tell him, you must tell him!"

Wrth weld pryder ei wraig, cytunodd Jerome i siarad. Roedd wedi cael cyfarwyddiadau ac arian gan Sir Michael i fynd i brynu'r car, ei yrru i Gaerdydd a'i adael mewn maes parcio tymor hir yn ardal y Bae. Am wneud hyn byddai Jerome yn cael deng mil o bunnoedd gan ei fòs. Esboniad Syr Michael oedd bod y cyfan yn ymwneud ag ymgyrch gan MI5 i rwydo terfysgwyr, a thrwy ei weithred y byddai Jerome yn gwneud cyfraniad pwysig i ddiogelwch cenedlaethol.

"You see, sir, we both knew that Sir Michael used to work for the Secret Service and I had no reason to doubt him. The ten thousand pounds, it will be used to pay for an operation needed by my sister who lives in Manila. Please, you must believe me, I had nothing to do with the murder of that young girl."

Dywedodd Gareth wrthynt am beidio â phoeni. Roedd yn derbyn geiriau Jerome fel y gwir a byddai'n sicrhau bod y ddau'n ddiogel. Ond pwysleisiodd un peth:

"When Sir Michael returns, you must not say a word about my second visit here. Do you understand? Jerome, you mentioned a long-term car park in the Cardiff Bay area. Could you give me the exact location, please?"

"The Millennium Multi-Storey, eighth floor. But the car will not be there, sir."

"Why do you say that?"

"Sir Michael said that whatever happened I was safe. The car would never be traced."

"Imelda, you said that Sir Michael was out. Do you have any idea where he's gone?"

"No, sir. He packed a small case and said that he would be

away for a few days."

Oedodd am ennyd ac yna ychwanegodd, "He took his passport with him, sir."

Yn sŵn diolchiadau rhadlon y ddau, gadawodd Gareth y fflat. Roedd y gofalwr surbwch yn dal wrth ei ddesg. Aeth Gareth ato.

"By the way, Mr Caretaker. I was never here a second time, O.K?"

Nodiodd hwnnw mewn cytundeb. Ar waelod grisiau Merrion Court bachodd Gareth dacsi, a dweud wrth y gyrrwr am fynd i orsaf Paddington mor gyflym ag y gallai. Yn y tacsi ffoniodd Gareth ei dîm yn Aberystwyth, ac unwaith yn rhagor Akers atebodd.

"Rwy ar fy ffordd i ddal y trên. Bydda i'n eich gweld chi fory. Mwy o waith, rwy'n ofni. Yn sgil beth rwy newydd glywed, ma 'na siawns dda fod Golf wedi cael ei ddympio neu'i roi ar dân. Felly canslwch yr *all car alert*, a tsiecwch gyda Heddlu De Cymru i weld pa geir sy wedi ca'l eu dympio yn ystod y pythefnos diwethaf. Yn ail, anfonwch rybudd i bob porthladd a maes awyr i atal ac arestio Syr Michael Llewelin. Deall, Akers?"

Pennod 20

"BORE DA, MAE'N saith o'r gloch ar BBC Radio Cymru. Dyma'r *Post Cyntaf* yng nghwmni Gari Owen a Nia Thomas. I gychwyn, y penawdau…"

Ymbalfalodd Gareth am y botwm i dawelu'r radio a chydag ochenaid o ryddhad llithrodd yn ôl i drwmgwsg. Y sŵn nesaf iddo'i glywed oedd llais Daf Du yn paldaruo gyda rhyw fenyw o Rachub.

"Siwsan, diolch am gysylltu. Mae'n ychydig ar ôl hanner wedi wyth, yn fore braf a dyma un o'r gorffennol – Edward H Dafis a 'Breuddwyd Roc a Rôl'."

Wrth i'r gân lifo ar draws y stafell wely sylweddolodd Gareth ei fod ar ei hôl hi, a'r siwrne adref o Lundain oedd ar fai. Gwaith ar y signalau tu hwnt i Reading, yna'r cerbyd dosbarth cyntaf yn drewi o fwg a chyhoeddiad fod nam ar y brêcs. Canlyniad hyn oedd cyrraedd Bristol Parkway awr yn hwyr, a therfyn y daith yn Aber am ychydig wedi un y bore. Doedd dim syndod ei fod wedi gorgysgu, a'r flaenoriaeth nawr oedd mynd i'r swyddfa cyn gynted ag y gallai. Cymerodd gawod sydyn, gwisgo'n gyflym ac ar ôl paned o goffi cryf gadawodd ei fflat yng Nghilgant y Cei i yrru i Swyddfa'r Heddlu.

Roedd Mel ac Akers yn aros amdano.

"Mae'n flin 'da fi. Do'n i ddim 'nôl tan yr oriau mân. Akers, coffi rwy'n credu, ac wedyn i'r stafell digwyddiad i ystyried ble ry'n ni arni erbyn hyn."

Roedd y lluniau o gorff Elenid a'r llwybr ger safle'r llofruddiaeth yn dal ar yr hysbysfwrdd, ynghyd â lluniau o

Tim Bowen a Catrin Beuno Huws – gyda chroes goch dros enw'r ddau i ddynodi nad oeddent bellach dan amheuaeth – ac wedyn lluniau o Luther, Rhiannedd a Gwenno Lewis. Wrth i Akers ddod i mewn, cychwynnodd Gareth drwy roi crynodeb o'i sgwrs gyda Syr Michael Llewelin a'r ffeithiau dadlennol a gafwyd gan Imelda a Jerome.

"Mae'n amlwg, felly, mai Jerome oedd y person gafodd ei ddal yn goryrru ar yr M4. O's cadarnhad o hynny?"

Estynnodd Akers am ddarn o bapur a'i ychwanegu at y lleill ar yr hysbysfwrdd. "Ma Heddlu De Cymru newydd ddanfon hwn fel atodiad e-bost, syr."

Edrychodd y ddau arall ar y llun. Roedd manylion y car yn ddigon eglur, Golf gwyn rhif LZ51 JDK, gydag amser a lleoliad y drosedd. Er bod y llun wedi ei chwyddo nid oedd modd adnabod y gyrrwr ond, fel yr awgrymodd Gareth, gan fod Jerome wedi cyfaddef mai ef oedd wrth y llyw, prin fod hynny'n allweddol.

"Unrhyw adroddiadau am geir Golf wedi'u dympio, Akers?"

"Dim byd hyd yn hyn."

"A beth am y rhybudd roddwyd i'r porthladdoedd a'r meysydd awyr?"

"Na, dim byd," atebodd Mel.

"Alibis Luther a Rhiannedd Lewis a Gwenno?"

"Wedi'u tsieco'n drylwyr a dim newid – pob un fel y banc."

"Ma gyda ni Syr Michael Llewelin ond dim llun ohono fe. Alibi simsan – swpera ar ei ben ei hun yn ei fflat, a neb i gefnogi'r stori. Dylen i fod wedi holi Imelda a Jerome ymhellach ar y pwynt hwnnw. A nawr, mae'n ymddangos bod y dyn ei hun wedi ffoi. Mel, beth yw'ch barn chi, plîs, o rôl Llewelin yn hyn i gyd?"

"I fi, mae ei rôl e'n gwbl allweddol. Syr Michael yn gorchymyn Jerome i brynu'r Golf a'i yrru wedyn i Gaerdydd. Mae'r llofrudd – dyn yn ôl disgrifiad Miss Thomas – yn defnyddio'r car i deithio i Aberystwyth, ac oddi yno. Yna'r car, yn ôl pob tebyg, yn cael ei ddympio. Hyd y gwela i, mae dau ddadansoddiad yn bosib. Yn yr un cyntaf, rôl Llewelin yw cynorthwyo'r llofrudd drwy baratoi a chael gwared â'r car. Dim byd mwy, dim byd llai, er bod y weithred yn un digon difrifol. Yn yr ail ddadansoddiad, fe yw'r llofrudd. Swyddogaeth Jerome yn union fel o'r blaen ond, y tro hwn, Llewelin ei hun sy'n mynd at y car yng Nghaerdydd, gyrru i Aber a lladd Elenid. Wedyn, dympio'r car rywle'n agos at y brif reilffordd i Lundain a dal trên adre. Fel y sonioch chi, syr, does gyda fe ddim alibi i bob pwrpas ac, fel dwedodd Miss Thomas, dyn welodd hi'n mynd at y Golf. Felly, os nad Syr Michael Llewelin, pwy?"

Ymunodd Akers yn y drafodaeth. "Yn dy opsiwn cynta di, Mel, rhywun arall sy'n mwrdro Elenid. Pwy yw'r rhywun arall 'na?"

"Does gen i ddim syniad."

"Beth am *hitman*? Llewelin yn cyflogi rhywun i wneud y job. A fydde dyn mor bwysig â fe yn cymryd y risg o faeddu'i ddwylo a lladd mewn gwaed oer? Ar ôl ei yrfa yn y Met a MI5, mae'n siŵr o fod wedi dod ar draws digon o fois amheus. Ond, hyd yn oed os y'n ni'n derbyn beth wedodd Mel, mae un cwestiwn heb ei ateb. Pam? Pam ma Llewelin yn mwrdro, neu'n helpu i fwrdro, myfyrwraig ifanc dyw e erioed wedi'i chyfarfod?"

Mel atebodd. "Ddim wedi'i chyfarfod hi, cytuno, ond eto i gyd roedd e'n bresennol yn ei hangladd. Ma Syr Michael yn cymryd risg – y risg o gael ei weld a'i adnabod. Dyn y cysgodion os bu un erioed, yn mynychu achlysur cyhoeddus. Dyn sy mor ofalus o'i guddio'i hun fel na allwn ni ffeindio 'run llun ohono."

"Dodd e ddim yn gwybod y byddech chi yn y gwasanaeth," dadleuodd Akers.

"Nag odd, ond fe gymerodd e'r risg. Ma hynna'n swnio'n rhyfedd i fi."

Roedd Gareth o'r un farn. "Chi'n iawn, er sylwes i ei fod e wedi cyrraedd yn hwyr a sleifio o 'na cyn neb arall. Erbyn i ni fynd mas o'r capel doedd dim golwg ohono fe. Diflannu i'r cysgodion. Ond dewch 'nôl at y rheswm dros fod yno o gwbwl. Disgrifioch chi'r angladd fel achlysur cyhoeddus ond roedd y gwasanaeth yn rhywbeth llawer mwy na hynny. Roedd e'n achlysur teuluol. Pan es i ar ôl yr union bwynt pam oedd e yn yr angladd, atebodd Llewelin ei fod wedi adnabod y teulu, y *teulu* sylwch, ers blynyddoedd a taw'r peth naturiol oedd cofio am hen gyfeillion a bod yno i gydymdeimlo. Tua hanner canrif yn ôl bu bron iddo briodi i mewn i deulu arall – y Leyshons, nid y Lewisiaid – ond yna y ddamwain ym Mhlas y Baran ac, fel ar ddiwrnod yr angladd, ma'n ei heglu o 'na."

Pwyntiodd Gareth at y lluniau o gorff Elenid ger y llwybr i Neuadd Glanymôr. "Os y'n ni am ganfod pwy laddodd Elenid Lewis, ma'n rhaid mynd 'nôl i'r noson honno yn y Plas."

Edrychodd Akers ar ei fòs gyda pheth amheuaeth. "Beth? Mynd 'nôl bum deg mlynedd i geisio gweld os oedd y cyfan yn fwy na damwain? A shwt y'n ni'n mynd i wneud 'na? Beth am brawf? Chi ddim yn meddwl, syr, bod gyda ni ddigon ar 'yn plât i ddatrys rhywbeth ddigwyddodd bythefnos yn ôl yn hytrach na hanner canrif?"

"Akers, chi ddim yn deall; beth rwy'n ddweud yw bod 'na gysylltiad…"

Torrwyd ar y drafodaeth pan ganodd y ffôn. Mel atebodd. "Yes, I understand. This morning. And where is he now? Thank you... Adran y Tollau, maes awyr Exeter oedd fan 'na. Llewelin wedi cael ei atal a'i arestio am saith o'r gloch y bore 'ma wrth geisio dal awyren i Genefa. Mae e'n cael ei ddal yn y maes awyr, yn gweiddi dros bob man ei fod e'n ddyn pwysig ac yn gyn-swyddog yn y Met a'r MI5."

"Exeter? Beth ar y ddaear odd e'n neud yn hedfan o fan 'na, syr?" holodd Akers.

"Meddwl bod mwy o siawns gyda fe i gael getawê wrth ddewis maes awyr bach – na fydde'r swyddogion ddim mor wyliadwrus yno ag yn Heathrow neu Gatwick. Doedd e ddim cweit digon clyfar, oedd e? Wel, y cam nesa yw teithio i Exeter i weld os oes mwy ganddo i'w ddweud. Y tro yma, wrth gwrs, gyda gwybodaeth Imelda a Jerome, *ni* fydd â'r fantais."

Canodd y ffôn yr eilwaith a'r tro hwn, Gareth atebodd. "Beth? Chi'n siŵr? A ble ma'r car nawr? Reit, cadwch e fan'na a threfnwch archwiliad fforensig. Diolch yn fawr iawn, Des."

Edrychodd Mel ac Akers arno'n ddisgwylgar.

"Insbector Des Evans odd hwnna o Swyddfa Heddlu Rhydaman. Rodd e'n tsieco am rywbeth arall ar y cyfrifiadur ac fe welodd e'r neges i Heddlu De Cymru am geir wedi'u dympio. Ddoe daeth ffermwr i'r Swyddfa i gwyno am Golf gwyn wedi'i ddympio mewn rhyw geudwll ar ei dir. Rodd y ffermwr wedi dod ar draws y car ar ôl i un o'i ddefaid syrthio i'r twll. Ma'r car yn dal ar y fferm ac, fel y clywsoch chi, rwy wedi gofyn am archwiliad fforensig."

Roedd Akers yn gwybod yn iawn nad oedd Gareth yn or-hoff o glywed ei gyd-weithwyr yn rhegi, ond y tro hyn ni allai ymatal.

"Blydi hel, syr, beth ma hynna'n feddwl?"

"Ma hynna'n meddwl, Akers, ein bod ni'n anghofio dros dro am Llewelin. Caiff hwnnw gicio'i sodle yn Exeter. Mel, cysylltwch â'r Ynad Heddwch sydd ar ddyletswydd a chael Gwarant Chwilio cyn gynted ag y gallwch chi. Ni'n tri am fynd 'nôl i'r Gorlan, cartref Luther a Rhiannedd Lewis i fynd drwy'r tŷ gyda chrib fân. Sdim ots 'da fi pa mor gadarn yw alibis y ddau. Ma'r ffaith bod y Golf wedi ca'l ei ffindio yn Rhydaman yn 'u gosod nhw yng nghanol yr ymchwiliad."

Roedd Gareth, Mel ac Akers yn rhedeg am y grisiau pan ddaeth Sam Powell allan o'i swyddfa.

"Prior, o'r diwedd. Falch gweld 'ych bod chi 'nôl o'ch trip bach i Lunden. Gair bach ar unwaith, os gallwch chi sbario'r amser."

"Rwy'n ofni alla i ddim, syr. Ni'n gadael am Rydaman – datblygiad pwysig yn yr achos."

"Prior, dewch 'nôl fan hyn!"

Ond roedd yn rhy hwyr. Roedd y tri eisoes wedi diflannu ac fe adawyd y Prif Arolygydd Sam Powell yn damio ac yn fflamio ar dop y stâr.

★ ★ ★

Parciodd Akers y Volvo ar ddreif Y Gorlan. Roedd Audi Luther Lewis wedi'i barcio o flaen y garej ond doedd dim awgrym o fywyd yn y tŷ, y llenni wedi'u hanner cau a phobman yn dawel. Aeth Gareth at y drws a chanu'r gloch, ond doedd dim ateb. Rhoddodd ail gynnig heb lwyddiant.

"Beth 'newn ni nawr?" gofynnodd Mel.

"Does dim dewis gyda ni ond aros. Gan fod y car yma, dyw Mr Lewis ddim wedi mynd yn bell, a'r cyfan allwn ni obeithio yw y bydd e'n ôl cyn bo hir."

Aeth y tri yn ôl i'r Volvo ac er nad oedd marciau swyddogol ar hwnnw roedd y symudiadau bychan wrth ffenestri'r tai eraill yn arwydd fod preswylwyr Stryd y Bont wedi sylwi ar y car, ac ar y tri tu mewn, ac wedi casglu bod yr heddlu wedi dod i alw ar y Parch Luther Lewis a'i wraig. Ar ôl disgwyl am awr penderfynodd Gareth y byddai'n gallach i daro draw i Swyddfa Heddlu Rhydaman i weld a oedd y canlyniadau fforensig ar y Golf wedi dod i law. Trodd Akers o Stryd y Bont i'r ffordd fawr, ac yno'n cerdded tuag atynt roedd Luther Lewis. Wrth i Gareth gamu allan o'r car daeth golwg syn i wyneb y gweinidog.

"Insbector Prior. Do'n i ddim yn disgwyl eich gweld fan hyn ar gornel y stryd. Oes gyda chi newyddion?"

"Ma 'na ddatblygiadau, Mr Lewis. Fydde modd i ni ddod gyda chi i'r tŷ i gael gair?"

Cytunodd y gweinidog ond roedd yn amlwg na fedrai ddirnad pwrpas yr ymweliad. Fel o'r blaen, arweiniwyd hwy i'r lolfa yng nghefn y tŷ, ac eisteddodd Luther Lewis gan wahodd y lleill i wneud yr un fath.

"Rwy'n ofni nad oes gyda ni amser i eistedd," dywedodd Gareth. "Mae gen i Warant Chwilio fan hyn wedi'i harwyddo gan Ynad Heddwch sy'n rhoi'r hawl i ni fynd drwy bob stafell yn Y Gorlan. Yn naturiol fe gymerwn ni bob gofal o'ch eiddo a gwneud cyn lleied o lanast â phosib."

Cododd Luther Lewis o'i gadair. "Bobol bach! Beth y'ch chi'n disgwyl 'i ffeindio fan hyn, o bob man, Insbector? Dy'n ni ddim ond newydd gladdu'n merch a dyma chi'n tarfu ar ein preifatrwydd ac am fynd drwy'r tŷ. Gawsoch chi gyfle i weld stafell Elenid ar eich ymweliad cyntaf yma. Beth mwy sydd isie? Beth y'ch chi'n gobeithio dod o hyd iddo?"

"Ma'n well gen i beidio â dweud dim ar hyn o bryd, syr. Ma'r cyfan yn gwbl gyfreithiol, galla i'ch sicrhau chi o hynny, a does dim pwynt i chi wrthwynebu. Bydd Ditectif Gwnstabl Akers a finne'n gyfrifol am y stafelloedd lawr llawr a Ditectif Sarjant Davies y llofftydd."

Cychwynnwyd ar y gwaith. Aeth Akers a Gareth i'r stydi i dynnu llyfrau oddi ar y silffoedd a mynd drwy gynnwys y ddesg. Safai Luther Lewis yn eu gwylio fel dyn oedd ar goll, wedi'i gynddeiriogi gan yr ymosodiad ar ei bregethau a'i bapurau. Protestiodd wrth i Akers, yn ei orfrwdfrydedd, ollwng ffeil gyfan o'i ddwylo.

"Plîs, cymrwch ofal, wnewch chi – papurau 'nhad odd y rheina, i gyd mewn trefn. Drychwch arnyn nhw nawr! Insbector, petaech chi'n dweud wrtha i am beth ry'ch chi'n chwilio, efallai y gallwn i fod o gymorth."

"Efallai'n wir, Mr Lewis," atebodd Gareth yn sych, gan wrthod ymateb i'r cynnig.

Wrth i Mel fynd i mewn i stafell Elenid sylwodd nad oedd dim wedi cael ei gyffwrdd na'i symud ers eu hymweliad diwethaf. Roedd y llenni ar gau, ac yn yr hanner tywyllwch roedd rhyw naws o sancteiddrwydd i'w deimlo. Y gwely a'i gynfasau glân yn y gornel, y bwrdd bychan gyda drych uwchben a'r llyfrau a'r nodiadau coleg mewn rhes daclus heb eu cyffwrdd. Yr un moelni, yr un diffyg personoliaeth. Er mwyn cael mwy o olau, a hefyd i waredu'r teimlad o dresbasu ar gyfrinachau merch ifanc, agorodd Mel y llenni. Cododd fatras y gwely a symud y gwely ei hun. Dim byd. Agor droriau'r bwrdd, ac yma roedd 'na rai pethau personol. Casgliad o atgofion plentyndod – rhodd o Feibl am ffyddlondeb yn yr Ysgol Sul, tystysgrifau Eisteddfod yr Urdd, bathodyn swyddog ysgol, ac mewn pwrs bychan melfed, cudyn o wallt gyda'r nodyn 'Elenid, tair blwydd oed'. Er ei gwaethaf, teimlodd Mel y dagrau'n cronni yn ei llygaid. Roedd plismyn i fod yn galed ond weithiau byddai emosiwn yn dod wyneb yn wyneb â rhesymeg oer ac yn ei hachos hi, emosiwn oedd yn ennill bob tro.

Gosododd Mel y pwrs bychan yn ôl yn y drôr yn ofalus a throdd at y llyfrau gan eu harchwilio'n drwyadl rhag ofn bod rhywbeth wedi'i guddio rhwng y tudalennau. Eto, dim byd. Ar y silff waelod roedd pentwr o nodiadau coleg a thomen o doriadau papurau newydd, ac ar ben y domen darn o bapur a'r geiriau 'Stwff traethawd hir, Cyfraniad y Wasg Leol i'r Diwylliant Cymreig'. Roedd y llinyn o gwmpas y toriadau'n llac ac wrth i Mel geisio eu symud agorodd y cyfan, i wasgar yn domen flêr ar lawr yr ystafell. Ochneidiodd Mel. Cofiodd am addewid Gareth i gymryd gofal. Byddai'n rhaid rhoi'r cyfan yn ôl yn daclus. Dechreuodd ar y dasg, ac yna safodd yn syfrdan wrth weld y pennawd ar y toriad o'i blaen – TRAGIC ACCIDENT AT PLAS Y BARAN. Croesodd i dop y stâr ac er mwyn osgoi tynnu sylw Mr Lewis, galwodd mewn llais arferol, "Syr, allwch chi ddod lan fan hyn am eiliad?"

Wrth i Gareth ddarllen y toriad papur newydd, ymatebodd yntau gyda'r un syndod â Mel. "Y darn o'r *Amman Valley Chronicle*! Felly, roedd Elenid yn gwybod am y ddamwain a dyna'r eglurhad am y crio wrth iddi adael cartref Plasgwyn, a dyna pam ddwedodd hi wrth Meirwen Lloyd nad oedd hi am adael i'r cyfan basio a bod ei modryb wedi dioddef digon yn barod."

"Shwt ma hynna'n ein harwain ni at ei llofruddiaeth?"

"Dwi ddim yn hollol sicr. Ond dwi'n siŵr bod cysylltiad pendant rhwng y ddamwain a mwrdwr Elenid a dyma'r prawf. Pwy odd yn bresennol adeg y ddamwain? Y forwyn, a honno bellach wedi marw; Syr Michael Llewelin sy'n saff ym Maes Awyr Exeter; a Mrs Rhiannedd Lewis. A dyw Mrs Lewis ddim adre, 'sdim golwg ohoni ac mae'r toriad yn dangos bod yn rhaid ei ffeindio hi ar fyrder. Ond cyn gwneud hynny,

Mel, dewch i neud archwiliad cyflym o stafell wely Mr a Mrs Lewis."

Aethpwyd ati ar unwaith, gyda'r ddau nawr yn poeni dim am wneud llanast. Symudwyd y dillad gwely a'r gwely ei hun yn ddiseremoni, tynnwyd droriau'r bwrdd gwisgo a gwasgar eu cynnwys ar y gwely – gemwaith aur a pherlau drudfawr, offer coluro a photeli persawr. Gyda gwaedd, gafaelodd Mel mewn un botel a'i basio i Gareth, "Drychwch, syr, Chanel Number 19!"

"Y persawr ar gorff Elenid! Reit, Mel, rhowch y toriad o'r papur a'r botel bersawr mewn amlenni plastig a wedyn, gair bach gyda'r Parchedig Luther Lewis, dwi'n credu."

Erbyn hyn roedd Akers yn archwilio'r lolfa, a'r gweinidog yn gwylio ac yn gwarchod symud pob trysor.

"Gadewch hwnna, Akers. Mr Lewis, ble mae'ch gwraig?"

"O, mae hi wedi mynd i weld ei chwaer yng Nghaerdydd."

"Ond ma Mrs Lewis yn arfer mynd yno ar ddydd Sadwrn. Dydd Mercher yw hi heddiw. Pam y newid patrwm?"

"Cafodd Rhiannedd alwad ffôn o Blasgwyn yn hwyr neithiwr. Soniodd hi rywbeth am newid yng nghyflwr Ceridwen ac fe ddywedodd bod yn rhaid iddi fynd i'w gweld ar unwaith. Yn ôl ei harfer, Insbector, gadawodd hi ar y bws deunaw munud wedi naw."

Pennod 21

Heb oedi, gadawodd y tri Y Gorlan ac yn y Volvo trosglwyddwyd yr wybodaeth am y canfyddiadau yn y stafelloedd gwely i Akers. Rhoddodd Gareth bwyslais arbennig ar y toriad o'r *Amman Valley Chronicle.*

"Mae'n debyg, felly, fod Elenid yn gwybod am y ddamwain ac yn bur debyg ei bod hi'n bwriadu taclo'r person neu bersonau a oedd, yn ei thŷb hi, yn gyfrifol am gwymp Ceridwen. Dim ond dau oedd yn y ffrâm – Syr Michael Llewelin a'i lysfam."

Mel gododd y pwyntiau allweddol. "Shwt ma hynny'n arwain at lofruddiaeth Elenid a p'un o'r ddau yw'r llofrudd – Llewelin neu Mrs Lewis, neu'r ddau gyda'i gilydd? Ma'r ffaith i ni ffeindio'r botel bersawr ym mwrdd gwisgo Mrs Lewis yn awgrymu'n gryf taw hi wnaeth. Eto i gyd, ma'n anodd credu y galle hi ladd merch ei gŵr. Ma'r cyfan yn ddirgelwch llwyr i fi, syr."

"Ydi, ma'n anodd derbyn, ond cofiwch am y drwgdeimlad oedd rhwng Mrs Lewis a'r ddwy ferch. Roedd tyndra a gelyniaeth pendant fan 'na. Ma'r ffaith i Dr Annwyl gael yr union bersawr ar gorff Elenid yn creu cysylltiad. Os nad hi laddodd Elenid, o leiaf ma 'na siawns dda ei bod hi yno. Ond, Mrs Lewis *neu* Llewelin? Mrs Lewis *a* Llewelin? Cofiwch, dim ond un pâr o olion traed a gafwyd ger corff Elenid. Ond hyd yn oed wedyn, allwn ni ddim bod yn sicr. Galle person arall fod wedi sefyll ar y llwybr heb adael ôl troed o gwbwl."

"Rhaid mynd ar ôl Mrs Lewis ar unwaith. Akers, Caerdydd ar frys! Mel, defnyddiwch radio'r Volvo i ofyn am gar heddlu i'n hebrwng ar hyd yr M4 ac wedyn cysylltwch â'r DVLA i weld a oes trwydded yrru wedi'i roi ar unrhyw adeg i Rhiannedd Lewis."

★ ★ ★

Roedd y car hebrwng yn disgwyl amdanynt ger cylchfan Pont Abraham a chyda'r golau glas yn fflachio trodd y ddau gar i'r draffordd gan lynu at y lôn gyflym ar hyd y daith. Roedd Akers yn canolbwyntio'n llwyr ar y gyrru, Mel yn y sedd flaen yn siarad â swyddogion y DVLA, a Gareth yn eistedd yn dawel yn y sedd ôl, yn ymwybodol eu bod, o'r diwedd, yn agosáu at wybod pwy laddodd Elenid Lewis.

Wrth i sbîd y Volvo groesi can milltir yr awr, gwaeddodd Mel, "Ma degau o drwyddedau gyrru yn nwylo pobl o'r enw Rhiannedd Lewis, ond dim un yn matsho'n Mrs Lewis ni."

Am eiliad ni allai Gareth feddwl am y cam nesa, ac yna tarodd ei dalcen. "Dwedwch wrthyn nhw am drio'r enw Rhiannedd Leyshon!"

Roedd Mel, â'i chlust wrth radio'r car, yn aros yr eildro am ateb. "Chi'n siŵr?" Ac yna wrth y lleill, "Trwydded yrru wedi'i rhoi i Rhiannedd Leyshon, Plas y Baran, Pont y Betws, Rhydaman yn 1956. Ac yn ôl y DVLA mae'n dal mewn grym. Felly roedd Rhiannedd Lewis yn dweud celwydd pan wedodd nad oedd hi'n gallu gyrru. Ma hynny'n awgrymu'n gryf fod ei holl alibi hi ar chwâl."

Erbyn hyn roeddent ar gyrion y ddinas. Arafodd y ddau gar wrth adael yr M4 a mynd heibio Ysbyty'r Waun am Barc y Rhath a chartref preswyl Plasgwyn. Rhoddodd Gareth orchymyn i'r lleill aros yn y ceir. Brasgamodd ar hyd y llwybr at ddrws y cartref, canodd y gloch ac fe'i cyfarchwyd yn yr un modd gan yr un ferch ifanc o ddwyrain Ewrop.

"Yes please? I can help?"

"Elena, if I remember correctly?" Nodiodd y ferch, gan wenu. "I need to see Mrs Meirwen Lloyd at once. She's here, I hope?"

Nodiodd y ferch yr eilwaith gan dywys Gareth i swyddfa Meirwen Lloyd, y rheolwraig.

"Insbector Prior. Tipyn o syrpreis. Dewch i mewn – paned o goffi, efallai?"

"Dim diolch, Mrs Lloyd, dim amser, rwy'n ofni. Daeth Rhiannedd Lewis yma heddi i weld ei chwaer. Rwy'n credu i chi ei ffonio neithiwr i sôn am newid yng nghyflwr Ceridwen."

"Rhannol gywir, Insbector. Mae Mrs Lewis wedi dod yma, ydi, ond wnes i ddim ffonio, a does dim newid yng nghyflwr Ceridwen druan. Mae hi'n union 'run fath ag y buodd hi."

Wrth iddo sylweddoli arwyddocâd yr ateb, ceisiodd Gareth gadw'r gofid allan o'i lais. "Ydy Mrs Lewis yma nawr?"

"Hyd y gwn i. Rwy wedi bod yn gweld at un o'r preswylwyr eraill sy'n sâl. Elena, Mrs Lewis, who came to see Ceridwen, is she still here?"

"Oh no, Mrs Lloyd. They left together in a taxi about half an hour ago. As the weather was so fine, Mrs Lewis said she was taking her sister for a trip to Penarth. I made sure Miss Leyshon was dressed warmly and took her to the taxi in the wheelchair."

"Ydy hyn yn arferol, Mrs Lloyd?"

"Ydy, Insbector, yn arfer cyson gan Mrs Lewis pan ddaw hi yma. Os yw'r tywydd yn caniatáu mae'n mynd â'i chwaer am dro. Er nad yw Ceridwen yn medru sylwi ar lawer, mae'r llwybr ar hyd y clogwyni uwchben Penarth yn un o'i hoff lecynnau."

Ar y siwrne fer i Benarth cymerodd Gareth y cyfle i ddweud wrth y lleill nad Meirwen Lloyd oedd wedi ffonio'r Gorlan. Yna ychwanegodd, "Betia i chi taw Llewelin oedd wedi ffonio Rhiannedd Lewis er mwyn ei rhybuddio ein bod ni ar ei thrywydd."

Parciwyd y ddau gar ar ben pellaf y prom a rhoddodd Gareth rybudd i griw'r car hebrwng aros amdanynt yno.

"Dwi ddim am dynnu sylw ac ma gyda'r tri ohonon ni radio. Os bydd angen help, galwch amdano ar unwaith. Cysylltwch â Heddlu De Cymru i ddweud ein bod ni ar eu patsh nhw, ond dim car na neb arall i ddod yn agos ar hyn o bryd. Ffoniwch am ambiwlans i fod ar *stand-by*, jyst rhag ofn. Dwedwch wrthyn nhw am barcio gerllaw, ond o'r golwg. Proffil isel. Iawn?"

Nodiodd y ddau blisman a dechreuodd Gareth, Mel ac Akers gerdded i gyfeiriad y clogwyni uwchben Penarth. Roedd 'na dipyn o bobl o gwmpas ac mae'n siŵr bod y tri ditectif yn edrych yn od yn eu plith. Roedd eu cerddediad cyflym a'r olwg ddifrifol ar eu hwynebau yn dangos mai gwaith, ac nid plesera, oedd eu pwrpas nhw yno.

Cerddodd y tri wrth ymyl y ffordd fawr cyn troi i'r chwith i ddilyn y llwybr tuag at y clogwyni. Wrth ddringo'n uwch roedd y gwynt yn feinach a gellid clywed sŵn y tonnau'n torri ar y creigiau islaw. Rhwng y llwybr a'r dibyn roedd ffens isel gyda rhybuddion perygl arni. Ar ochr y tir, roedd ehangder o laswellt a gwyrddni ac, ar yr ymylon, tai crand cyfoethogion Penarth. Unwaith eto, roedd nifer o gerddwyr yno: mamau ifanc yn gwthio bygis, a mwy o gŵn gyda'u perchnogion yn taflu peli a darnau o bren a'r cŵn yn rhedeg yn wyllt am y trysor cyn dychwelyd i chwarae'r gêm drachefn.

Ac yno, rhyw ganllath o flaen Gareth, Mel ac Akers safai Rhiannedd Lewis. Gwisgai gôt las dywyll ac er bod ganddi sgarff wedi'i chlymu'n dynn am ei phen cydiai'r gwynt yn ei gwallt llwyd gyda hithau wedyn yn ei ailosod yn ofalus o dan y sgarff. O'i blaen, yn y gadair olwyn, roedd Ceridwen Leyshon – hithau wedi'i lapio mewn côt fawr gyda blanced tartan o gwmpas ei choesau. Wrth lwc, nid edrychodd y naill na'r llall tuag at yn ôl neu fe fyddai Mrs Lewis wedi sylwi ar y plismyn ar unwaith.

"Beth y'ch chi'n feddwl yw bwriad Mrs Lewis, syr?" gofynnodd Mel.

"Dwi ddim yn siŵr, ond allwn ni byth â chymryd unrhyw fath o risg." Edrychodd Gareth o'i gwmpas. Yng nghanol y gwyrddni o'i flaen roedd clwstwr o dai wedi'u hamgylchynu gan berthi. "Akers, rownd â chi i ochr y tir o'r tai 'na. Ma modd i chi ddod 'nôl at y llwybr ychydig tu hwnt i'r clwstwr. Gwnewch hynny nawr a chadwch y tu ôl i'r perthi. Bydd Mel a fi'n eu dilyn o'r cefn. Dwi am geisio cau am y ddwy – ni o'r cefn a chithe, Akers, o'r pen blaen. Ond pawb, plîs, y gofal mwya. Deall?"

Rhedodd Akers yn llechwraidd am gysgod y tai. Cyflymodd Gareth a Mel eu cerddediad i leihau'r pellter rhyngddynt hwy a Rhiannedd Lewis a'i chwaer. Wrth iddynt agosáu, gwelsant fod Mrs Lewis yn plygu ymlaen bob yn hyn a hyn i gynnal sgwrs. Yn ddirybudd stopiodd, gan gyfeirio'r gadair olwyn i wynebu'r môr, a bu'n rhaid i Gareth a Mel droi ar eu sodlau'n gyflym i osgoi cael eu gweld. Am eiliad ofnai Gareth fod Mrs Lewis am ddod tuag atynt, a phetai hynny wedi digwydd fyddai ganddo ddim syniad beth i'w wneud nesa. Ond, diolch i'r drefn, trowyd y gadair yn ôl am y llwybr ac aeth y ddwy ymlaen ar eu taith.

Erbyn hyn, doedd neb o gwmpas. Roeddent ger y clwstwr

tai, ac unwaith yn rhagor stopiodd Mrs Lewis a throi'r gadair olwyn tuag at y môr. Dyna pryd y sylwodd Gareth a Mel ar rywbeth a achosodd iddynt fferru yn y fan a'r lle. O flaen y gadair roedd bwlch yn y ffens ddiogelwch, gydag arwyddion perygl ac atalfa dros dro i warchod pobl rhag mynd yn agos at y dibyn. Dechreuodd Rhiannedd Lewis symud yr atalfa a gwthio'r gadair yn nes at yr ymyl. Roedd Gareth a Mel yn ddigon agos i'w chlywed hi'n dweud wrth ei chwaer, "'Na chi, gallwch chi fwynhau'r olygfa nawr heb yr hen ffens 'na o'ch blaen chi."

Gyda gwên dawel ar ei hwyneb nodiodd Ceridwen Leyshon yn fodlon, heb sylwi bod y gadair yn symud ymlaen yn araf, fodfedd wrth fodfedd.

Edrychai Rhiannedd Lewis fel petai wedi gwneud penderfyniad, a'r eiliad honno gwyddai Gareth na allai oedi ymhellach. Edrychodd tu hwnt i'r ddwy chwaer i weld Akers wrth gornel y berth, ac roeddent ar fin rhuthro am y ddwy pan redodd ci bychan rhyngddynt. Yn ei ddilyn, yn fochgoch a byr ei wynt, daeth ei berchennog i graffu ar yr olygfa.

"Ladies, what are you doing so close to the edge? Come back, please, it's dangerous. Toby, I've told you before not to run away like that. Now, ladies, let me help you."

Gafaelodd y dyn yn nolenni'r gadair olwyn a'i thynnu'n ôl i ddiogelwch y llwybr. Edrychodd Rhiannedd Lewis yn syn arno, a dyna pryd y sylwodd hi ar bresenoldeb y tri arall – Akers o'i blaen a Gareth a Mel y tu ôl iddi.

Dangosodd Gareth ei gerdyn warant i'r dyn bochgoch.

"I'm Inspector Gareth Prior, Dyfed-Powys Police, sir. My colleagues are also police officers. I'd like to thank you for your actions there in preventing what could have been a nasty accident. We'll take over now, sir, and make sure these two ladies are safe."

Edrychodd y dyn ar Gareth gyda rhywfaint o amheuaeth ar ei wyneb. Teimlai y dylai rywfodd holi rhagor ond roedd presenoldeb y tri phlismon a'r cerdyn warant yn ddigon i'w ddarbwyllo i gadw'n dawel.

"Fine, Inspector Prior. No problem. Glad I was able to help. Always ready to assist the boys in blue. Come on Toby, heel!"

Rhoddodd y dyn y ci bychan ar dennyn a cherdded i ffwrdd heb edrych yn ôl. Ni allai ddirnad yn iawn beth oedd wedi digwydd na beth oedd ei ran yn y ddrama ond fe wyddai y byddai'r cyfan yn hanes diddorol i'w adrodd yn y dafarn.

Gyda'r gadair olwyn o'i blaen, rhythodd Rhiannedd Lewis ar Gareth gyda'r un olwg galed yn ei llygaid glas – yr union olwg a hoeliwyd arno ger y *mortuary* yn ysbyty Aberystwyth. Fel ar yr adeg honno, roedd ei geiriau'n oeraidd.

"Wel, wel, Insbector Prior, dyma chi o'r diwedd. Alla i byth â dweud mod i'n falch o'ch gweld ond dyna fe, ro'n i'n gwybod y bydden i'n dod ar 'ych traws chi eto'n hwyr neu hwyrach." Trodd Mrs Lewis at Mel. "Ditectif Sarjant Davies, onid e? Ie, chi ddaeth gyda'r Insbector i darfu ar ein preifatrwydd a'n galar yn Y Gorlan. Fel y gwelwch chi, Insbector, mae fy chwaer a minnau'n mwynhau tro bach, a dyma chi a'r dyn dwl 'na'n torri ar draws y cyfan."

Drwy gydol hyn, eisteddai Ceridwen Leyshon yn heddychlon yn y gadair olwyn gyda'r wên dawel yn dal ar ei hwyneb. Edrychodd ar y lleill a dweud, "Neis i gwrdd â chi. Rwy'n ofni na fedrwn ni aros i gael *formal introductions*. Ma Dadi a Mami'n disgwyl, a bydd *lunch* yn barod yn y plas."

Ar orchymyn Gareth camodd Mel ymlaen i afael yn nolenni'r gadair olwyn. Rhoddodd ail orchymyn i Akers alw am gymorth y car hebrwng a'r ambiwlans, ac ar unwaith bron gellid clywed seiren y ddau gerbyd yn agosáu. Roedd nifer bychan wedi casglu gerllaw i sbecian ar yr olygfa, yn ymwybodol bod rhywbeth anghyffredin ar waith. Troesant i gyfeiriad y ffordd i syllu ar oleuadau glas y car heddlu a'r ambiwlans yn dod tuag atynt. Daeth plismyn allan o'r car a dau baramedic o'r ambiwlans. Cymerodd y paramedics ofal o Miss Leyshon a'i gwthio tuag at yr ambiwlans.

Wrth iddi bellhau gellid ei chlywed yn dweud, "Dyna braf, dau *chauffeur*. Cymerwch ofal nawr, dwi ddim isie bod yn hwyr i *lunch*."

Parhaodd Mrs Lewis i syllu ar Gareth gyda'r un olwg iasoer yn ei llygaid. Fodd bynnag, roedd Gareth wedi cael digon ac yn barod amdani.

"Rhiannedd Lewis, rwy'n eich arestio chi ar amheuaeth o lofruddio eich llysferch, Elenid Lewis. Does dim rhaid i chi ddweud dim, ond gall niweidio eich amddiffyniad os na fyddwch chi'n sôn yn awr am rywbeth y byddwch chi'n dibynnu arno maes o law yn y Llys. Does dim rhaid i chi ddweud dim byd, ond gall unrhyw beth yr ydych yn ei ddweud gael ei roi fel tystiolaeth."

Eto, ar orchymyn Gareth, rhoddodd y plismyn gyffion am ei harddyrnau a'i harwain i gar yr heddlu. Roedd y casineb yn llygaid Rhiannedd Lewis yn iasol.

Pennod 22

HEDDLU DYFED-POWYS

Swyddfa Heddlu Aberystwyth

Ffurflen Datganiad

Enw llawn: Rhiannedd Lewis

Yr achos: Llofruddiaeth Elenid Lewis, Mawrth 1af 2007

Gwnaf y datganiad hwn o'm hewyllys rydd. Deallaf nad oes rhaid i mi ddweud dim. Gellir cyflwyno'r datganiad hwn fel tystiolaeth.

Mae Insbector Gareth Prior wedi fy holi ym mhresenoldeb Ditectif Sarjant Meriel Davies a Ditectif Gwnstabl Clive Akers. Rhoddwyd y cyfle imi gael cyngor cyfreithiwr ond gwrthodais. Gwnaf y datganiad o'm gwirfodd.

Erbyn hyn ry'ch chi'n gwybod pryd a sut y lladdwyd Elenid, ond dy'ch chi ddim yn gwybod pam. Rhaid mynd yn ôl i dri degau a phedwar degau'r ganrif ddiwethaf. Mae'n well gen i osod y cyfan allan yn drefnus yn awr, i osgoi amheuon yn y dyfodol.

Ganed y ddwy ohonom, Ceridwen a minnau, yn ferched i Rosemary a Gwilym Leyshon, Plas y Baran, Pont y Betws, Rhydaman. Fy nhad-cu, William Leyshon, oedd wedi datblygu'r holl byllau glo yng Nghwm Aman, a phan oeddem ni'n blant roedd y pyllau dal i fod ym mherchnogaeth y teulu.

Ceridwen oedd yr hynaf – saith mlynedd yn hŷn na fi – ac, i droi'r ymadrodd, hi oedd y cyw melyn cyntaf. Roedd hi'n bertach na fi ac yn glyfrach na fi. Tra mod i'n gallu chwarae rhyw minuet neu ddwy ar y piano roedd Ceridwen yn medru chwarae sonatas; tra mod i'n weddol mewn gêm o dennis, roedd Ceridwen yn ardderchog; a thra mod i'n edrych yn dderbyniol mewn ffrog newydd, roedd Ceridwen bob amser yn ysblennydd. I'm rhieni, Ceridwen oedd cannwyll eu llygaid a doeddwn i ddim yn hoffi hynny. At hyn, roedd fy chwaer yn gwybod yn iawn sut i wneud i mi deimlo'n israddol.

'Ti'n meddwl gwisgo hwnna gyda'r ffrog yna? Sdim lot o steil i dy wallt di, oes e? Gwna fe fel hyn! Neith neb dy ffansïo di yn edrych fel 'na, ti'n gwybod. Chei di byth ŵr.'

Cafodd y ddwy ohonom ein haddysg yn yr un ysgol fonedd, Coleg Cheltenham i ferched, lle gweithiodd yr athrawon yn galed i wneud ladies ohonom ni. Llwyddo yn achos Ceridwen, hanner llwyddo yn fy achos i. Doedd dim rhaid i ni feddwl am yrfa. Roedd digonedd o arian, a'r peth pwysig oedd setlo ar briodas dda. Priodi i mewn i deulu mwy dylanwadol a chyfoethocach hyd yn oed na ni. Ac yn union yn yr un modd ag yr oedd hi'n llwyddo ym mhopeth arall, fe lwyddodd Ceridwen yn hynny hefyd.

Cyflwynwyd hi i Michael Llewelin, mab Syr Victor Llewelin. Roedd y Llewelins wedi gwneud eu ffortiwn yn Abertawe ac yng Nghwm Tawe – siopau a busnesau yn y dre, a ffatrïoedd a gweithfeydd metel yn y Cwm. Daeth e'n ymwelydd cyson â Phlas y Baran ac roedd fy rhieni'n cefnogi'r berthynas, wrth gwrs. Gweld eu merch hyna'n priodi *dashing batchelor*, yn priodi i deulu lle roedd y tad yn farchog, ac yn uno dwy ffortiwn y Leyshons a'r Llewelins.

'Mae Michael yn good catch, on'd yw e, Rhiannedd? Mae e mor good-looking, ti ddim yn meddwl? Mae e'n dwlu arna i, yn gwario'i arian i gyd arna i.'

Beth allwn i wneud ond gwenu'n ffals arni, er mod i'n dyheu am roi slap ar draws ei hwyneb hi. Tyfodd fy nicter tuag ati a thyfodd cynllun yn fy meddwl i hefyd. Roedd un peth roeddwn i'n rhagori arno ac yn gwybod mwy amdano na Ceridwen. Roeddwn i'n gwybod sut i blesio dynion. Mae rhyw yn arf grymus i rwydo dynion ers canrifoedd, ac efallai'i bod hi'n anodd i chi gredu hynny ond galla i'ch sicrhau chi mod i'n gwybod yn iawn sut i ddefnyddio'r arf honno. Bod yn ofalus, cofiwch, peidio â chael fy nal, jyst digon i godi chwantau'r dyn ac wedyn ei daflu o'r neilltu i brofi mai fi oedd y feistres. Mor wahanol i Ceridwen, amatur bach swil os bu un erioed a hithau mor dlws.

'Ti'n gwybod beth nath e? Anwesu mronnau i a symud ei law o dan fy sgert. Roddais i stop arno fe'n syth. Doedd e ddim yn hapus.'

Dyna pryd y gwnes i sylweddoli sut y gallwn i gael Michael o grafangau Ceridwen. Roedd e'n awchu am rywbeth mwy na chusan a minnau'n barod i roi. Ceridwen, yn bertach ac yn glyfrach, yn mynd i briodi un o ddynion mwya atyniadol yr ardal, ond roeddwn i am droi'r drol. Dim byd rhy amlwg i gychwyn – cyffyrddiad ysgafn wrth eistedd wrth y bwrdd bwyd, sgwrs chwareus wrth i'r ddau ohonom gydgerdded ar hyd lawntiau Plas y Baran ac yn fwy na dim, y llygaid. Gall un edrychiad ddweud llawer mwy na chant o eiriau ac ymhen ychydig roedd Michael wedi deall. Daethon ni'n gariadon, a chymryd pob cyfle i fod gyda'n gilydd. Fe dyfodd y berthynas yn un nwydus a chorfforol.

Felly, dyma ddod at y noson dyngedfennol. Roedd fy mam a nhad wedi mynd allan i dderbyniad yn y dre, a dim ond Ceridwen a minnau a Dora'r forwyn oedd adre yn y Plas. Yn ddirybudd, cyrhaeddodd Michael ac fe aeth e a Ceridwen i'r lolfa gyda'i gilydd. Ymhen rhyw chwarter awr clywais sŵn cweryl rhwng y ddau, a Ceridwen yn crio.

'Paid, Michael. Rwy wedi dweud wrthot ti o'r blaen. Rhaid i ti aros tan i ni briodi!'

Rhedodd Ceridwen o'r lolfa, a lan y stâr. Pan es i weld beth oedd wedi digwydd, roedd Michael yn sefyll yn y cyntedd. Gafaeles yn ei law, ei arwain yn ôl i'r lolfa a chau'r drws. Doedd dim angen perswâd arno fe – un chwaer startslyd, ei ddyweddi, wedi'i adael yn rhwystredig unwaith eto a'r chwaer arall ddim ond yn rhy barod i roi cysur.

Ym mreichiau'n gilydd, fethon ni glywed drws y lolfa'n agor ond fe glywson ni sgrech Ceridwen. Poerodd y geiriau,

'Y bitsh dwyllodrus! Shwt allet ti? Rhy hyll i gael cariad dy hunan ond yn ddigon parod i agor dy goese i 'nghariad i!'

a rhuthro allan o'r stafell. Wrth sylweddoli arwyddocâd yr hyn roedd Ceridwen wedi'i weld, aeth Michael ar ei hôl hi a minnau'n dilyn. Ar dop y stâr, bu mwy o weiddi a sgrechian ac fe aeth hi'n ffrwgwd rhwng y ddau. Y canlyniad oedd i Ceridwen syrthio o dop y stâr i'r gwaelod. O glywed sŵn y gweiddi a'r gwymp fe ddaeth y forwyn allan o'r gegin, gweld Ceridwen yn ddiymadferth ac edrych yn syn ar Michael a minnau. Dyna pryd y sylweddolais i fod angen gwneud rhywbeth ar fyrder. Es i at Ceridwen. Roedd hi'n dal i anadlu.

'Dora, mae Miss Ceridwen wedi cael damwain! Ewch ar unwaith i ffonio 'Nhad a Mam a dewch 'nôl â chlustogau a phowlen o ddŵr cynnes!'

Roeddwn i'n gallu gweld nad oedd hi'n credu'r stori, ond doedd dim gwahaniaeth am hynny. Y peth pwysig oedd cael Michael allan o'r tŷ a'm rhieni adref.

'Michael, mae'n rhaid i ti fynd. Nawr! Cer, tra bod Dora mas o'r ffordd. Fe ofala i am bopeth.'

Roeddwn i'n meddwl fod y forwyn yn hir yn dod 'nôl, a phan ddaeth hi cefais i sioc. Roedd hi wedi cael gafael ar Dad a Mam, ond roedd hi hefyd wedi galw am yr heddlu ac ambiwlans. Ymhen dim o dro roedd plismon wrth y drws a'r ambiwlans ar ei ffordd.

Cyrhaeddodd fy rhieni'n fuan ar ôl hynny. Aeth fy nhad a minnau i'r lolfa; roeddwn i'n glir beth ddylai'r stori fod, stori i'm cadw i a Michael mas o'r helynt.

'Dad, mae Michael a Ceridwen wedi bod yn cweryla. Does gen i ddim syniad pam. Rhedodd hi lan stâr ac aeth Michael ar ei hôl hi. Ceisiodd y ddau ohonon ni ei thawelu ond gafaelodd ei throed yn y carped ac fe syrthiodd hi i lawr y stâr. Rhaid i ni a'r Llewelins osgoi sgandal ar bob cyfri, Dad.'

Cytunodd Nhad ar unwaith. Gwnaeth un alwad ffôn frysiog, galw'r plismon i siarad â'r person ar ben arall y lein, a hwnnw wedyn yn gadael mor ddisymwth ag y daeth e. Am Dora, wel, doedd honno ddim yn siŵr o'i ffeithiau, oedd hi? Dyrchafwyd hi i fod yn rheolwraig ar siop roeddem yn berchen arni yn Rhydaman, a rhoddwyd gwell tŷ i'w theulu ar stad y Plas. Mae arian yn medru tawelu pob stori ac fe fygwyd y cyfan, ar wahân i un hanesyn a ymddangosodd yn y rhacsyn lleol.

Dyna derfyn ar unrhyw berthynas rhwng Michael a minnau. Am ychydig, cadwyd at yr addewid y byddai 'na briodas rhwng y ddau pan fyddai Ceridwen yn gwella. Ond doedd Ceridwen ddim yn mynd i wella. Roedd y gwymp wedi effeithio ar ei hymennydd, a dirywiodd ei chof. Ymunodd Michael â'r fyddin, priodi rhywun arall ac esgyn yn uchel yn ei yrfa. Roeddwn i, ar y llaw arall, mewn peryg o fod yn hen ferch. Yna daeth Luther yn weinidog i Gapel Ramoth, yn ŵr gweddw cymharol ifanc gyda dwy ferch fach. Roedd y Leyshons yn un o bileri'r achos yn Ramoth a 'nhadcu roddodd y rhan fwya o'r arian i godi'r adeilad presennol. I dorri'r stori'n fyr, daeth Luther a minnau'n gyfeillion a phriodi rhyw ddeunaw mis ar ôl iddo fe ddod i Rydaman. Alla i byth â dweud bod rhyw lawer o gariad rhyngom, ond roedd 'na ddealltwriaeth – dealltwriaeth ei fod e fy angen i a mod i ei angen e. Doedd y ddealltwriaeth honno ddim yn ymestyn i'r merched, Gwenno ac Elenid. Trodd y ddwy yn fy erbyn o'r cychwyn cyntaf – roeddent yn fy ngweld fel rhywun oedd yn ceisio cymryd lle eu mam ac wedi dwyn eu tad. Safbwynt cyfeiliornus a hollol annheg, yn fy marn i.

O ganlyniad, alla i byth â dweud i mi gael bod hyd yn oed yn llysfam i'r merched, ond eu bai nhw oedd hynny, nid fy mai i. Chwaraeais fy rhan, a gweithiais yn galed hefyd i gyflenwi fy nyletswyddau fel gwraig gweinidog. Rwy'n hollol ymwybodol fod Gwenno ac Elenid a nifer dda o aelodau'r capel yn fy ngweld yn oeraidd a snobyddlyd. Wel, dyna fe, eu problem nhw oedd hynny, nid fy mhroblem i. Roedd Elenid yn fwynach na'i chwaer ac yn agosach at ei thad na Gwenno. Yna, yn fuan ar ôl i Elenid fynd i Aberystwyth i'r coleg, dechreuodd ein perthynas waethygu fwyfwy.

'Elenid, pam nad wyt ti'n mynd i'r capel bellach? Mae dy dad wedi'i frifo'n arw. Allet ti ddim mynd yno weithie, o ran parch iddo fe?'

Dim ateb. Doedd dim pwynt i fi ddweud dim; y cyfan allwn i'i wneud oedd ceisio cysuro Luther.

Wedyn, dyma fi'n gweld ochr wahanol a dadlennol i Elenid. Roeddwn wedi mynd am ddeuddydd i Gaer i siopa ac wrth gerdded i'r gwesty gwelais i hi yng nghwmni merch arall. Roedd y ffordd roeddent yn ymddwyn – yn dal dwylo, ac agosatrwyddd y naill at y llall – yn dangos yn glir bod y ddwy'n gariadon. Aethant i mewn i floc o fflatiau ac es innau'n ôl i'r gwesty. Pan ddaeth Elenid adref nesa, rhoddais fy safbwynt yn hollol glir.

'Welais i ti yng Nghaer gyda'r ferch 'na, Elenid. Ych a fi! Rwy am i ti roi terfyn ar y berthynas nawr – er dy fwyn di ac, yn arbennig, er mwyn dy dad.'

Roedd ei hymateb yn frawychus o annisgwyl. Taflwyd pob math o sarhad ata i – mod i'n fusneslyd, yn dwyllodrus ac yn euog o ragrith noeth. Yna daeth y fwled. Dywedodd ei bod yn gwybod mai fi oedd yn gyfrifol am gyflwr Ceridwen a'r ffaith iddi orfod treulio blynyddoedd yn pydru mewn cartrefi preswyl. Dywedais i'r un gair – taw pia hi oedd yr ymateb gorau. Tua mis ar ôl hyn, cefais lythyr oddi wrth Elenid yn dweud ei bod hi'n mynd i gyd-fyw'n agored gyda'r ferch ar derfyn ei chyfnod yn y coleg. Roedd angen arian arni ac roedd gen i ddigon o hwnnw. Os na fyddwn i'n talu can mil o bunnoedd iddi ar unwaith, byddai'n trosglwyddo'r wybodaeth oedd ganddi am 'ddamwain' Ceridwen i'r heddlu a'r wasg.

Yn syml, Insbector, blacmêl, ac roeddwn yn ddigon hirben i ddeall os talwch chi unwaith, dyw'r bygythiad ddim yn diflannu. Byddai Elenid yn dod 'nôl ac yn gofyn am fwy a mwy o arian. Felly, beth o'n i'n mynd i'w wneud? Yr ateb naturiol i mi oedd cysylltu â Michael Llewelin. Doeddwn i ddim wedi siarad â fe ers blynyddoedd ond roedd gen i gyfeiriad a rhif ffôn. Eglurais y sefyllfa heb arbed dim.

'Rwyt ti mewn cymaint o beryg â fi, ac mae gen ti fwy i'w golli. Dim ond un ffordd mas sy'n bosib – cael gwared ar Elenid. Rhaid i ti helpu. Fe wnes i dy helpu di flynyddoedd yn ôl. Nawr, mae'n rhaid i ti fy helpu i. Rwyt ti wedi cael llwyddiant, gyrfa a theitl – i gyd o'm hachos i. A beth rwy wedi'i gael? Bywyd gyda dyn nad wy'n ei garu ac ymdrech ddiddiolch i fod yn llysfam i ddwy ferch a oedd yn fy nhrin i fel baw.'

Y dyddiad a ddewiswyd oedd Sadwrn Mawrth y cyntaf. Roedd Luther wedi sôn bod rhyw ddawns fawr yn Aberystwyth y noson honno ac roedd e i ffwrdd yn pregethu yn Aberaeron. Cofiwch fod Elenid am sefydlu perthynas agored gyda'i chariad ar ddiwedd y flwyddyn, felly doedd dim llawer o amser. Roedd yn rhaid i fi gael alibi cadarn ac, wrth gwrs, dydd Sadwrn oedd diwrnod fy ymweliad â Ceridwen yng Nghaerdydd. Es i yno ar y bws a'r trên yn union fel y dywedais wrthoch, ond wrth adael Plasgwyn cymerais dacsi i faes parcio y Millennium Multi-Storey. Yno, ar yr wythfed llawr, yn union fel yr addawodd Michael, roedd y Golf gwyn, gyda'r allweddi wedi'u cuddio o dan sedd y gyrrwr. Dwedais i wrthoch chi mod i'n methu gyrru ond doedd hynny ddim yn hollol wir. Doeddwn i ddim wedi gyrru ers blynyddoedd, ond roedd gen i drwydded yrru – nid bod Luther na neb arall yn gwybod hynny. Cychwynnais y Golf a dreifio allan o'r maes parcio, ac ar hyd strydoedd y ddinas a'r M4. Doeddwn i ddim am gael fy nal.

Wrth i fi fynd am y gorllewin daeth y sgiliau gyrru'n ôl. Osgoi Rhydaman – doeddwn i ddim am i neb fy adnabod. Agosáu at Gaerfyrddin, ac roedd hi'n tywyllu a'r siawns i rywun fy ngweld yn lleihau. Cyrraedd Aberystwyth mewn digon o bryd a pharcio o flaen garej ar stad ddiwydiannol – un car ymhlith deg ar hugain o geir eraill. Ychydig cyn un ar ddeg, gwisgais y gôt ddu, y cap *baseball* du a'r trenyrs. Gyda llaw, syniad Michael oedd y dillad a'r trenyrs.

Gyrrais i'r Waunfawr a gadael y car gerllaw stryd o dai. Cerdded i lawr campws y coleg, cyrraedd Undeb y Myfyrwyr ac aros. Y cam nesa oedd galw Elenid ar ei ffôn symudol, dweud bod ei thad wedi ei daro'n wael a bod yn rhaid iddi fynd i Neuadd Glanymôr ar unwaith. Byddwn i'n ei dilyn ac yn ei lladd. Ond wrth i fi wylio, daeth Elenid allan o'r ddawns yng nghwmni bachgen. Dyma nhw'n dechrau caru, y ddau'n cofleidio'i gilydd a'r olygfa'n gnawdol a chorfforol. Roeddwn yn gandryll – y ferch yn sôn am greu perthynas agored gyda merch arall a minnau newydd ei gweld ym mreichiau rhyw grwt. Ac roedd ganddi'r hyfdra i bregethu wrtha i a ngalw *i*'n rhagrithiol! Ac yn waeth na hynny, yn hawlio can mil o bunnoedd gen i er mwyn cynnal ei bywyd fel lesbiad! Twyll, doedd y cyfan yn ddim mwy na thwyll. Ac yna'n sydyn clywais Elenid yn gweiddi, 'Cadwa dy ddwylo i ti dy hunan, y mochyn brwnt' a rhedeg 'nôl i'r Undeb.

Meddyliais y byddai'n rhaid defnyddio tacteg y ffôn i gael Elenid allan oddi yna, ond o fewn rhyw chwarter awr dyma hi eto, ar ei phen ei hun, yn mynd am y Neuadd. Dilynais hi. Roeddem ar y llwybr i Glanymôr, a gwyddwn nad oedd amser i'w wastraffu – ychydig o gamau eto a byddai Elenid yn ddiogel yn y Neuadd. Tro yn y llwybr a thywyllwch, dyma'r llecyn perffaith. Cydiais yn y darn o bren oedd gen i ym mhoced y gôt a'i tharo'n galed ar ei gwegil. Syrthiodd i'r berth yn dawel. Roeddwn i bron yn sicr mod i wedi ei lladd, ond symudais ymlaen i roi llaw ar ei gwddf i deimlo am bỳls. Dim byd.

Mor hawdd â hynny. Doeddwn innau'n teimlo dim. Yn teimlo dim am ryw slwten o ferch oedd wedi twyllo pawb – twyllo'i chariad o fenyw, pwy bynnag oedd honno, twyllo'r crwt 'na, twyllo'i thad a cheisio 'nhwyllo i. Doedd hi ddim gwell na hwren ac yn haeddu ei ffawd.

Cerddais yn gyflym tuag at y Neuadd, allan i riw Penglais wedyn, ac yn ôl at y car. A dyma pryd aeth y cynllun o chwith. Y syniad gwreiddiol oedd i fi yrru'r Golf i gyrion Rhydaman, ei adael yno a byddai Michael yn dod i'w nôl, ei yrru ymlaen i Lundain a chael gwared ar y car. Ychydig y tu allan i Rydaman sylweddolais fod rhywbeth yn bod ar y Golf. Roedd yn gwrthod tynnu, ac yn symud yn arafach ac arafach. Roeddwn wrth ymyl troad i fferm, a phenderfynais fod rhaid cael y car oddi ar y ffordd fawr. Symudais yn araf lan rhiw serth a gweld yr arwydd rhybudd. Yn sydyn cofiais am y lle. Roedd ceudwll wrth ochr y ffordd. Gyrrais y car i'r ymyl, camu allan a gwthio'n galed. Llithrodd y Golf i'r twll gyda chlec.

Cerddais adre yn yr un dillad, rhag ofn y byddai rhywun yn fy ngweld, ond doedd neb o gwmpas. Teimlwn rhyddhad wrth gyrraedd Y Gorlan. Pacio'r dillad mewn sach ddu, yn barod i'w llosgi. Ychydig o oriau yn y gwely – wnes i ddim cysgu – codi, ac i'r oedfa foreol yn Ramoth.

Ydych chi'n rhyfeddu? Gwraig gweinidog barchus wedi lladd mewn gwaed oer? Does gennych chi ddim syniad beth all person sy wedi ei wasgu i gornel wneud.

Beth am y ffiasco ger y clogwyni? Mae fy chwaer druan, nad yw'n cofio beth ddigwyddodd ddoe, weithiau'n cofio'n glir iawn am yr hyn ddigwyddodd dros hanner canrif yn ôl. Mae'n debyg ei bod hi wedi sôn am y ddamwain yn ystod ymweliadau Elenid a dyna fan cychwyn ymgais fy annwyl lysferch i gael at galon y gwir. Roedd Michael wedi dweud yn ei rybudd ffôn na allem ni gymryd y risg o adael Ceridwen i adrodd ei hen hen stori. Diolch i'r dyn bochgoch a'i gi dwl, mae Ceridwen yn ddiogel unwaith eto yng nghartref Plasgwyn. Ac rwy'n falch o hynny.

Ydw i'n falch neu'n flin am y cyfan? Yr un o'r ddau, a dweud y gwir. Mae'r peth wedi digwydd, a dyna ni.

Darllenais y datganiad uchod a rhoddwyd y cyfle i mi gywiro, newid neu ychwanegu at unrhyw ran ohono. Mae'r datganiad yn wir ac fe'i gwnaed o'm hewyllys rydd.

Rhiannedd Lewis

Rhiannedd Lewis

Pennod 23

DYDD GWENER OLAF y tymor oedd hi, ac yn Neuadd Glanymôr roedd y myfyrwyr cydwybodol wrthi'n brysur yn pacio a'r myfyrwyr di-hid yn paratoi am noson allan cyn gorfod plygu i reolau diflas eu cartrefi. Eisteddai Tim Bowen ar y gwely yn ei ystafell wedi ei amgylchynu gan sachau du a dau gês – un cês ysgafn yn dal ei ddillad glân a'r llall yn drwm gan ddillad brwnt.

Er gwaetha'r difrod i'r Neuadd byddai e, Stiw a Myff yn cael dychwelyd i'r coleg i gwblhau eu cyrsiau. Cynigiodd rhieni'r tri dalu am y cyfan, ac roedd Prifysgol Aberystwyth yn fwy na pharod i dderbyn y cynnig. Asesiad pengaled, ac nid ewyllys dda oedd y cymhelliad dros y penderfyniad. Denodd y Brifysgol fwy na'i siâr o gyhoeddusrwydd gwael yn sgil llofruddiaeth Elenid Lewis, ac roedd Prifathro a swyddogion y coleg yn awyddus i osgoi rhagor o'r sylw anffafriol a ddeilliai o ddiarddel tri myfyriwr. Fel eu rhan hwy yn y fargen cytunodd y coleg i ollwng unrhyw gyhuddiadau yn erbyn y tri ac o'r herwydd roedd Tim a'i ffrindiau'n rhydd i wneud cynlluniau a pharatoi am yrfa.

Meddyliodd Tim am ddigwyddiadau'r tymor, ac yn arbennig felly am noson y Ddawns Gŵyl Ddewi. Roedd ei gydwybod yn cnoi ac yn dweud wrtho ei fod mewn rhyw ffordd yn gyfrifol am lofruddiaeth Elenid. Petai e heb fod mor barod i fynd allan o'r ddawns, petai e heb drio'i lwc, petaen nhw ddim wedi cweryla. Petai, petai, petai... Ceisiodd chwalu'r meddyliau, ond methodd. Roedd cyhuddiadau'r heddlu, yr holi di-ben-draw a'r noson yn y celloedd wedi gadael eu hôl. Tolciwyd ei hyder ac, er y ddihangfa a gawsai, gwyddai na fyddai byth eto'r un fath.

Ar y ddesg o'i flaen roedd y gliniadur a gafodd yn ôl o law'r heddlu. Gwasgodd fotwm ar y bysellfwrdd, gan wybod yn iawn beth fyddai'n ymddangos ar y sgrin – llun o Elenid mewn parti yn ystod wythnos ola'r flwyddyn gyntaf. Bu'n edrych ar y llun dro ar ôl tro gan graffu ar yr wyneb a'r wên.

Daeth cnoc uchel ar y drws, gwasgodd Tim y botwm yn frysiog a diflannodd y llun. Stiw a Myff oedd yno.

"Hei, dere, paid ag ishte fan'na. Ti'n edrych fel 'set ti newydd weld ysbryd. Ma criw'n mynd lawr i'r Hydd Gwyn am sesh. Ti'n dod?"

"Na, sai'n credu. Ma tipyn o baco 'da fi ar ôl a…"

Gafaelodd Stiw yn ei fraich. "Wrth gwrs bo ti'n dod. Bydd digon o amser i baco fory."

Ildiodd Tim. Caeodd glawr y gliniadur, gan wneud ymdrech ar yr un pryd i gau'r clawr ar ei gydwybod ac ar bennod anhapus ar ei fywyd.

★ ★ ★

Un llawr a dau goridor i ffwrdd eisteddai Catrin Huws wrth ei desg yn edrych allan dros riw Penglais. Yng ngolau oren lampau'r stryd gallai weld rhai o breswylwyr Neuadd Glanymôr yn cerdded tua'r dre. Gwyddai'n iawn beth fyddai'r patrwm –cychwyn yn y Cŵps, symud ymlaen i'r Hydd Gwyn a gorffen yn y Pier Pressure. Ceisiodd ei ffrindiau ei pherswadio i ymuno â nhw, ond gwrthododd. Doedd yr hwyl ddim yno bellach, ac roedd y ffaith fod ei charwriaeth gydag Elenid nawr yn hysbys i bawb wedi esgor ar deimlad o ansicrwydd. Ni fyddai'r Catrin hyderus, glyfar, gref yn fodlon cydnabod hyn i neb, ond y tu mewn iddi roedd 'na Catrin wahanol. Petai wedi ymuno â'r lleill byddai'r ciledrych slei yno, y merched â'u gwên neis-neis prin yn cuddio'r trueni, a'r bechgyn yn cadw'n ddigon pell. Ni allai ddioddef hyn i gyd, ac yn fwy na dim ni allai ddioddef yr awgrym ei bod hithau hefyd, mewn rhyw ffordd, yn gyfrifol am lofruddiaeth Elenid.

Gwnaeth drefniant i rentu bwthyn bychan yng Nghwm Rheidol am weddill y flwyddyn coleg, tŷ haf a'i berchnogion yn fwy na pharod i logi'r lle cyn y tymor gwyliau. Câi heddwch yno i geisio anghofio, er iddi wybod yn iawn y cymerai lawer mwy na thymor i leddfu'r boen o golli'i chariad a'i ffrind gorau.

Daeth curiad ysgafn ar ddrws y stafell. Cododd Catrin i'w agor gan ddisgwyl gweld ei rhieni, ond dim ond ei mam oedd yno.

"Dad ddim wedi dod?"

"Na…"

Roedd yr ateb swta a'r olwg bryderus ar wyneb ei mam yn dangos yn glir bod rhywbeth o'i le.

"Be sy? Dad yn sâl, neu be?"

"Caea'r drws. Hoffwn i gael sgwrs fach cyn cychwyn am adre." Eisteddodd ei mam yn y sedd wrth y ddesg ac edrychodd allan drwy'r ffenest am rai eiliadau cyn parhau. "Dwyt ti ddim wedi darllen y papurau newydd yn ddiweddar, naddo?"

"Naddo. Rwy wedi rhoi'r gorau i neud hynny."

"Ia, alla i ddeall. Dwi ddim yn siŵr sut i ddeud hyn, ond dwi wedi darganfod rhai pethau am dy dad. Roedd gen i amheuon cynt, a rŵan mae'r cyfan allan. Dydi Dad ddim yn byw gartre bellach. Mae o wedi symud allan i'r fflat yng Nghaer. Dydi petha ddim wedi bod yn hawdd. Cofia, nid ti sy ar fai. Nid dyna pam mae o wedi symud allan."

"Mae'n flin gen i."

"Na, paid. Does dim angen i ti ymddiheuro. Nid ti sydd ar fai. I'r gwrthwyneb. Dwi am ddeud hyn rŵan er mwyn i ti gael bod yn glir dy feddwl. Rwyt ti newydd golli Elenid a galla i ond gobeithio i chi brofi rhywfaint o gariad a hapusrwydd yn yr amser byr y cawsoch chi efo'ch gilydd. O leia mi gest ti gwmni gymar cywir – yn fwy na ges i."

★ ★ ★

Roedd y tîm a rhai o'r lleill o'r Swyddfa Heddlu wedi ymgasglu yn nhafarn y Morwr i nodi diwedd llwyddiannus yr ymchwiliad. Ar sail yr holl dystiolaeth yn ei herbyn, ac ar sail ei chyfaddefiad, cyhuddwyd Rhiannedd Lewis yn ffurfiol o lofruddio'i llysferch. Er gwaetha'i brotestiadau, cyhuddwyd Syr Michael Llewelin o gynorthwyo, ond penderfynwyd peidio â'i gyhuddo o geisio lladd Ceridwen Leyshon. Roedd y dystiolaeth yn simsan, a'r cyfan yn troi yn y pen draw ar air un person yn erbyn y llall. Yn yr un modd, ni chyhuddwyd Rhiannedd Leyshon o geisio lladd ei chwaer. Eto, byddai'n anodd profi dim, a gallai Mrs Lewis ddadlau mai'r cyfan a wnaeth oedd troi'r gadair olwyn i wynebu'r môr a symud y ffens i roi gwella golygfa i'w chwaer.

Wrth y bar, roedd y Prif Arolygydd Sam Powell yn llowcio chwisgis dwbl ac yn cynnal sgwrs â Tom Daniel a bois y dderbynfa. Cododd lefel llais Powell wrth iddo ddod at linell ergyd jôc hiliol, ac er bod y criw o'i gwmpas wedi chwerthin yn boléit gallech synhwyro nad oeddent yn rhannu nac yn gwerthfawrogi hiwmor y Prif Arolygydd.

Eisteddai Gareth, Mel ac Akers ar soffa ychydig gamau o'r bar. Roedd Bethan, cariad Akers, wedi ymuno â'r cwmni. Closiodd at Akers, ac yn unol â'i chwaeth mewn ffasiwn roedd ei sgert ychydig yn rhy gwta a'i blows ychydig yn rhy isel. Daeth Powell draw atynt.

"Llongyfarchiadau, Prior, ro'n i'n gwbod y byddech chi'n eu ca'l nhw yn y diwedd. 'Bach o fonws odd bachu rhywun fel Syr Michael Llewelin, ontefe? Ma'r prif gwnstabl hefyd yn anfon ei longyfarchion. Cofiwch, dodd e ddim cweit mor hapus i weld bod ei fêt Llewelin yn yr holl fusnes. Peidwch byth â trystio'r crach, weda i." Chwarddodd a throi'n ôl at y criw wrth y bar.

"Y diawl digywilydd," dywedodd Akers o dan ei anadl. "Digon rhwydd iddo fe ddod â chlochdar a llongyfarch nawr. Bydde mwy o'i help e yn ystod yr achos wedi bod yn ddefnyddiol."

Gyda hanner gwên, edrychodd Gareth ar y ditectif. "Dewch, noson i ddathlu yw hon, nid noson i gwyno," meddai. "Diolch i chi a Mel am yr holl help. Dal dwylo'n gilydd, rwy'n credu. Nawr te, i fi gael diolch yn iawn, diod i bawb."

Aeth Gareth i archebu potel o siampên, a phan ddaeth yn ôl roedd Akers yn pwyntio at dudalen yn y *Daily Post* ar y bwrdd o'i flaen.

"Drychwch, darllenwch hwnna."

Edrychodd Gareth ar y pennawd bras: NORTH WALES BARRISTER IN VICE RING PROBE a'r stori'n adrodd am Gruffydd Beuno Huws yn cael ei holi gan yr heddlu am fod yn gyfarwyddwr cwmni a oedd, ymhlith pethau eraill, yn rhedeg puteindai yng Nghaer, Warrington a Wrecsam.

"A dyna hwnna, gobeithio, yn mynd i ga'l ei haeddiant," ychwanegodd Akers.

Arllwyswyd y siampên – y stwff go iawn yn ôl Bethan, nid rhyw *sparkling wine* tsiêp. Ar ôl yfed dau wydraid symudodd Bethan yn agosach at Akers a sibrwd rhywbeth yn ei glust.

"Os wnewch chi esgusodi Beth a finne... ma gyda ni bethe i neud."

Pwysodd Bethan draw at Gareth a rhoi cusan ysgafn ar ei

foch. "Fel dwedodd y lleill, llongyfarchiadau."

Cododd y ddau a mynd allan o'r dafarn, law yn llaw. Gwenodd Mel wrth sylwi fod Gareth wedi gwrido. "Dewch nawr, syr, do's bosib fod un cusan bach yn achosi cymaint â hynna o embaras i chi?"

"Nid embaras, falle, ond rodd e'n annisgwyl, braidd. A Mel, plîs, 'na ddigon o'r 'syr' 'na. Cyd-weithwyr a ffrindie gobeithio, felly 'Gareth', iawn?"

Edrychodd Mel arno a daeth yr hen deimlad yn ôl. Tybed a oedd e'n barod, tybed a oedd e'n awyddus, i fod yn fwy na ffrind? Rhoddodd ei syniadau twp o'r neilltu a gofyn, "O'ch chi'n rhyfeddu mai Mrs Lewis oedd y llofrudd?"

"Wel, wrth i'r achos fynd yn ei flaen a'i bod yn amlwg nad Tim Bowen na Catrin Huws oedd yn gyfrifol, des i'n fwyfwy sicr bod y cyfan yn troi o gwmpas y teulu. Doedd neb arall ar ôl. Ro'n i'n gwybod mai fan 'na oedd y gwraidd, ond do'n i ddim yn gwybod bod yr hanes a'r cefndir mor allweddol."

"Alla i *byth* â deall, hyd yn oed nawr. Teulu od a digyswllt, os bu un eriod. Beth am y berthynas rhwng Mr a Mrs Lewis? Pa fath o rieni oedd y ddau i'r merched 'na? Fe'n sych-Dduwiol a hithe... wel ni'n gwbod beth nath hi."

"Chi'n cofio i chi ofyn i Luther Lewis sut alle fe fod mor sicr o'r amser aeth e i'w wely yn y bwthyn yn Aberaeron ar noson y llofruddiaeth? Ei ateb e oedd ei fod e'n edmygydd mawr o'r bardd Philip Larkin, a'i fod e wedi gwrando ar raglen lle roedd hwnnw'n darllen ei waith. Wel, dyma beth yw barn Larkin am rieni:

> 'They fuck you up, your mum and dad.
> They may not mean to, but they do.
> They fill you with the faults they had
> And add some extra, just for you.'"

★ ★ ★

Teimlai Luther Lewis fel carcharor yn ei dŷ ei hun. Byth ers i'w wraig gael ei arestio bu'r cyfryngau'n gwarchod y ffordd tu allan, yn gwylio pob mynd a dod ac yn bachu ar bob cyfle am lun neu gyfweliad. Yn eu golwg nhw roedd yr holl elfennau angenrheidiol yn y stori – hen sgandal teuluol, gwraig i weinidog yn llofruddwraig, a chyn-swyddog uchel yn heddlu Llundain yn chwarae ei ran yn y drosedd. Gwyddai y byddai'r sefyllfa ganwaith yn fwy poenus pan ddeuai'r achos i'r llys. Dywedodd yr heddlu wrtho fod Rhiannedd yn bwriadu pledio'n euog ac y byddai hynny'n cyflymu'r broses, ond doedd dim byd o'i flaen ond mwy o olchi dillad budron yn gyhoeddus.

Methodd yn lân â magu digon o ras na hyder i fynd i garchar Abertawe lle roedd ei wraig yn cael ei dal ar fechnïaeth. Er bod ei ffydd Gristnogol yn dweud wrtho am fynd, allai e ddim wynebu'r profiad, ac ni chlywodd air oddi wrthi hi i ddweud yr hoffai ei weld. Prin y gadawodd y tŷ. Ymweliad neu ddau i'r dre i brynu nwyddau angenrheidiol, a'r ymweliadau hynny'n arteithiol o anodd. Pobl oedd yn ei adnabod yn dda yn croesi i ochr arall y stryd i'w osgoi, a chyfarchiadau rhai'n ddim llawer mwy na'r cwta 'bore da' neu 'brynhawn da'.

Fe ddaeth rhai ffyddlon i gydymdeimlo a chynnig cymorth ond eithriadau prin oedd y rheini. Daeth un ymwelydd arall, sef cadeirydd y diaconiaid. Ym marn ei gyd-swyddogion, ar ran yr eglwys, y cam gorau i Luther Lewis oedd cynnig ei ymddiswyddiad fel gweinidog Ramoth.

Wrth gwrs, roedd y dyn yn iawn. Sut allai e sefyll mewn pulpud a phregethu efengyl y Gwynfydau a'r Deg Gorchymyn, a'i wraig wedi torri'r mwyaf difrifol o'r cyfan – na ladd? Emyn, gweddi ac oedfa, canolbwynt ei waith a'i yrfa ers deugain mlynedd – y cyfan yn ddim bellach, a'i fyd a'i fywyd ar chwâl.

Daeth Gwenno i mewn i'r stydi lle roedd yn eistedd. Roedd hi wedi treulio ychydig ddyddiau adref, a theimlai Luther fod y ddau ohonynt wedi agosáu a chymodi rhywfaint yn sgil yr holl helynt. Symudodd ei ferch ato a gosod llaw yn ysgafn ar ei fraich.

"Chi'n weddol, Dad?"

"Ydw, bach, yn weddol."

Sylwodd ef a hithau ar y gair 'bach'. Gair na ddefnyddiodd Luther Lewis erstalwm, a gair a ddygodd Gwenno 'nôl i flynyddoedd hapus plentyndod.

"Rwy wedi rhoi swper i chi yn y ffwrn. Rhaid i fi fynd nawr. Ma cyfarfod pwysig 'da fi fory. Cleients newydd. Chi'n deall, ond y'ch chi?"

"Ydw, yn deall yn iawn. Cer di."

Safodd yn y ffenest, yn syllu ar olau car Gwenno yn diflannu i lawr y ffordd. Ac yntau ar ei ben ei hun ni allai osgoi'r teimlad o fethiant oedd yn cau amdano. Methiant yn ei waith, ei fethiant fel gŵr ac, yn fwy na dim, ei fethiant fel tad. Croesodd at y ddesg i droi'r lamp ymlaen. Yno, ymhlith y papurau, roedd y ffotograffau a ddangosodd i Insbector Prior. Gafaelodd Luther Lewis yn un o'r lluniau. Dwy ferch fach yn sefyll ar lwybr gardd ac yntau a'i freichiau'n dadol o gwmpas y ddwy.

Edrychodd yn hir ar y llun. I ble aeth y ddelfryd, i ble aeth y llawenydd, ac i ble aeth y diniweidrwydd? Ac yna, yn ei drallod a'i anobaith, wylodd ddagrau chwerw.